De rest van ons leven

Ander werk van Els Beerten

Lopen voor je leven (2003) Gouden Zoen, Kleine Cervantes, Kinder- en Jeugdjury Vlaanderen

Allemaal willen we de hemel (2008) Gouden Uil Prijs van de Jonge Lezer, Boekenleeuw, Gouden Lijst, Nienke van Hichtumprijs, Lavki-prijs voor het jeugdboek, Vlaamse Cultuurprijs voor de Jeugdliteratuur

Eén mens is genoeg (2014) Publieksprijs Boekenleeuw

Els Beerten

De rest van ons leven

Amsterdam · Antwerpen
Em. Querido's Uitgeverij
2022

www.elsbeerten.com
www.querido.nl

Dit boek kwam mede tot stand dankzij een werkingsbeurs van Stroom Literair, subsidiëringsfonds van de provincie Limburg.

Omslag Nanja Toebak
Omslagbeeld Mohamad Itani © Arcangel
Vormgeving binnenwerk Perfect Service

ISBN 978 90 451 2736 1 / NUR 285, 301

Voor de kinderen

Weg

De trein komt aan in het station. Niemand stapt uit, iedereen reist verder naar Napels.

'Het is zover,' zegt Luigi.

Hij grijpt de koffers, Gloria slaat haar armen om de rugzak, ze stappen in.

Niemand houdt hen tegen. Niemand die zegt hoe onfatsoenlijk het is wat ze doen.

De eerste coupé is leeg.

Hij legt de koffers in het rek boven hun hoofd, de rugzak blijft beneden. Er zit brood in, worst, kaas, en koffie. Als dat allemaal op is, zullen ze in België zijn. Hij zal er de mijn in kruipen, en zij. Ach, zij.

Ze gaan zitten bij het raam.

Carlotta en ik staan nog altijd op het perron, de kleine Vito tussen ons in. Alsof twee jaar niets is, zo zwaaien ze vanuit de trein.

'Zwaai dan terug,' zegt Carlotta.

Achter ons klinkt een claxon, we kijken alle drie om. Aan de overkant wenkt Roberto, hij wil naar huis.

'Nog even,' roept Carlotta naar hem.

Hij steekt zijn hand op. Haalt een sigaret tevoorschijn, steekt ze aan. Hij zuigt de rook diep in, blaast hem uit en kijkt hem na, terwijl hij heen en weer stapt. Even struikelt hij, meteen vindt hij zijn evenwicht. Mannen als Roberto kennen de grond onder hun voeten, ze hebben hem daar eigenhandig gelegd.

'Ik mag nu vooraan,' zegt Vito.

'Jij zit waar ik het zeg,' zegt Carlotta.

'Hij heeft het mij beloofd!'

Een fluit klinkt schel.

'Hoog die arm, Vittorio, en zwaai, zwáái, zeg ik je. Jij ook, Alfredo Santoro.' Over het hoofd van het kind kijkt Carlotta me aan. Ze lacht niet. Er valt dan ook helemaal niets te lachen.

De trein vertrekt.

Nog even blijven we staan. Bewegen we nauwelijks. Geven we het mirakel de kans om zich alsnog te voltrekken. Een trein die terugkeert, het leven dat vanzelf weer in zijn plooi valt. En het zal niet gebeuren. Het is nu eenmaal niet wat levens gewoonlijk doen.

Want neem nu dat van mij.

De mannen van Santoro

Af en toe komt er een kind ter wereld van wie iedereen beweert dat zijn toekomst al uitgetekend is. Ik was zo'n kind. Mijn vader was kapper, mijn grootvader was het geweest, en ik zou het worden. Of ik het ook zou willen, was niet aan de orde. Zelfs de pastoor die mij doopte, zei dat de kleine Alfredo nog dikwijls zijn twee handen zou kussen omdat hij als een Santoro was geboren.

Hij had gelijk. De bevolking van Barga mocht dan armer zijn dan de straat, ook de armste mens heeft graag een fatsoenlijk voorkomen. Voor mijn vader was er altijd te veel werk. Terwijl de dorpelingen hun lijf krombogen over het land, marmer kapten uit de bergen tot ze erbij neervielen om 's avonds nog te vaak met honger in bed te kruipen, zou er voor mij en mijn familie altijd genoeg zijn.

Zelden werd een kind met een groter zegen geboren.

Ik ben een paar maanden oud als Italië onderduikt in de Eerste Wereldoorlog. Zoals zoveel mannen wordt ook mijn vader opgeroepen voor het leger. Dat hij kapper is en kappers enkel overweg kunnen met kam en schaar is geen argument om thuis te blijven. Het land is in oorlog, en wie geen spierballen heeft, kweekt er wel vanzelf.

Elke oorlog trekt de wereld scheef, een oorlog op wereldschaal doet dat nog eens in het veelvoud. En wat doen mensen als de wereld scheeftrekt? Ze vallen ervan af. En dat doen ze met miljoenen aan het front. Er is echter een groep die het nieuws nooit haalt, noch de annalen van de wereldgeschiedenis. Zij zijn de onzichtbaren, en ze zijn met ontelbaar veel. Want neem nu de mensen van Barga. Om te beginnen hebben ze al niets. Tijdens de oorlog hebben ze nog minder. Nog meer dan anders hunkeren ze naar een beetje fatsoen. In lange rijen blijven ze aanschuiven voor het huis van il barbiere, waar mijn grootvader mijn vader vervangt. Had hij een stenen hart, hij sloot de deur voor het volk dat niets heeft. Maar zijn hart is van goud en heel de streek kan er met alle gemak in. In plaats van de mensen buiten te sluiten, zet hij hun namen op een lijst. Wie op die lijst staat, mag de volgende keer betalen.

En met de lijst komt de honger binnen bij ons.

In 1918 is de oorlog voorbij.

Italië mag dan in het kamp van de winnaars zitten, honderdduizenden soldaten hebben de afgelopen jaren het leven verloren. Bovendien is het land in totale armoede gestort, nooit eerder hadden zo veel Italianen zo weinig. Maar de dag dat mijn vader terug voor de deur staat, is het feest. Er wordt gezongen, gehuild, gelachen, op tafels gedanst. Het is de luidste dag van mijn leven.

De volgende morgen ontbreekt het brood op tafel.

Het graan is op, zegt mijn moeder.

Gelukkig zijn er de buren met versgebakken brood, kan er geruild worden tegen een zak aardappelen. Het helpt om te overleven, maar het is duidelijk te weinig. De kleren wapperen rond haar lijf. En zijn zoon, ach, zijn zoon. Hij durft mij niet eens op te tillen. En is het geld echt op?

Hij neemt de schaar over van zijn vader, verscheurt de lijst met de namen. Wat voorbij is, is voorbij, voorwaarts moeten we nu. Vanaf nu wordt het knippen weer betaald, of op zijn minst wordt er geruild.

Maar de wereld is onherroepelijk veranderd. Beloftes van herstel worden niet waargemaakt, integendeel. De putten worden alleen maar groter. De armoede zit niet meer vast in de muren van de huizen, loert niet meer om toe te slaan, hij zit nu ook in de ogen van de mensen die mijn vader aanstaren als hij in zijn deuropening staat, kam en schaar in de handen, benvenuti a tutti!

Eén, twee, soms drie klanten op een dag, meer komen er niet over de vloer. Er is simpelweg geen geld voor schoonheid. Met pijn in het hart legt mijn vader de schaar aan de kant. Hij moet werk zoeken dat zorgt voor vuur dat brandt, voor eten op tafel, kleren die sluiten aan het lijf. En snel. Voor zijn gezin helemaal verdwijnt.

In de marmergroeven hebben ze altijd handen te kort.

Met frisse moed vertrekt mijn vader de eerste dag. Een week zal hij wegblijven, want de groeven liggen voorbij de volgende bergen, het is uren stappen voor hij er is. Boven op zijn rugzak heeft hij een deken geknoopt, hij zal er onder de sterrenhemel slapen. Het is wat iedereen doet die van ver komt, het zal hém ook wel lukken. Maar het werk is zwaar. Had hij in de oorlog spierballen gekweekt, het zou wellicht iets meer vanzelf gaan. Helaas is dat niet gebeurd. Eens kapper, altijd kapper, en hij was de beste volgens zijn officieren, geef dat geweer maar hier, Pietro Santoro, wij hebben je elders meer nodig. Hij volgde hen waar ze gingen, waste en knipte hun haren, verwijderde het uit oren en neuzen, ontdeed het van luizen. Zes keer per week schoor hij hun kinnen glad. Wat maakte het hem uit dat ze oorlog wilden voeren als heren, het zou hem levend naar huis brengen.

's Nachts in de marmergroeve hangen zijn werkmakkers aan zijn lippen. Luizen, ook de heren? Hoeveel? Meer dan er sterren zijn hierboven, zegt mijn vader. Ze lachen.

Neem nog wat wijn, de nacht is koud en nog lang, vertel, Pietro, vertel.

Elke dag zien ze zijn spieren groeien, zeggen ze ook. Met het blote oog.

Ze lachen hem uit, hij weet het wel.

En het helpt.

Als het noodlot toeslaat voor één van hen, legt iedereen het werk neer. De sterksten onder hen trekken naar de bazen. Waar blijven de loonsverhogingen en hoe zit het met de veiligheid? Hun makker is niet het eerste slachtoffer, velen zijn hem al voorgegaan. En als de bazen willen dat er de klok rond wordt gewerkt, mag daar wel iets tegenover staan. De nachten in de bergen zijn koud en donker, het pad naar beneden is grillig. Krijg maar eens een blok marmer uit de bergen bij het licht van maan en sterren. En zitten hun longen ook vol stof? Werd het hún al ooit zwart voor de ogen?

Ze willen een contract. En ze krijgen er een.

Het tij is aan het keren, zeggen mijn ouders tegen elkaar, dat doet het immers altijd. En als de Spaanse griep in Italië haar intrede doet, zijn er weinigen die geloven dat er opnieuw een grote ramp op ons afkomt. Maar dan sterven de eersten. Al snel volgen anderen. Uiteindelijk vallen er evenveel slachtoffers als in de wereldoorlog. Mijn moeder is een van hen.

Ik ben vier als ze sterft. Op een zondag. Mijn vader is thuis, hij huilt. Mijn grootmoeder is er ook, haar dochter is dood en ze komt niet meer terug. Dat zegt ze tegen mij. Daarna legt ze haar armen om mijn schouders en ze neemt me mee naar buiten. Met haar vinger wijst ze naar de lucht: daar is mijn moeder nu.

De rest van de dag kijk ik naar boven. Pas als het begint

te regenen, stop ik ermee. Ik herinner me dat ik sta te rillen, dat mijn vader me naar binnen trekt en een warme handdoek om mij heen slaat. Ik durf hem niet aan te kijken, maar hij pakt mijn gezicht vast zodat ik niet anders kan. Hij huilt niet meer. 'Fredo mio,' zegt hij. 'Ach, mijn kind.'

Verder herinner ik me niets van die dagen.

Mijn grootmoeder komt bij ons wonen. Ze is helemaal kromgegroeid en ze lacht nooit. Ze draagt zwarte kleren, waarin ze ook slaapt, en ze zal voor mij zorgen terwijl mijn vader in de bergen werkt.

Figlio mio

Maanden gaan voorbij. Wie niets had, heeft nog altijd niets. De landeigenaars en de fabrieksbazen kruipen hoog in hun torens. Met de voeten schenden ze de rechten van hun onderdanen, de zweep erop, de zeis over het korenveld als een van hen de kop opsteekt. Zwijgen wordt een manier om te overleven.

Op het werk van mijn vader komen nieuwe bazen. Ze brengen nieuwe machines mee. Vanaf nu moet het sneller. Veel sneller.

Mijn vader wordt bij hen geroepen. Ze wijzen naar zijn armen, zit daar kippenvet of is het pap wat ze zien? Ze schudden hun hoofd. Wat doet iemand als hij in de bergen?

'Ik heb een contract,' zegt hij.

Ze snuiven. 'Zo. Signore Santoro heeft een contract.'

'En een kind,' zegt hij.

'Dat hebben we allemaal.'

Hij buigt zijn hoofd. 'Vi prego, signori.'

Ze lachen luid. Signore Santoro wil blijven? Dan zit er niets anders op dan zijn loon te verminderen. En dat contract? Ach.

'Zo krijg ik de kleine niet groot,' zegt mijn grootmoeder.

Ook al zit het niet in mijn vaders genen om te bedelen, zijn handen spreiden zich vanzelf open. Altijd vallen er wel wat kruimels van een of andere tafel. Gestorven van de honger wordt er dus niet. Maar verder sterft zowat alles.

Probeer het maar eens, een kind grootbrengen met uitgestoken hand.

In Amerika is alles beter.

Elke volwassene met een klare blik op de wereld trekt een dergelijke uitspraak in twijfel. Maar mijn vader kan zich die luxe niet permitteren. Tijdens de lange, koude nachten in de marmergroeve verwarmt hij zich aan de verhalen over dat grote land over de oceaan, waar ook de armste mensen keizer kunnen worden. Eindelijk zal hij weer rechtop kunnen lopen, de vader zijn die een zoon verdient. Maar de reis kost stukken van mensen. Hij zal jaren moeten werken voor hij vertrekken kan.

Waarom gaat hij niet naar Engeland, suggereert een van zijn werkmakkers. In Liverpool is fatsoenlijk werk in overvloed. Italianen zijn er al jaren welkom, wie heeft er geen familie of kennissen wonen?

Ook de tocht naar Liverpool is duur. En bovendien raakt niet iedereen zomaar het Koninkrijk in. Mijn vader moet zwart-op-wit bewijzen dat hij geen ziektes met zich meebrengt, én dat hij goed volk is. Wil hij de mijn in, bij de haven werken, zal hij terrassen leggen, ijs verkopen?

'Ik kan haren knippen,' zegt hij tegen de man die voor de papieren zorgt. 'Schrijf dat maar op.'

'Eerst het geld.'

Mijn vader klopt aan bij zijn ouders. De ezel wordt verkocht.

'Hij was toch te oud,' zegt mijn grootvader.

In maart 1920 vertrekken we. Mijn vader knoopt mijn jas dicht, tilt de koffer van de grond en grijpt mijn hand. Mijn grootmoeder gaat niet mee. Haar kind is hier, en haar man. Straks is ook haar tijd gekomen. Ze wil geen graf in vreemde grond, geen eeuwigheid tussen onbekenden.

Ze buigt zich over mij heen. Zorgvuldig trekt ze de kam door mijn krullen, steekt hem dan in mijn vaders borstzak. 'Elke morgen en elke avond kam je zijn haren, Pietro. Je slaat geen enkele keer over, heb je dat gehoord? En je wast het kind met zeep, water alleen is niet genoeg. Beloof het mij, Pietro.'

'Con tutto il cuore.'

Dat is wat ze wil horen. Ze knikt ernstig. Dan bukt ze zich. Zet een doos op tafel, haalt er een hoed uit. Hij was ooit van mijn grootvader. De dag dat hij op mijn hoofd past, is hij van mij. Dat zegt ze elke keer als ze hem tevoorschijn haalt. Behalve vandaag. Ze gaat voor mijn vader staan, strekt haar armen. Voorzichtig zet ze de hoed op zijn hoofd.

'Jij bent nu de oudste, Pietro.'

Hij strijkt over het vilt, ruikt daarna aan zijn vingers. 'Lavendel?' Hij wacht haar antwoord niet af, hij knikt al. Natuurlijk kent hij de geur. De dagen waarop de zon het hoogst aan de hemel staat, komt hij recht van het veld het huis in gewaaid. Op die dagen trekt mijn grootmoeder eropuit, en tegen dat de avond is gevallen, zijn alle vazen in huis gevuld met verse lavendel, liggen er nieuwe takjes tussen de lakens en de kleren. Daar verjagen ze de motten tot aan de volgende zomer. Welke bloemen duren zo lang, verzucht mijn grootmoeder als mijn vader zegt dat er ook andere zijn. Op een dag brengt hij witte rozen mee naar huis. Ze komen uit Lucca, zegt hij, en ze zijn voor haar. Al komen ze recht uit Rome, is haar reactie, en ze buigt zich opnieuw over het ei dat ze net van onder de kip heeft geraapt. Wat zal ze hier eens van toveren? Ze zucht. In godsnaam, Pietro. Witte rozen. Over een week liggen ze op de mesthoop.

Ze grabbelt in de hoedendoos, haalt er paarse takjes uit. Ze steekt ze op de hoed.

'Lavendel brengt geluk, Pietro.'

'Misschien moet ik dan maar meteen een hele struik – ' Hij zwijgt. 'Niet huilen,' zegt hij dan, te laat. De tranen zijn al vertrokken uit haar ogen, met zo veel kracht dat ik achter mijn vader kruip en mijn armen om zijn benen sla en hij de zijne om mijn grootmoeder, en terwijl ze zegt dat ze stikt als we nu niet vertrekken, kijk ik naar de hoed op tafel, alleen maar naar de hoed, en ik tel de takjes.

'Vijf,' zeg ik luid.

Mijn vader draait zich om naar mij.

'Wie is er net vijf geworden?' vraagt hij met zo een brede glimlach dat ik zijn benen loslaat en de hoed van tafel neem, en ik zet hem op mijn hoofd, de kostbaarste hoed van de wereld, en heel even ben ík de oudste.

'Ik,' zeg ik trots.

We vertrekken.

Stokstijf staat ze bij de deur, haar handen in elkaar gestrengeld. We zwaaien naar haar.

Als ik omkijk, zwaait ze nog altijd.

Beneden aan de rivier wacht een man op ons met kar en paard. Hij zal ons naar Lucca brengen. De kar beweegt als we erin kruipen.

'Hou jullie vast,' zegt de man.

Mijn vader trekt de hoed diep over zijn oren. 'Inghilterra, here we come.' Hij lacht luid. 'Vanaf nu spreken we een andere taal, en waarom?'

'We gaan naar een ander land,' zeg ik.

Hij lacht opnieuw. Legt zijn arm om me heen en trekt mij tegen zich aan. 'Onthoud het, figlio mio: in welk land we ook zijn, welke taal er ook gesproken wordt, de mensen willen overal hetzelfde: gelukkig zijn. En wat doen kappers, Fredo mio?'

'De mensen gelukkig maken, babbo.'
Hij lacht.
Mijn vader lacht nooit drie keer na elkaar.

Inghilterra

Van Lucca gaat er een trein naar Genua. Daar ligt het schip klaar waarmee de overtocht wordt gemaakt. Het zal naar Gibraltar varen, vandaar zal het in één trek de Atlantische Oceaan oversteken richting Liverpool.

Een man wacht ons op bij de kade. Zijn naam staat op het kaartje in mijn vaders binnenzak. Hij geeft mijn vader een envelop, schudt zijn hand, trekt aan mijn krullen. En dan is hij weg.

We blijven op het dek, gaan zitten op een bankje.

'Inghilterra, here we come,' zegt mijn vader opnieuw.

'Meneer spreekt Engels!' roept iemand.

'Eén zin,' lacht mijn vader, 'en: Hello, good morning.'

'Dat is meer dan ik ken,' zegt een ander.

Het schip vertrekt en dat doet het met veel lawaai. Iedereen op het dek veert overeind, zwaait naar de overkant. Ook mijn vader. Zelfs al staat er niemand. Een felle wind steekt op. Hij graait met zijn handen in de lucht, mijn hoed, pak hem, Fredo!

Hij brult.

Ik spring. Ik val.

Iemand grijpt me.

'Uw kind!'

We zitten tegen de wand van het schip. Mijn hoofd ligt op zijn borst. Zijn gezicht is lijkbleek. Zijn lach is weg.

Dat zie ik allemaal als ik opnieuw mijn ogen opendoe.

'Hoe is je naam, caro mio?'

'Fredo,' zeg ik. 'Fredo Santoro.'

Een hand gaat door mijn haren. 'Tutto bene,' zegt iemand tegen mijn vader. 'Rustig maar, signore.'

'De hoed,' zeg ik.

'Het is maar een hoed,' zegt iemand.

'Hij ruikt naar lavendel,' zeg ik.

'En nu naar de zee,' zegt iemand anders.

Mijn vader heeft nog altijd niets gezegd. Zijn tanden klapperen op elkaar. Ze klapperen over de geluiden van het schip heen, over het gepraat van de mensen rondom ons die maar blijven herhalen dat er niets gebeurd is.

Iemand legt een deken om ons.

De tocht duurt veel te lang en de zee is allesbehalve wat ze beloofde te zijn in Genua – sluit de ogen, tel tot tien en we zijn aan de overkant. Elk uur verschuift de horizon. En als er nu warme bedden waren tegen de kou, de zee ermee ophield om iedereen ervan te overtuigen dat een mens te weinig benen heeft om overeind te blijven. En als mijn vader ophield met rillen.

Midden in de nacht begint het te stortregenen.

Mijn vader grijpt mijn hand, trekt me langs een trap naar beneden. Het is er donker, overal zitten mensen op de grond.

Het ruikt er naar kots.

Hij buigt zich dubbel. Haalt een zakdoek tevoorschijn, veegt zijn mond af. Het heeft geen zin, want er komt nog. En het blijft maar komen.

'Ga weg,' roept iemand.

Mijn vader wil iets zeggen, zwijgt.

Niemand zegt verder nog wat. Iedereen wil slapen. Ik ook. Maar mijn vader rilt. En dus ril ik mee.

Twee dagen en twee nachten later zetten we voet aan wal in Liverpool.

Het regent.

Ook op deze kade staat een man ons op te wachten. Met onze verblijfsvergunning en een adres.

Hij bekijkt mijn vader met een scheef hoofd.

'Als u ziek bent, komt u het land niet in.'

'Het komt door de zee.'

'Niets gewend?' Hij grijnst. 'Ik zal vooroplopen tot we bij de plek zijn waar u wordt verwacht. En daarna is het aan u. Eén gouden raad: val niet op. En als u zich zou afvragen hoe dat moet, welnu, het is heel simpel: doe zoals iedereen.'

'Mijn vader spreekt Engels,' zeg ik.

Het regent nog steeds.

'De kleine wordt nat,' zegt mijn vader.

'Dat worden we hier allemaal,' zegt de man.

Een auto rijdt ons voorbij. Het water spat hoog op. Alle drie springen we opzij.

Te laat.

Mijn vader kijkt naar de lucht.

'Hoelang nog?' vraagt hij.

De man draait zich om. Grijnst.

'Welkom in Engeland,' zegt hij.

We houden halt voor een huis in Hunter Street. Een vrouw opent de deur, haar naam is La Sorella. Zij kent hier de weg, heeft de man ons verzekerd.

Ze glimlacht. 'Kom er maar snel in.'

In de keuken staan pap, brood en thee voor ons klaar. We krijgen dekens en een kamer met een haard waarin een vuur brandt, en een bed waarin op zijn minst vijf mensen kunnen.

De koffer gaat in een hoek.

We verwarmen ons aan de vlammen, eten zoveel als onze magen het toelaten. Daarna laat mijn vader zich op het bed vallen. Ik kruip tegen hem aan, voel zijn adem over mijn gezicht. Meteen daarna vallen zijn ogen dicht. Heel even denk ik: we zijn weer thuis. En dan denk ik niets meer.

De volgende ochtend zijn er vers brood, salami, thee en koffie.

'Ben je van plan om te blijven? Of trek je straks weer verder?'

'Ik ga de zee niet meer over.'

'Dat zeggen de meesten als ze pas hier zijn.'

Ze schenkt zijn kop vol koffie, kijkt over de tafel naar mij. Dan weer naar hem.

'Dat kind is wel erg stil.'

'Zijn moeder was het ook,' zegt mijn vader.

La Sorella knikt. Opeens gaat haar arm de lucht in. Over het brood, de koffie en de thee, over de salami heen reikt ze naar mijn gezicht. Ze strijkt een krul uit mijn ogen. 'Als ik je niet kan horen, Fredo, wil ik je op zijn minst zien.' Dan draait ze zich om naar mijn vader. 'Fish and chips, dat verkopen de Italianen hier.'

'Ik ben kapper,' zegt hij.

'En ice cream. De Engelsen zijn er gek op.' Ze heeft een adres voor hem, hij mag zich al morgen aanmelden. Voor mij heeft ze een school gevonden, binnen de kortste keren zal ik Engels spreken. En hij ook als hij de moeite ervoor doet, zegt ze, dat is toch wat hij wil?

'Yes, sir,' zegt mijn vader. Het is wat iedereen hier zegt als ze akkoord gaan. Dat weet hij al.

'Het is madam,' lacht ze. En daar vertrekt haar arm alweer door de lucht, dit keer gaat hij naar hem. Er hangt geen krul voor zijn ogen, daar is mijn vaders haar te kort voor. Maar de kraag van zijn hemd zit scheef, een klein beetje maar, zegt ze.

Langere armen dan La Sorella heeft niemand.

Una cosa da niente

Ice cream.

De Italiaan bij wie mijn vader aan de slag kan, is geboren en getogen in Liverpool. Hij kent de streek rond Barga, hij heeft er familie wonen, hoe is het leven ginder? Vertel mij liever over Liverpool, zegt mijn vader. Als we niet willen opvallen, moeten we alles weten. Alles, zegt mijn vader. We hebben geen keuze, Alfredo.

Als mijn vader iets zegt wat hij meent, noemt hij mij Alfredo. En zo weet ik het. Alles moeten we weten.

In de lente en de zomer rijdt de kar uit, als het weer het toelaat ook in de herfst. Warm is het nooit in dit land, maar één straal zon is genoeg voor de Engelsen om aan te schuiven voor ijs. Hoe lang de rij ook is, iedereen wacht rustig zijn beurt af. Nochtans zitten er ook in dit land maar vierentwintig uren in een dag. Mijn vader lacht en praat, buongiorno, grazie mille, dat willen ze hem horen zeggen en dat zullen ze krijgen. Want ook al kent hij snel een mondvol Engels, de mensen willen gelato, heeft zijn baas hem op het hart gedrukt.

Het ijs komt niet eens uit Italië.

'Maar als de Engelsen gelukkig zijn, Alfredo, dan zijn wij het ook.'

Mijn vader geeft hun zoveel ze willen, una cosa da niente, Afredo. Lees de gezichten, alles staat erop. Kijk, daar gaan de knopen van hun winterjassen al los, morgen komen ze terug. Ze willen de zon, Alfredo, dus wij geven hun de zon.

Mijn school ligt in onze buurt. Wat ik mij herinner van die eerste dagen: ik zit op een stoel en als de zon schijnt, spelen we buiten. Er is een grote bak vol met zand en we zitten er allemaal in. Iemand bouwt een kasteel en we duwen het om. Er wordt gelachen en ik lach mee. Wij doen zoals iedereen. Behalve als ik ren, dan ren ik altijd op kop. Fredo is de snelste, zegt de klas.

De vrouw die voor ons zorgt, noemen we Miss. In het begin versta ik niets van wat ze zegt. Maar dat blijft niet duren.

Miss noemt mij Freddy. Ik ben Fredo, zeg ik dan, maar dat hoort ze blijkbaar niet.

'Miss denkt dat ik Freddy ben,' zeg ik thuis.

'We zijn nu in Engeland,' zegt mijn vader.

'Ze vindt je schattig,' zegt La Sorella.

Op een dag regent het zo hard dat we niet naar buiten mogen. Net die dag begint de zomer, nog even en de school gaat voor weken dicht.

'Daarna leren jullie lezen, schrijven en rekenen,' zegt Miss. 'Maar nu nog niet. Vandaag mogen jullie nog gewoon spelen.'

In het midden ligt een grote stapel blokken kriskras door elkaar. De hoogste toren wint, zegt ze. Iedereen vliegt overeind, behalve ik. Ik kan niet. Haar hand zit vast om mijn arm. Volg me, Freddy.

Mijn toren zou de hoogste worden. Maar zij is Miss.

Vooraan in de klas staat een stoel, daarnaast een tafel. Onder de tafel staat een emmer met water. Op de tafel ligt zeep. En een kam.

Ze neemt mij op haar schoot. Ze wijst naar mijn haar, zo veel, Freddy, ze pakt de kam vast en trekt hem door mijn krullen. 'Au,' roep ik, maar ze kan het niet horen want de klas is torens aan het bouwen.

Werk samen, brult Miss, in stilte, roept ze erachteraan, terwijl ze blijft kammen en kammen, uren lijkt het te duren tot ze opeens stopt. Ze kijkt naar de kam en ze zegt: 'Hm.' Dan nog eens: 'Hm.' Het plafond valt bijna in van het lawaai, maar die 'hm' heb ik gehoord. En op het moment dat ik denk: nu ga ik spelen, wrijft ze een handvol zeep door mijn krullen, ze wrijft en ze wrijft en de zeep druipt in mijn ogen, au, au au au, roep ik. Ze neemt me bij de schouders, op je knieën, Freddy, ach, wat heb je toch veel krullen. Zo veel krullen, Freddy, en ze duwt mijn hoofd de emmer in, trekt het er weer uit, en opnieuw wrijft ze door mijn haren terwijl de zeep blijft druipen in mijn ogen, het zal toch moeten, zegt ze opnieuw, zoals mijn vader zegt als ik hem mijn vuile handen toon voor we aan tafel gaan, water doet geen pijn, Alfredo – en ze duwt mijn hoofd weer in de emmer. Gelukkig niet zo diep als de vorige keer. Dit keer kan ik ademen. Ze wrijft zo lang tot ik denk: ze houdt er nooit mee op, en ondertussen lopen de tranen van mijn wangen in de emmer als komen ze recht van de zee, onder het zeepsop verdwijnen ze.

'Sit,' zegt ze.

Ze duwt me op haar stoel, haalt een handdoek uit de tas die op de grond staat. Het is de hare, ze neemt hem elke dag mee naar huis. Ze wrijft de zeep uit mijn ogen, wrijft mijn haren droog, wat niet lukt, zelfs thuis duurt het een halve dag voor ze droog zijn, en zeker hier in Engeland waar de zon bijna niet schijnt. Ze neemt de kam, trekt hem opnieuw door mijn haren en kijkt ernaar. Ze knikt. Haalt een zakdoek uit haar tas, veegt ermee over mijn gezicht, snuit mijn neus, duwt hem in mijn handen.

'Zo, Freddy boy. Nu heb je er ook een.'

Mijn knieën doen nooit pijn als mijn vader mijn haar wast, mijn ogen branden nooit. Dat denk ik terwijl ik de zakdoek wegsteek. Nu heb ik er twee. Dat denk ik ook nog terwijl het water maar blijft glijden van mijn haren over mijn voorhoofd in mijn ogen, en mijn neus blijft maar overlopen. Ik snuit hem. Veeg het water uit mijn ogen. Veeg opnieuw. Tot er niets meer overloopt.

Daarna kijk ik de klas in.

Overal liggen blokken. In het midden staat één hoge toren. Iedereen zit op de grond, niemand kijkt mij aan. Niemand praat.

Zo stil was het nooit.

'Wat zijn jullie flinke kinderen,' klinkt de stem van Miss hoog door de klas. Weer kijkt niemand op. Niemand die iets zegt. En dan.

Recht voor mij zie ik een hand bewegen.

Recht naar de toren in het midden.

Een groot kabaal klinkt. De hoge toren is weer gewoon blokken geworden. We kunnen opnieuw beginnen. En dit keer doe ik mee.

Miss is opgestaan. Ze knippert met haar ogen.

'Wie heeft hem omgestoten?'

Opnieuw wordt het heel stil.

'Ik wil het weten!'

Maar niemand die iets zegt. Miss zwijgt ook. Opeens bukt ze zich, aait over mijn natte haar, daarna loopt ze naar de deur, zet ze wagenwijd open. Het regent al veel minder. 'Go,' zegt ze, 'go go go.'

Ik spurt de klas uit. Iedereen volgt mij, want ik ben de snelste.

De speelplaats is één grote waterplas. Met zijn allen springen we om ter hoogst en iedereen wordt nat.

Na school staat La Sorella mij op te wachten.

'Waarom zijn je haren nat?'

'Het regende,' zeg ik.

'Ik wil het weten, Fredo.'

De torens, de kam, de emmer.

'Blijf hier,' zegt ze tegen mij en ze rent over de speelplaats naar de klas van Miss. Ik hoor haar brullen door de muren.

Die avond neemt mijn vader zijn schaar en hij knipt al mijn krullen weg.

'Je kunt ook gewoon van school veranderen,' zegt La Sorella tegen hem.

'Ik wil niet op een andere school,' zeg ik.

Verrast kijken ze mij aan. Dat stille kind praat. Het heeft zelfs een mening.

'Ik ben de snelste,' zeg ik.

Mijn vader legt zijn schaar aan de kant, hij kruist zijn armen. 'Hoor je dat? Mijn zoon is de snelste.'

'Hij heeft geen luizen,' zegt La Sorella. 'Je moet het haar op zijn minst vertellen.'

Mijn vader steekt de schaar weer weg, ook de kam verdwijnt in de lade. Hij zet een fles wijn op tafel. Giet een glas vol, bijna loopt het over. 'Luizen zijn geen schande,' zegt hij dan. 'In de oorlog had iedereen er.'

'De oorlog is voorbij,' zegt zij.

Die avond in bed kruip ik tegen hem aan zoals gewoonlijk.

'Heb ik luizen, babbo?'

'Nee, figlio mio, die heb je niet.'

'En vanmorgen?'

'Welnee, Alfredo.'

'Maar Miss denkt –' begin ik.

'Miss heeft zich vergist. Het zal niet meer gebeuren. Dat heeft ze La Sorella beloofd.'

Zijn adem ruikt naar hout.

'Je stinkt,' zeg ik.

Hij grijnst even. 'Slechte wijn hebben de Engelsen. Morgen ruik ik weer naar rozen.'

'Het is niet erg, babbo.'

Even blijft het stil.

'Hun rozen zijn werkelijk prachtig,' mompelt hij dan.

Zijn ogen vallen dicht. En als ik denk: hij slaapt, schieten ze weer open. 'Voor geen miljoen ga ik terug,' mompelt hij. 'Knoop het in je oren, Fredino. Voor. Geen. Miljoen.'

'Ik ook niet, babbo.'

Het is wat hij wil horen, want hij glimlacht breed. 'Wat lijk je op je moeder, Fredino.'

Zijn hand stopt met strelen. Zijn mond glijdt open en hij begint te snurken.

Morgen ruikt hij weer naar rozen.

De eerste jaren

Het eerste jaar wonen we in het huis van La Sorella. Eigenlijk is het van don Tonio. Of beter: van zijn kerk. Maar La Sorella heeft de sleutels en zij zorgt ervoor dat er geen problemen komen tussen de Italianen die hier een kamer hebben gekregen. De meesten vertrekken na een tijd. Ik ben het enige kind in huis. Dat helpt om langer te mogen blijven, zegt mijn vader. De kamer kost bijna niets, hier kunnen we sparen. En als we genoeg hebben, kopen we een huis. We zetten SANTORO boven de deur en we knippen de haren van iedereen die dat wil. Maar de avonden duren lang voor mijn vader, en soms ook de dagen, zeker in de winter als de ijskar niet uitrijdt. Wat als ik mijn schaar eens bovenhaalde, zegt hij tegen La Sorella. Heeft ze een grote spiegel?

'Ik zorg ervoor,' zegt ze.

De eerste klanten komen aarzelend. Wie is die man die beweert de beste kapper van de wereld te zijn? Al gauw volgen er meer. Allemaal hebben ze ooit in dit huis gewoond. La Sorella ontvangt hen met open armen, wijst hun een stoel aan in de gang, daar kunnen ze wachten. In de keuken is mijn vader aan het werk. La Sorella kijkt graag toe. Gewoonlijk zit ik op haar schoot. Soms neuriet ze een liedje in mijn oor terwijl mijn vader haren knipt en kinnen scheert, grappen vertelt en het weer voorspelt. Af en toe wordt het heel stil. Dan heeft hij het over alles wat achter ons ligt, want zo noemt hij de marmergroeven, het contract dat niets voorstelde, de kromme rug van zijn schoonmoeder, de gulle handen van zijn ouders, de hoed in de golven, het kind dat bijna méé verdween.

Niets wil ik missen van de verhalen van mijn vader.

Op een dag komt don Tonio langs.

'Het wordt hier te druk,' zegt hij tegen mijn vader, 'de buren klagen over het lawaai. Geen nood. Ik heb een barbiere gevonden die je in dienst wil nemen. Boven zijn zaak heeft hij een kamer op overschot, jullie mogen er gratis wonen.'

'Gratis?'

'Morgen begin je.'

Na een half uur is onze koffer gepakt.

La Sorella omhelst ons. 'Ik breng jullie een bezoekje.'

'Wanneer?' vraag ik.

'Als ik de tijd vind, bambino mio.'

'Er zijn andere mensen die haar nu nodig hebben,' zegt mijn vader na een maand.

Op zondag zien we haar in de kerk, maar dat is niet hetzelfde. Dan zijn zij en don Tonio van God.

Op haar schoot zit ik nooit meer.

Een gladde kin, haar dat golft en een praatje om de week mee door te komen, Pietro Santoro zorgt ervoor. Sneller dan de baas durft te dromen, staat de hele buurt aan te schuiven om geholpen te worden. In een hoek bij het raam heeft hij een tafel gezet waaraan ik mijn huiswerk mag maken. Ik haal goede cijfers, heb vrienden met wie ik op straat voetbal. Alleen als het stortregent, blijf ik binnen. Dan neem ik de borstel en ik veeg de vloer. Het is een wonder hoeveel haren mijn vader elke dag bij elkaar knipt.

Ik ben elf als er een telegram komt.

De laatste klant is net vertrokken. De deur is gesloten, de luiken zitten voor de ramen.

De baas wil vertrekken, maar hij aarzelt. Een telegram is gewoonlijk slecht nieuws. En dat klopt. De ouders van mijn vader zijn dood. Allebei. Een week na elkaar. Van de ouderdom.

'Zo wil ik ook sterven,' zegt de baas.

Hij opent een kast, haalt een fles wijn tevoorschijn, schenkt mijn vader en zichzelf een glas in. 'Wanneer vertrekken jullie naar ginder?'

'Niet,' zegt mijn vader.

'Je bent hun zoon, Pietro.'

'Zo is dat,' zegt mijn vader. En hij zal doen wat zonen doen als hun ouders sterven: zorgen voor een grafsteen en voor hen bidden. Maar naar ginder reist hij niet. Hij heeft het op mijn hoofd gezworen: nooit neemt hij nog een schip. En treinen zijn te duur.

Spaar het geld en bid voor ons in Engeland, dat zouden zijn ouders zeggen.

De baas zwijgt even.

'Heb ik dat goed begrepen, Pietro,' zegt hij dan. 'Je gaat nooit meer terug?'

'Ik begin een eigen zaak,' zegt mijn vader.

Als hij hoort dat er een huis te koop staat aan de rand van Little Italy, met genoeg ruimte voor een kapperszaak, is het tijd voor de volgende stap.

Op de laatste schooldag verhuizen we. In de nieuwe buurt ligt een middelbare school, ik zal er de volgende drie jaar naartoe gaan. De directeur zet mijn naam op een lijst. 'Als hij een goede leerling blijkt, mag hij ook daarna nog blijven,' zegt hij tegen mijn vader.

Focaccia

De Engelsen ontdekken mijn vader, die kleine Italiaan die met zijn kam en schaar wonderen verricht. Het duurt niet lang of bij Barbiere Santoro wordt evenveel Engels als Italiaans gesproken. Call me Pete, zegt mijn vader. Nee, zeggen alle klanten, ook de Engelse. Pietro is veel mooier.

Als de laatste de deur uit is, drinken we samen thee. Hij vertelt over zijn dag. Hoe was het op school, niets bijzonders? Dat laatste is het signaal om de tafel te dekken, de focaccia aan te snijden. Wat ervan overblijft, brengen we naar de buurvrouw. In ruil krijgen we cake die naar sinaasappel smaakt. Thank you very much, zeg ik, you're welcome, zegt ze. Heb je dat gehoord, zegt mijn vader verrukt. Kent ze spaghetti?

We ruilen recepten, vertellen haar niet dat we haar sinaasappelcake in stukjes breken en aan de eenden in het park voeren, en we blijven haar uitvoerig bedanken, we are so very welcome.

Wij wonen op de eerste verdieping. Er is een groot raam dat uitkijkt over de stad, die de onze is geworden. Ginderachter ligt het park. De kerk van don Tonio. Mijn school. Ook op de nieuwe school heb ik vrienden. Het helpt om goed te zijn in wiskunde en sport.

Alleen aan je naam kan ik het horen, zegt de leraar van Engels.

Wat, vraag ik.

Hij kijkt me verbaasd aan.

En aan de salami, zeggen mijn vrienden. Bijna elke middag vechten ze om mijn lunch, die ik ruil met die van hen.

Kon ik maar zwemmen. Als ik voor het raam sta, wil ik het nog meer dan anders. Want tussen school en kerk stroomt The Canal. Het is er veilig, zeggen mijn vrienden, het kan niet mislopen, wanneer zien ze mij eindelijk verschijnen bij het water? Don't be a girl, Freddy.

'One day,' zeg ik. Terwijl ik weet dat het niet zal gebeuren. Het zijn de vaders die hun zonen leren zwemmen, zij zijn het die vanop de kant toekijken. Zij zorgen ervoor dat het niet kan mislopen.

Mijn vader zal dat nooit kunnen.

Soms komt hij naast me staan. Vijf seconden en hij weet het weer, zegt hij. Hoe erg het was op zee, bedoelt hij, en hij herhaalt het voor de zoveelste keer: in geen enkel schip op geen enkele boot, nooit meer, Alfredo.

Hij schaamt zich, ik weet het wel. Bang zijn is tijdverlies, zegt hij op andere momenten. Maar niet als hij naar water kijkt. Soms wil ik hem zeggen dat ik ook bang ben. Ik slik de woorden elke keer in. Ze kloppen niet en hij zou dat meteen merken. Een Santoro liegt nooit.

Wat als hij en ik samen leren zwemmen, vraag ik op een dag, mijn hele klas, ze kunnen het allemaal. Ga je doen als iedereen, zegt hij. Die opmerking verwart me. Alle andere dingen doen we zoals iedereen, waarom dit ook niet? You're my golden boy, zegt hij dan. Golden. Zegt mijn vader. Mijn oren staan in brand, zo gloei ik. Hij lacht. Zwemmen, ach. Er is meer dan genoeg land om op te staan. En dat kunnen wij goed. Staan, en blijven staan. Want kijk, Fredo, my son. Zie ons hier toch eens staan.

Ik kijk. En ik zie het. Mijn vader en ik. Veilig in ons eigen huis.

King

Ik ben zestien als Johnny King voor het eerst bokskampioen wordt. King is niet van het verre Londen, hij is heel gewoon van Manchester. En Manchester is bijna Liverpool. Wij zouden King kunnen zijn, dat denkt de hele klas. Er is een club om de hoek van onze school en we schrijven ons meteen op de lijst. Nog een handtekening van onze ouders en we zijn lid.

'Een Santoro bokst niet,' zegt mijn vader.

De hele klas, probeer ik. Smeek ik. Het haalt allemaal niets uit. Van boksen kan alleen ellende komen, het is de vaste overtuiging van mijn vader. Van mijn grootvader. En mijn overgrootvader.

'Misschien ben ik geen Santoro,' zeg ik, luid genoeg zodat hij het hoort.

Het is de eerste keer in mijn leven dat mijn vader een hele avond zwijgt. Zonder een nachtkus trek ik naar mijn kamer. Ik hoor hem rommelen in de zijne tot na middernacht. Dit keer klop ik niet op de muur of hij per favore stil wil zijn.

De volgende dag is het zondag. In stilte staan we op, kleden ons aan en wassen ons. Vertrekken naar de mis. In het portaal voor de kerk legt hij opeens zijn hand op mijn arm. Terwijl hij iets zegt als dit kan niet blijven duren, wijs ik naar een affiche boven het wijwatervat: CORSO DI BOXE. ORGANIZZATO DALLA MISSIONE CATTOLICA.

'Als zelfs de kerk,' zeg ik.

Na de mis wachten we don Tonio op bij het wijwatervat. Weet hij wie de bokslessen geeft, is het een fatsoenlijk man?

'Oh ja,' zegt don Tonio. Hij trekt zijn kazuifel recht en kijkt ons allebei aan. 'Ikzelf.'

Mijn vader valt net niet recht achterover.

'U?!'

'Priesters houden de kudde bijeen, en de jongens van straat.' Hij glimlacht breed, zet dan een stap achteruit en bekijkt me van kop tot teen. 'Het gaat over hem hier, neem ik aan?' Hij duwt zijn knokels tegen mijn hoofd, klopt er even op. 'Hm. Klinkt veelbelovend.' En het doet pijn. Spontaan wil ik een stap achteruit zetten, maar ik blijf staan. Het is een test, zo snel laat ik mij niet vangen.

Hij grijnst. 'Zal ik uw zoon inschrijven?'

'Een priester?'

Mijn vrienden komen niet bij van het lachen. Ze kennen hem niet, ze zijn allemaal bij een andere kerk. Zijn knokels tegen zijn voorhoofd hebben ze evenmin gevoeld.

De trainingen zijn drie keer per week.

In het begin is het grappig om hem zonder zijn kleed en kazuifel te zien. Maar de shorts en het onderhemd wennen gauw genoeg. Hij geeft me geen kans om afgeleid te raken, wie zich niet kan concentreren, stopt er beter mee. Niet alleen de benen of de vuisten, het hele lichaam doet mee, of het lukt nooit. Dus buig, spring, stoot, dans. Oefen. En kijk. Een bokser kijkt altijd goed. En hij denkt altijd twee stappen vooruit.

Ik ben niet groot, maar in de ring maakt dat niets uit. Ik ben nog altijd de snelste.

'Daar ligt je kracht,' zegt don Tonio. 'Vergeet het nooit.'

Harder gaat het, steeds sneller met de voeten, de benen, de vuisten. Het hoofd, de rug. Sneller dan ik ooit zou kunnen in het water, vertel ik mijn vader. Hij heeft het door. Als hij me laat boksen, begin ik nooit meer over zwemmen.

De juiste deuren

Santoro is King, zeggen mijn vrienden twee jaar later, wie had dat ooit gedacht? Ik, zegt Father Toni, want zo wil hij nu genoemd worden. Het opent de juiste deuren, zegt hij. Welke dat zijn, vertelt hij er niet bij. Maar als Father Toni zal hij nog beter voor ons kunnen zorgen.

Als ik die avond thuiskom van de training staat mijn vader nog altijd te knippen.

'Hij is niet de enige Italiaan die zijn naam verengelst,' zegt hij als ik het hem vertel. 'Ik wil je best Freddy noemen. Als dat is wat je wil.'

Verbouwereerd kijk ik hem aan.

'Freddy?'

Hij lacht.

Aan de muur slaat de klok negenmaal. De zaak is gesloten en nóg zit er een klant te wachten.

'Geef mij één reden om onze naam te verengelsen,' zegt mijn vader.

Op een zaterdagmiddag staat Father Toni voor de deur. Hij legt zijn hoed op de toonbank en trekt zijn handschoenen uit. Mijn vader zegt niet dat we net gingen sluiten. Hij wijst Father Toni een stoel aan; zal ik uw haar?

'Een andere keer, Pietro.'

Hij kruist zijn benen, vouwt zijn handen. Knikt naar mij. 'Er is een wedstrijd voor jonge boksers in Londen. Ik wil je inschrijven, Fredo. Je kunt je er meten met de allerbesten.'

Londen? Ik?

'Stel dat hij wint,' zegt mijn vader.

'Dan trekken we verder.' Father Toni lacht. 'We beginnen in Londen en we eindigen in Parijs.'

Mijn vader fronst zijn voorhoofd. 'Hij wordt kapper.'

'Is dat wat hij wil?'

Ze kijken allebei naar mij.

'Je bent al achttien,' zegt Father Toni. 'Je hebt vast een antwoord.'

'Ik wil naar Londen, babbo.'

Mijn vader recht zijn rug, maar dan haalt Father Toni een envelop uit zijn binnenzak. Hij vouwt het document dat erin zit open op de toonbank, kijkt naar mijn vader en tikt met zijn wijsvinger op een lege plek onderaan op het blad.

'Het nummer van zijn Brits paspoort heb ik nog nodig.'

'Dat heeft hij niet,' zegt mijn vader.

Father Toni zwijgt even. Trommelt met zijn vingers op de toonbank. 'Die wedstrijd kunnen we alvast vergeten.' Hij zucht diep. 'Tenzij hij zich laat naturaliseren natuurlijk. Het heeft zijn voordelen Brit te zijn.'

'Bent u genaturaliseerd?'

'Ik denk erover na.'

Mijn vader zwijgt. Zijn ogen gaan door de kamer. Over een half uur zullen alle stoelen weer gevuld zijn.

'Ik zie geen enkele reden waarom wij –' begint hij.

'Om te boksen in Londen,' zeg ik snel.

'Je bent bijna achttien, straks heb je je diploma. En daarna kom je bij mij werken.'

'Is dat wat hij wil?' vraagt Father Toni opnieuw.

'Dat is waarom wij hier zijn,' zegt mijn vader.

Als hij wilde dat ik niet lang zou leven, was hij wel in Italië gebleven, zegt hij die avond. En verder zegt hij niets meer. Maar ik heb het allang begrepen. Als ik bokser word, breek ik zijn hart.

Op een dag leert hij mij om een snor te knippen, en een baard. En ik blijk dat goed te kunnen. Het duurt niet lang of de mensen komen ook voor mij, de zoon die de vingers van zijn vader heeft. En tot mijn verrassing vind ik dat geweldig.

Aan wedstrijden doe ik niet meer mee, maar elke maandag ga ik naar de boksclub. Ik train er twee uur, daarna trek ik met Father Toni naar The Red Lion. En elke maandagavond, bij het luiden van de laatste bel, last orders, gentlemen, brengt hij zijn gezicht tegen het mijne, mompelt iets over de hoop die ik had kunnen zijn in these dark days; cheers to us, Alfredo, kijk ons hier zitten op een maandagavond, ben je gelukkig, mijn zoon, waarop ik antwoord, met ongetwijfeld even dubbele tong: I am, Father Toni, I am.

Santoro and Son

Als ik in maart 1935 twintig word, komt ook mijn naam op de gevel. Ik ben de son, vanaf nu mede-eigenaar. Ik hou van het werk, en ik zou er nog meer van houden als ik de hele tijd alleen maar mocht knippen. Maar dat kan dus niet. Veel te graag willen de klanten weten wat ik denk van het weer, de buren, de match van afgelopen zaterdag.

Ik ben geen prater. Laat je maar leiden door wat ze je vertellen, zegt mijn vader. Alles kan en mag, alleen over politiek zwijgen wij. Als de klant niet zelf een gesprek begint, vraag naar zijn kinderen, als hij die niet heeft, heb het over zijn ouders. En begin tegen de Engelsen nooit over hun vrouwen. Als ze je vragen wat je van de hunne vindt, vertel je hun dat je alleen van Italiaanse vrouwen houdt. Dat klopt niet, zeg ik tegen mijn vader. Je hebt mij gehoord, zegt hij.

Als ik op een dag de vraag krijg hoe dat zit met mij en de liefde, zeg ik dan ook: Italiaanse vrouwen zijn de mooiste. Met een donkere blik kijkt de klant mij aan, en het scheelt niet veel of hij duwt de schaar uit mijn handen. For God's sake, wat heb ik verkeerd gezegd?

'Is dat wat je vindt,' zegt hij. Hij snuift. 'Waarom blijf je hier dan nog?'

Het is de eerste keer in al die tijd dat iemand mij die vraag stelt. De allereerste keer.

'Ik woon hier al twintig jaar,' zeg ik.

'Zo lang al.'

Hij laat het als een schande klinken. Een zweer die al jaren in het lijf zit te kloppen. Een worm die zich een weg naar binnen vreet.

Ik zwijg en knip verder. Dat had hij blijkbaar niet verwacht.

'Dit heet hier trouwens Engeland,' zegt hij.

Verwonderd kijk ik hem aan in de spiegel.

'Niet Italianenland,' zegt hij.

Ik stop met knippen.

Er valt een stilte in de ruimte, zelfs mijn vaders schaar blijft in de lucht hangen. En opeens zit ik weer op de schoot van Miss en wordt mijn haar gewassen, aarrgh, dat luizenkind, en terwijl ik kijk naar de man voor me, denk ik: als ik wil knip ik zijn oor van zijn hoofd. En misschien deed ik het wel echt als mijn vader niet opeens naast mij staat. 'Er zijn ook Engelse kappers,' zegt hij zo rustig als alleen hij dat kan.

De man knikt, zwijgt. 'Als lachen ook al niet meer mag,' mompelt hij vervolgens.

'Wij zijn niet grappig,' zeg ik. Zijn twee oren knip ik eraf. En daarna sla ik hem tegen de muur. Ik zou dat allemaal kunnen. Met gemak.

Mijn vader geeft mij een duw. Kijkt mij vol aan in het gelaat, schudt zijn hoofd. Weet je wel hoe sterk ik ben, babbo, wil ik zeggen; ik weet het, zoon, zal hij antwoorden, en nú werken we verder.

Mijn vader en ik hebben geen woorden meer nodig om te weten wat we denken. En terwijl de geluiden in de ruimte zich weer hernemen alsof ze nooit gestopt zijn, buigen we ons over de klanten en we werken weer verder.

Maar ze stopten wel.

Die avond.

We staan voor het raam. In de verte vaart een boot over

The Canal, hij is helemaal verlicht. Iemand heeft duidelijk iets te vieren.

'Wat bezielde die man vandaag?'

'Het zijn moeilijke tijden voor veel mensen.' Mijn vader zucht diep. 'Glimlach als ze onzin verkopen, laat mij verder het woord maar doen. En 's avonds tellen we samen het geld dat ze bij ons achterlaten.'

'Italianenland, zei hij.'

Mijn vader schokt met zijn schouders. 'Wat moeten we doen, ons naturaliseren? Onze naam toch maar verengelsen? Het zijn mijn vaders handen die mij hebben leren knippen, het is mijn vaders hart dat mij de stiel heeft geleerd. Wij zijn Italianen met onze voeten in Engelse grond, Fredo, het is bovendien ons handelsmerk geworden. Verkozen ze the barber, dan bleven ze wel in hun eigen wijken. En stel. Stel dat er opeens toch een dringende reden is om Brits staatsburger te worden. Dan kan dat morgen nog.'

Zoals alles hier altijd ook morgen nog kan.

De vijfde colonne

Als Duitsland niet Polen was binnengevallen.

Iemand moet Hitler stoppen, de Engelsen zullen het doen. In september 1939 verklaart het Koninkrijk zich officieel in oorlog met Duitsland. Jonge mannen worden opgeroepen voor het leger, ook vanuit de Italiaanse gemeenschap komt er steun. Tijdens de Eerste Wereldoorlog waren wij bondgenoten, nu zijn we landgenoten. Het verbaast niemand dat een aantal onder ons zich als vrijwilliger opgeven om het Britse leger te versterken. Op een avond komen een paar vrienden van de boksclub langs. Hun namen staan al op de lijst, what about me?

'Het is mijn plicht,' zeg ik tegen mijn vader.

'Wij zorgen voor de mensen die achterblijven,' zegt hij. 'Dat is onze plicht. De mijne én de jouwe. Hiervoor hebben we ooit gekozen.'

'Ik kom weer terug,' zeg ik. 'En dan doe ik weer gewoon verder.'

'Een oorlog verandert mensen, Fredino. Of stopt ze in graven, dat is ook een mogelijkheid. En dan is alles voor niets geweest.'

Hij zwijgt lang.

'Alles, Fredino,' zegt hij dan.

Wij zorgen dus voor de mensen die achterblijven. Ik herhaal de woorden tegen mijn vrienden, tegen de klanten, tot ik ze zelf geloof.

Onze verbijstering is groot als we in juni 1940 vernemen dat Mussolini naar het kamp van Hitler is overgelopen.

Vanzelfsprekend scharen wij ons niet aan zijn kant. Gelukkig zijn we ver verwijderd van Italië, ze zullen ons niet oproepen voor hun leger. Maar stel dat het toch gebeurt. Dan duiken we onder. Niets of niemand kan ons opzetten tegen ons nieuwe vaderland.

Churchill, echter, moet in alle staten zijn als hij verneemt dat hij behalve de Duitsers opeens ook de Italianen over zich heen krijgt. Daarbij komt nog dat het thuisfront zijn volle steun en bescherming eist. Dat dat thuisfront een eiland is, maakt het allemaal nog ingewikkelder. Zijn de schuilkelders en gasmaskers afdoende tegen de aanvallen vanuit de lucht? Is de hoge prikkeldraad die langs grote delen van de kust is opgetrokken werkelijk in staat om elke aanval die van overzee komt tegen te houden? En wat als de vijand al in huis is? Hier en daar is al een verdwaalde Duitser met nazisympathieën opgepakt. Als dát kan gebeuren, hoe zit het dan met de spaghettivreters die sinds jaar en dag met hun ijskarren, hun draaiorgels, hun kastanjes en hun schoonste gezichten de straten van zijn land bevolken, of is het bevuilen? Sommigen mogen dan een Brits paspoort hebben, in het Britse leger hebben gediend tijdens de vorige oorlog, het kan niet anders of er zit op zijn minst één spion tussen. Eén is genoeg om het land naar de duivel te helpen. En wellicht zijn ze met meer. Want kijk naar de snelheid waarmee Nederland en België in Duitse handen vallen. Een land geeft alleen zo snel op als het van binnenuit wordt uitgehold. De vijfde colonne, het kan niet anders of ze bestaat.

Collar the lot!

Onder het motto 'We pakken ze allemaal op, dan zijn we zeker dat er geen ontsnapt', krijgen op 11 juni 1940 alle lokale politiediensten de opdracht om alle mannen tussen zestien en zeventig jaar van Italiaanse herkomst op te sluiten in kampen, vanwaaruit ze gedeporteerd zullen worden naar The Isle of Man, en daarna zien we wel.

Collar the lot!

In volle onwetendheid van wat boven onze hoofden is beslist, blijven we ons werk doen. Maar al gauw bereiken ons geruchten over arrestaties. Het zijn duidelijk de zwarthemden die ze moeten hebben, de Italianen die zich verbonden voelen met Mussolini en die zich als luizen hebben genesteld in de Italiaanse gemeenschap. Lage lonen en lange werkdagen, dat is niet wat het Koninkrijk ons heeft beloofd. We zijn een veel te braaf volk. Nog liever trekken we mijnschachten in en rapen we het vuil van de straat op, dan op te komen voor onze rechten. Waar is de fierheid van de Italiaan gebleven? Is het niet de hoogste tijd dat we onze ruggen rechten? Laten we onze krachten bundelen. Laten we ervoor zorgen dat niemand van ons ooit nog te kort zal hebben.

Of zijn wij toch een slavenvolk?

Mijn vader wijst naar de deur als iemand dergelijke taal gebruikt. De oorlog komt onze zaak niet in, hij veroorzaakt al genoeg kwaad daarbuiten. Engelsman of Italiaan, we zullen het allemaal met minder moeten stellen. Maar minder is nog altijd veel meer dan niets. Met minder, daar kunnen wij mee leven. Niets, dat maakt mensen weerloos.

Wij zullen nooit meer weerloos zijn, zegt mijn vader.

Op 21 juni 1940 buig ik me over de tweede klant van de dag als ik een auto zie stoppen voor de deur. Het is een politieauto, hij valt dus op. Ik ben alleen aan het werk, het is mijn vaders vrije halve dag. Gewoonlijk maakt hij dan een lange wandeling, het helpt om de rust in het hoofd te bewaren, zegt hij. Opeens staat hij achter mij. Hoe kan dat nu? Ben je nog niet weg, vraag ik, politie, zegt mijn vader op rustige toon alsof er werkelijk niets is om ongerust over te zijn. Gerinkel klinkt en de deur zwaait open, Alfredo Santoro, zegt de agent, terwijl op hetzelfde moment mijn vader met zijn hoofd gebaart naar de achterdeur en hij zegt, of fluistert hij het, in elk geval hoor ik dat hij niets anders wil dan dat ik ren. Corri, Fredo, corri. Nu. Weg.

Ik wacht geen seconde. Ik ren. Het huis uit langs de achterdeur, de straat over, naar de overkant. Daar is de koffiebar van onze vrienden. Twee Italiaanse broers, ze hebben de leeftijd van mijn vader. We drinken er espresso voor en na de uren.

Ze staan gewoon op straat. Betasten de gevel. Moet hij geschilderd worden of kunnen we nog een jaar wachten? Naar binnen, roep ik, en snel. Ze wachten geen seconde en samen vluchten we hun huis in. Ik gooi de deur achter ons dicht, draai er de sloten voor.

We zijn in gevaar, zeg ik tegen de drie Italianen aan de toog, tegen de twee broers.

Een van hen komt naast me staan, hij wijst.

Ik kijk. En ik zie hoe de agenten mijn vaders handen op zijn rug duwen. Dan herken ik hen. Santoro and Son are the best, of we hun snorren wilden knippen, én de haren uit hun oren, én uit hun neuzen, bijna gratis en voor niets deden we het, want ze hielden de wijk veilig, we are friends, zei mijn vader dan in zijn beste Engels, zodat ze begrepen waarom het bijna gratis en voor niets was.

En daar is de buurvrouw opeens. Met een koffer, die mijn vader van haar aanneemt, die ze meteen van hem afpakken en in de auto stouwen. Ze buigen de rug van mijn vader zodat hij zijn hoofd niet stoot. Hij is nog altijd de beste kapper in de omstreken. En hij is een goed mens.

Ze moeten mij hebben. Het kan niet dat ze hém oppakken. Niet Pietro Santoro, call me Pete, Engelser dan de koning zelf.

Ik moet terug. Samen leggen we hun uit dat er geen enkele reden is om ons ook maar van iets te verdenken, ze zullen zich in alle bochten wringen, we beg your pardon, sir, hoe haalden ze het zich ooit in het hoofd? En als dat niet gebeurt klem ik hen onder mijn oksels. Met één greep.

For God's sake, waarom sta ik hier nog?

Een van de broers trekt aan mijn mouw. Rolluiken naar beneden, roept de andere, volgen nu. Naar buiten. De tuin in. Voorbij het hek. Het pad achter de huizen. Een open deur. We rennen naar binnen. De gang, de achterdeur. Naar buiten. Vrouwen gillen. Straat over. Een wasdraad. Pas op, roept iemand. Een ander huis in, weer uit. Hier, zegt iemand.

We lopen een trap af, het donker in.

Het licht gaat aan.

We kijken naar elkaar. De twee broers, de drie klanten die aan hun toog hebben gestaan, en ik. Zes Italianen met doodsangst. En een berg aardappelen.

'We zullen in elk geval niet verhongeren,' zegt iemand. Niemand lacht.

'En nu?' vraagt iemand anders.

'Wij wachten,' zegt de oudste van de twee broers.

Ik zoek een plaats tegen de muur, leg mijn hoofd op mijn knieën.

Met één vuiststoot. Eén enkele.

Ik sluit mijn ogen.

Het wordt avond. In het donker zullen we onzichtbaar zijn. Iemand moet op verkenning gaan, ik stel me kandidaat. De kans is groot dat hij allang weer is vrijgelaten wegens bijzonder onschuldig. Hij zal voor het raam op de uitkijk staan. Waar ik in godsnaam ben. Of ik veilig ben. Zijn enig kind.

Ik begin te rennen.

A good man

Het huis staat in brand.

Mannen en vrouwen zijn in de weer met emmers. Ik ren de adem uit mijn lijf tot ik bij hen ben.

De buurvrouw omhelst me. 'Ze hebben hem meegenomen.'

'Ik weet het.'

Ze laat me los. Staart me aan.

'Je hebt het gezien?'

'Ik stond aan de overkant.' En ik heb niets gedaan.

'Oh, Fredo.'

Ze heeft zijn koffer moeten pakken. Ze kent ons huis, ze poetst het wekelijks van boven tot onder. Was ze niet twintig jaar ouder dan mijn vader, ze had hem vast al ten huwelijk gevraagd.

'Ach, jongen toch,' zucht ze.

Ze vraagt niet waarom ik niet gebleven ben, ze kijkt niet alsof ik de hel verdien, ze vertelt over de koffer die ze niet vond, aangezien wij geen koffer in huis hebben. Wij gaan niet op reis en terug gaan wij ook niet, moet mijn vader hebben gezegd. Dan nemen we hem mee zonder koffer, zeiden zij, en dat het niet hun schuld was wat hier gebeurde, maar het was oorlog voor iedereen. Leg me dat laatste eens uit, vroeg zij toen, daar hadden ze geen antwoord op. Mister Santoro was een eerbaar man, misschien brachten ze hem morgen alweer terug, had zij misschien een koffer te leen? Waarom, vroeg ze, als hij morgen al terug is. Misschíén, hadden ze gezegd, in een oorlog hoopte je best nergens op. En waar was de zoon naartoe gevlucht als hij niets had uitgespookt, wist ze dat?

Ze had haar eigen koffer genomen en ze had er kleren in gestopt voor een week. Niet meer.

'Het moet een kleine zijn geweest,' zegt ze. 'Net groot genoeg voor één huis.'

Een bom.

Ze hebben een bom gegooid. Op ons huis.

'Wie?' Mijn stem is hees. De lucht. Er zit te weinig zuurstof in. Ik begin te hoesten.

'Niemand heeft hen gezien, Fredo.'

Achter mij klinkt een oorverdovend kabaal.

Ik draai me om.

Het dak is weg. De twee zijmuren. De helft van de achtermuur. Alleen de voorgevel staat nog overeind. Alsof hij me wil laten geloven dat niet alles zomaar verdwijnen kan. Niet in één seconde.

Stof dringt mijn longen in, brandt zich een weg doorheen mijn lijf. Ik sla mijn handen tegen mijn borst, buig me voorover, kokhals. Iemand duwt me een natte doek in de handen, ik houd hem tegen mijn mond. Adem.

Boven de deur hangt nog altijd het bord, de letters zijn nog steeds zichtbaar. SANTORO AND SON. Ik wijs. 'Dat zijn wij.'

De buurvrouw knikt.

Iemand zegt: 'We krijgen het niet geblust.'

'Het is een geluk dat het huis alleen stond,' zegt een ander.

Het is bedoeld als troost, dus ik zwijg. Ik zeg niet: als we sparen, bouwen we het weer op. En we beginnen opnieuw, wij kunnen dat, mijn vader en ik.

Met mijn mouw veeg ik over mijn ogen, het helpt niet.

'Ik hoor de sirenes,' zegt de buurvrouw tegen mij, 'daar

is de brandweer. En vast ook de politie. Ze zullen je meenemen, Fredino, je moet vertrekken, en meteen.'

Verbijsterd kijk ik haar aan. Waar kan ik naartoe, waar vind ik onderdak?

Ze geeft me een duw.

'Er moet toch iemand zijn,' zegt ze dan.

Father Toni.

Hij zou met mij naar Londen gaan. Daarna zouden we de wereld veroveren. Ik had zijn hoop kunnen zijn. In these dark days.

Ik ren. Door de smalle straten, over de brug over The Canal, naar het hart van de stad. Daar staat zijn kerk. En daarnaast is zijn huis.

Een half uur later zit ik met een kop thee aan de keukentafel. Ondertussen haalt Father Toni verse lakens uit de kast. Kleren die niet naar rook ruiken.

'You're a good man, Fredo.'

Die sterke zoon, that golden boy, die zijn vader laat meenemen door de politie. Hij is een goede man.

Wat een leugen.

Human

Ik krijg de zolderkamer. Er staan een kast en een dubbel bed. Het behoorde toe aan zijn huishoudster. Ze is dit voorjaar overleden, vervanging wil hij voorlopig niet. Het zijn lastige tijden, Fredo, een mens moet zich op alles voorbereiden.

Voorlopig ben ik hier veilig. Ik moet me wel schuilhouden. Bij gevaar verstop ik mij in de lade onder het bed. Aan de binnenkant zit een slot. Er kunnen twee mensen uitgestrekt naast elkaar liggen. Mijn vader en ik, bijvoorbeeld.

Ik was me, spoel de rook uit mijn haren. Trek de kleren aan die Father Toni voor me heeft klaargelegd.

'Gerechtigheid drijft altijd boven,' zegt hij als ik weer beneden ben. Hij opent de blikken doos die op tafel staat. 'Neem een koekje. En wil je thee?'

'Dit is ook mijn land.'

Hij knikt.

'Ik ken geen ander,' zeg ik.

Hij knikt opnieuw.

'Als we niet meer welkom zijn, waar moeten we dan naartoe? Leg me dat eens uit, Father Toni.' Ik begin te huilen. En ik wil niet huilen.

Hij knikt een derde maal. Legt zijn hand even op mijn arm.

'Het is de schok.'

Is dat zijn enige antwoord?

Op hun knieën zullen ze om vergeving smeken als ze erachter komen. Hoezeer ze zich hebben vergist. Dát wil ik van hem horen. Hij zwijgt. De rest van de avond leest hij de krant, hij duwt me die van gisteren in de handen, het zal je zinnen verzetten, Alfredo. Al op de eerste bladzijde kom ik de naam van Mussolini tegen, op de tweede en op de derde. Ik sla de krant weer dicht. Het nieuws van gisteren zal mij niet de hoop geven waar ik nu zo een nood aan heb. Nog minder zal het mijn zinnen verzetten.

In de hoek van de kamer staat een schommelstoel. Ik schenk mezelf thee in, zet het kopje op het tafeltje naast de stoel. Ik sluit mijn ogen.

Ze zullen hem ondervragen. En hij zal hun vertellen over de oceaan, het nieuwe vaderland, zijn zoon, wie hij een leven wilde geven en die nu op hem wacht. Mijn vader is magisch met alle mensen, of ze nu van goede of slechte wil zijn. Hij kan luisteren naar het ergste geroddel, de grootste leugens. Zich opwinden doet hij zelden. Hij wacht op het juiste moment. Thank God, we are human, zegt hij dan, en vervolgens begint hij over het weer, de prijs van de steenkool.

Misschien zullen ze hem niet om vergeving smeken. Hem vrijlaten zullen ze wel. Zo laf kunnen ze niet zijn dat ze hem dat zullen weigeren.

En dan.

Waar is mijn huis, zal hij zeggen, where is my golden boy?

'Ik zal hem vinden,' zeg ik bij het ontbijt.

'Jij blijft nu binnen,' zegt Father Toni.

Hijzelf zal de straten in trekken. Of hij niets te vrezen heeft? Ik weet te veel, zegt hij. Wat precies, dat vertelt hij mij niet, een priester heeft de plicht om te zwijgen.

Hij zoekt zijn parochianen op. Het zijn de vrouwen die de deur openen voor hem. Waar zijn hun mannen naartoe gebracht? Hij verzamelt de antwoorden die hij krijgt. The

Isle of Man. Canada. Australië. Woorden als tijdelijk en wachten, geen keuze en moed. Zinnen als: Pietro Santoro is een goed man, hij is zo weer vrij.

Het is verbijsterend hoe goed het mij lukt te overleven met een paar namen, woorden, een enkele zin.

Chocolate Box

Het Britse cruiseschip Arandora Star staat bekend als fleurig plezierschip, niet voor niets zijn haar bijnamen Chocolate Box en Wedding Cake. Als het op 1 juli 1940 de haven van Liverpool verlaat, lijkt het vooral op een oorlogsschip. Zwaarbewapend, grijsgeschilderd, de lichten gedoofd, de relingen afgezet met prikkeldraad.

Het schip, oorspronkelijk uitgerust voor 354 passagiers, is onderweg naar Canada met aan boord 1729 man, onder wie de Britse bemanning, militaire bewakers, Joodse vluchtelingen, krijgsgevangenen en geïnterneerden van Duitse en Oostenrijkse afkomst. Eveneens aan boord zijn 734 Italianen. Een klein aantal van hen is uitgesproken fascistisch. De overgrote meerderheid echter staat bekend als goede burger van het Koninkrijk, een behoorlijk deel draagt zelfs de Britse nationaliteit. Zonder enige uitzondering worden ze beschouwd als vijanden van het Koninkrijk. Hun deportatie naar de andere kant van de oceaan wordt dan ook noodzakelijk geacht.

Dat de zee ten westen van het Koninkrijk gevuld is met Duitse onderzeeërs, weet het kleinste kind. Waarom het schip uitvaart zonder enige militaire escorte, niemand die het achteraf kan verklaren. Het blijft een even groot raadsel waarom de vlag van het Rode Kruis niet aan de mast hangt. Zonder die vlag is de kans om veilig de oceaan over te steken miniem. Wie weet is de vlag niet eens aan boord. Is de onderneming opzettelijk gedoemd om letterlijk ten onder te gaan. Hoe minder zielen hoe meer vreugd, zeker als het vijandelijke zijn.

In elk geval.

Vierentwintig uur na het vertrek uit Liverpool, in de vroege ochtend van de tweede juli, wordt de Arandora Star door een Duitse onderzeeër naar de bodem van de Ierse Zee getorpedeerd.

Er komen 805 mensen om, bijna vijfhonderd van hen zijn van Italiaanse afkomst.

De geluiden van schip en mens zijn oorverdovend.

Vis

Een paar dagen later zit het nieuws van de ramp om de kabeljauw. Father Toni heeft hem op de markt gekocht, ik zal hem met zorg schoonmaken want vis is schaars dezer dagen.

Voorzichtig leg ik de vis op een bord, strijk het krantenpapier glad. Wie weet welk nieuws staat erin.

Dan zie ik het woord staan.

Italians.

Het is donker in de kamer. De gordijnen zitten voor de ramen, zo blijf ik onzichtbaar voor de buitenwereld. Father Toni staat in de keuken, hij zet thee.

'Father,' zeg ik.

1.500 Nazi and Italian internees. Op één schip.

Waarom schieten Duitsers op dat schip.

Ik duw de krant weg.

'Ze raakten in paniek,' zegt Father Toni. 'Mensen sprongen van boord alsof de zee één meter diep was en de oever binnen handbereik. Daarom zijn er zo veel slachtoffers.'

'Hij raakt niet in paniek,' zeg ik. 'Hij nooit.'

We zwijgen.

De lucht is te zwaar voor meer.

Etenstijd.

Of ik bang ben, vraagt Father Toni.

Dat mijn vader? Op dat schip? Ik schud mijn hoofd, hij schudt het zijne. We schudden de angst uit de lucht. Wij zijn kleine mensen, wij halen niet de voorpagina's van kranten. Mijn vader zit ver weg en goed opgeborgen op een geheime plek, samen met nog meer Italianen en andere echte en zogenaamde vijanden van de staat. Ooit is de oorlog voorbij en komt mijn vader weer naar huis. Feest zal het zijn.

Het vergaan van de Arandora Star blijft maar even nieuws. Het is een pijnlijk ongeluk, dat de Britse moraal naar beneden haalt. Er moet nu een oorlog worden gewonnen. Hoofden moeten helder blijven, gedachten gericht op voorwaarts. Anderen zullen het puin wel ruimen. De overlevenden redden, de doden tellen. De vermisten noteren, de aangespoelden. Het vertellen aan de achterblijvers. Geen woorden van troost vinden omdat er geen zijn.

Er is geen groter slachtoffer dan hij die het haalt van zijn vrienden.

Rozenkrans

Naar de kerk ga ik voorlopig niet meer. Er worden Italianen opgepakt bij het verlaten van de zondagsmis.

'Jij zet geen stap meer buiten tot we dit probleem hebben opgelost,' zegt Father Toni. Stel geen lastige vragen, zegt hij als ik vraag wie hij bedoelt met 'we'. Father Toni kent de halve wereld en hij heeft vele vrienden, maar hij helpt míj. Dus ik zwijg, ruim het huis op, maak het eten voor ons twee en 's avonds kaarten we, het helpt allemaal om mijn gedachten te verzetten. Maar elke nacht spelen zich in mijn hoofd drie films af. Hoe het was, hoe het nu is, hoe het had kunnen zijn. Had ik maar, zijn de woorden die mij uit mijn slaap houden. Ik tel schapen, laat ze springen over het hek, geef ze namen, tel hun poten, maar het licht blijft aan in mijn hoofd.

En dan komt de Italiaanse buurvrouw langs. Ook haar man was opgepakt, ze heeft een brief van hem ontvangen. Haar man zit op The Isle of Man. Of ze tandpasta kan opsturen, een paar onderbroeken, een sjaal. Ze wilden hem op een schip naar Canada zetten, maar het vertrek is uitgesteld, en hopelijk afgelast. Een tweede ramp zoals de Arandora Star kunnen de Engelsen zich niet permitteren. En of ik al nieuws van mijn vader heb?

Tijdens het avondeten kan ik er niet over ophouden. Wie weet hoeveel brieven hij al geschreven heeft. Naar het huis dat niet meer bestaat. Hij moet een signaal krijgen of hij overleeft het niet. Tandpasta, onderbroeken, een sjaal zijn niet genoeg. Pantoffels, een jas, een warme trui voor 's avonds. In de koffer staken kleren voor de zomer, hij zou maar een paar dagen weg zijn. Wie weet hoelang hij nog wegblijft, een pyjama zal ik er ook in steken. Een flanellen pyjama, want de nachten kunnen ook in augustus koud zijn. Ik zal er een groot pak van maken, wil Father Toni me wat geld lenen? Ik betaal alles terug. Alleen, naar welk adres stuur ik het?

'Je maakt je te veel zorgen,' zegt Father Toni. 'De overheid stuurt een telegram als er iets ergs te melden valt.'

Ik schud mijn hoofd. 'Niemand weet waar ik ben.'

En dan zeg ik het toch, dat wat me nu al dagen kwelt. 'Wat als hij toch op de Arandora zat, Father Toni. Wat dan?'

Hij opent zijn mond, sluit hem weer, kucht. Legt zijn hand op het kruis dat hij boven op zijn kleed draagt. 'We moeten vertrouwen.'

Het klinkt als een begin. Heel even buig ik mijn hoofd, zwijg en wacht op wat nog komt. Hij is per slot van rekening Father Toni. De weg, de waarheid en het leven, dat is zijn afdeling. Hij is de man die mij ooit vertelde dat ik de beste kon worden. Van Europa. De wereld, wie weet.

Maar er komt niets meer.

'Ik ben maar een kleine gelovige, Father Toni,' zeg ik.

Hij zucht. Buigt zich voorover naar mij, neemt mijn handen in de zijne. Tussen ons in zwiert het houten kruis. Van hem naar mij en terug. Een pendel op zoek naar mijn vader. Hoelang nog voor hij eindelijk zegt dat hij iets zal ondernemen?

'Er moeten ergens lijsten liggen, Father Toni. Van de passagiers op dat schip.'

Hij laat mijn handen los, vouwt zijn vingers om het houten kruis, leunt achterover in zijn stoel. De gesloten hand waarin het kruis zit, laat hij rusten op zijn borst. Hij sluit zijn ogen, richt zijn gelaat naar het plafond, prevelt een paar woorden. Hij opent zijn ogen opnieuw.

'Laten we een rozenkrans bidden.'

Is dit de man die mij ooit zei dat geen enkele wedstrijd gewonnen wordt vanop een stoel? Ik voel hoe mijn gezicht rood aanloopt, mijn mond wordt een streep. Mijn vuisten ballen zich. Hij mag dan nog duizend keer sterker zijn, ik ben sneller. Dat waren zíjn woorden, ooit.

Father Toni kijkt mij verwonderd aan.

'Beheers je, Fredo.'

Ik buig mijn hoofd. Zwijg. We eten in stilte verder, in stilte ruim ik daarna de keuken op.

Ondertussen stopt hij zijn pijp. Als God het belieft, zegt hij dan, zal Hij de antwoorden vinden. En wie weet hoe gunstig ze zijn.

Wat als het God niet belieft.

De poort naar de hemel

Drie lijsten zouden er zijn. De vermisten, de overlevenden, de doden. Ze liggen in het War Office-gebouw in Londen, Father Toni zal er met de trein naartoe reizen. Hij is al vaker in Londen geweest, hij kent er zijn weg.

Net voor het avondeten is hij terug.

Ik zet een bord voor zijn neus, schep het vol. Geduldig kijk ik toe hoe hij de eerste hap neemt, ik ben een beschaafd mens. En bovendien – of misschien vooral –, hij is en blijft Father Toni, de poort naar de hemel.

'Ik heb nieuws,' zegt hij met volle mond.

'Vertel het. Nu!'

Hij zucht. Sluit zijn vingers om de lepel.

'Zijn naam staat op de lijst van de vermisten.'

'Van de Arandora Star?'

Hij knikt.

'Hij is dus nog niet gevonden,' zeg ik.

Father Toni knikt opnieuw.

'Misschien houdt hij zich schuil,' zeg ik.

Ja, dat kan. Meer hoeft hij niet te zeggen. Maar hij doet het niet. Hij buigt zijn hoofd over zijn bord.

'Kon je vader zwemmen?' vraagt hij dan.

Kon.

Er zijn zo veel manieren om een scheepsramp te overleven. Ik heb er maar één nodig om mij aan vast te klampen. Waarom geeft hij ze mij niet? Hij is priester, het is zijn plicht om mensen hoop te geven.

Een lange rilling loopt over mijn rug.
'Zolang er geen lichaam is.' Ik fluister de woorden, hij kijkt niet eens op. In plaats daarvan steekt hij zijn hand in de lucht en hij slaat een kruis over zijn bord.
Hij zegent zijn soep.
Hij moet mensen redden, geen soep zegenen.
'Hoe zit het met God?' vraag ik.
Ik bedoel?
'Het belieft Hem dus niet.'

Hij steekt zijn lepel in de soep.
'Father Toni?'
'Eet nu maar, zoon.'
Ik leg mijn lepel naast mijn bord, mijn hand trilt. Ik vouw ze bij de andere in mijn schoot. Wacht tot hij klaar zal zijn met eten. Misschien zal hij het daarna zeggen. Wat we nu gaan doen. Hoe ik de volgende dagen kan overleven.
Hij eet veel te traag.
'Father Toni?'
De lepel blijft even in de lucht hangen. Zoals hij keek als een van ons de bokswedstrijd aan het verliezen was, zo kijkt hij nu naar mij. Maar dit is geen wedstrijd. Dit is het leven. Het leven dat mijn vader voor ons droomde, het leven dat we zouden leiden tot we in een verre toekomst ooit dood zouden gaan, maar nu nog niet, nog lang niet. De eeuwigheid is voor straks, zei mijn vader, en dan spreidde hij zijn armen en met dat gebaar omsloot hij alles waarvoor hij elke ochtend met plezier aan de dag begon: het huis, de inboedel, ik; dit is mijn hemels geluk, figlio mio.
Ze kennen hem niet, mijn vader, ze weten niet dat hij alles overleeft.
'Ze moeten hem zoeken, Father Toni.'
'Dat zullen ze doen. Ze hebben het mij verzekerd, Alfredo.'

Hij staat op.

'Waar gaat u naartoe?'

'Er zijn nóg mensen in nood,' zegt hij.

Ik wijs naar zijn bord. Mijn hand trilt nog. 'Uw soep, Father.'

'Per l'amor di Dio, Alfredo, die soep kan wachten.' Hij zet zijn pet op zijn hoofd. 'Sluit de deur achter mij en laat niemand binnen.'

Ik laat alles op tafel staan, neem de kranten die ik heb bewaard opnieuw ter hand. Daar staat het. Tientallen reddingsboten waren er die nacht. Wie weet waar ze gestrand zijn. Ierland. Schotland. Aan de kust zijn vele plekken om te schuilen. En al klinkt dat alles als hoop, de woorden die Father Toni zei voor hij de deur uit ging, krijg ik niet weg uit mijn hoofd.

Ik ben in nood.

De trage dagen

Ik slaap niet meer. En eten lukt ook niet meer zo goed. Op een morgen staat Father Toni in de slaapkamer met bokshandschoenen. Hij duwt ze mij in de handen.

'Pak vast.'

Ik staar hem aan vanuit mijn bed. De geur van leder en zweet kruipt mijn neus binnen. Ik kokhals. Verschrikt zet hij een stap achteruit. Ik veeg mijn mond schoon met mijn mouw. Duw de handschoenen weg.

Hij trekt het laken opzij.

'Luister, Alfredo. In de kelder hangt mijn bokszak. Ik kan je niet dwingen, maar besef dat geen enkele oorlog blijft duren. Straks zul je je weer gewoon op straat kunnen vertonen, binnen de kortste tijd kun je weer aan de slag. Train, Alfredo. Word weer sterk. En wie weet, staan we straks weer samen in de ring. Ik weet wat wij samen konden bereiken. Het kan nog altijd.'

Hij legt de handschoenen op de kast. Naast mijn bed. Opdat ik niet zal vergeten wat ik ooit ben geweest.

Mijn vader kon dat ook. De dingen laten klinken alsof ze er al zijn, zelfs al moeten ze nog uitgevonden worden.

Steeds meer denk ik over hem in de verleden tijd, het is sterker dan mezelf. En ik kan het niet helpen, ik ben zelfs te zwak om mijn gedachten om te buigen.

Om middernacht slaap ik nog altijd niet. Mijn ogen blijven opengaan, blijven kijken. Naar wat ik weer worden moet. Sterk.

Ik sta op. Leg de handschoenen in de kleerkast. Onderaan, bij de overbodige zaken. Mijn schoenen, de jas die ik droeg de dag dat ze mij kwamen halen, ik heb het allemaal niet meer nodig.

Tot hij terugkomt.

Op een ochtend raak ik niet meer uit bed. Wat ik ook probeer, mijn benen schieten onder mij uit. Aangezien lafheid geen ziekte is, vraagt Father Toni dan maar of ik pijn heb. Ik vind de moed niet om nee te zeggen. Ik zeg simpelweg niets en dat volstaat om zich zorgen te maken over mij, want diezelfde avond nog zegt hij dat het tijd is om te vertrekken. Hij kent een plek op het platteland waar het veilig is, en ik kan er aansterken.

'Hoe kan ik vertrekken,' zeg ik. 'Straks komt mijn vader terug.'

Er komt een dokter langs.

'Het platteland of het kerkhof, wat zal het worden, jongeman?'

Dat is geen vraag.

Zoekt en gij zult vinden

Penny woont op een boerderij, ver weg van Liverpool. Father Toni heeft haar naam gekregen van een vriend die te vertrouwen is. De koster van de kerk heeft een Brits paspoort en een auto, hij zal mij brengen. De rit is niet zonder risico's, nog altijd worden Italianen opgepakt. Urenlang lig ik onder een deken op de achterbank, mijn benen opgetrokken tot aan mijn kin. Ik ben niet gemaakt voor een dergelijke houding.

Tranquillo, Fredo, zo zou mijn vader sussen.

En dan val ik in slaap. Ik droom. Een bokswedstrijd, de zoveelste ronde. Father Toni staat aan de kant, naast hem staat mijn vader. Ik ben aan het verliezen maar ze glimlachen, alles komt goed, hun hoofden op dezelfde manier naar mij gebogen, denk aan het korenveld, Freddy. Wat doet het koren als het stormt, het buigt zichzelf naar de grond. Buig mee met de slagen, zegt Father Toni, buigen is niet breken, echoot mijn vader.

Onderweg worden we tegengehouden.

Wat hij vervoert, vragen ze.

'De Spaanse griep,' zegt de koster.

Het volstaat ruimschoots.

De eerste dagen laat Penny mij aansterken. Als ik weer op mijn benen sta zonder te wankelen, neemt ze mij mee de stallen in, ze toont hoe de koeien gemolken moeten worden, wat de varkens nodig hebben, en weet ik iets over kippen? Kippen zijn gemakkelijk, zegt ze, maar ook voor hen moet gezorgd worden, en werkte ik al met een zeis?

Augustus is oogstmaand, ik ben dus meer dan welkom. Dat vertelt ze mij meermaals per dag met luide stem, alles zegt ze met luide stem. 's Avonds wil ze dat ik vertel over Italië, aaah opera, zegt ze, toe Fredo, sing for me. Iedereen kan zingen, zegt ze, galmt ze door het huis, neurie dan. Ze is sterker dan mijn aarzeling, dus ik neurie voor haar de enige aria die ik ken. Ze knikt tevreden, vertel me, Fredo, over dat mooie land. Ik ken het niet eens, zeg ik, ik was amper vijf toen ik er vertrok. Toe dan, smeekt ze. Omdat ze zo aandringt. Ik glimlach, voor het eerst in eeuwen lijkt het wel, en daar zijn de verhalen al die mijn vader wel eens vertelde op lange regendagen. Zon, wijn en lachen, dat was Italië. Verder was er alleen maar ellende. Verbazing staat op haar gezicht te lezen als ik die laatste woorden herhaal, seriously, Fredo?

Als eind augustus de eerste bommen op Liverpool vallen, schiet de paniek door mijn lijf. Wat als mijn vader bij de slachtoffers is? Als hij niet verdronken is, moet hij aan wal zijn geraakt. Dan is hij ondergedoken in Liverpool. Onze stad. Die nu half platgebombardeerd is. Ze hebben hem bijeengeraapt en in een kist onder de grond gestopt. Wie weet ligt hij in de kist van een ander. Het overkomt iedereen die in stukken vaneen is. Voor de opstanding van de doden wordt dat een probleem, daar hadden ze op zijn minst aan kunnen denken.

Wat als hij nog leeft?

's Nachts lig ik opnieuw naar het plafond te staren. Als ik eindelijk in slaap val, droom ik van hem. Hij staat aan de kade. Zijn hand boven zijn ogen tegen de zon, hij zoekt zijn zoon.

Ik bel naar Father Toni.

'Kom mij halen,' zeg ik.

Hij weigert. Nog altijd vallen er bommen op Liverpool. Er is geen sprake van dat hij een auto naar hier stuurt.

Maar hij zal mijn vader blijven zoeken en hij zal hem vinden ook. 'Verlies de hoop nooit, zoon. Zo staat het in de Bijbel, jongeman, de redding is altijd meer nabij dan een mensenverstand kan bedenken.'

'Ik word gek,' zeg ik tegen Penny.

'Praat geen onzin,' zegt zij.

Ze trekt mij in haar bed.

Haar man stierf vorig jaar. Toen de oorlog uitbrak in september, meldde hij zich meteen. Hij ging de wereld blussen, zei hij bij zijn vertrek. Na amper één maand in Frankrijk kwam er al bericht. Zijn hart. Te zwak. Het zijn sterke harten die de oorlog overleven, zegt ze, ze had het kunnen weten. Gelukkig was er de knecht. Hij hield haar recht toen ze nog alleen maar om kon vallen. Het was geen reden om op hem verliefd te worden, maar het gebeurde toch. Op dit ogenblik vecht hij tegen de Italianen op Malta, zegt ze, ze kan mij hier goed gebruiken. Niet alleen op de boerderij. Het bed is te groot voor haar alleen, zegt ze, haar lijf ook.

'Je bent de vrouw van een ander,' zeg ik.

'Het is oorlog,' zegt ze.

Mirakel

Edgar is zijn naam.

Hij wilde trouwen vóór hij naar het front vertrok. Zij niet. Eén dode echtgenoot was genoeg, zei ze, twee kon ze zich niet veroorloven. Dat begreep hij. Edgar begrijpt altijd alles, zegt ze.

Ook dit? Mijn armen om haar heen, haar huid tegen de mijne?

Ze zwijgt.

Haar hoofd rust op mijn borst. Haar haren zitten in een vlecht, ze is klaar om aan de dag te beginnen. Als het bed niet zo groot zou zijn, er niet zo veel plaats om te beminnen was, zo veel huid. Ze gloeit. Voor alle duidelijkheid, zegt ze dan, dít is niet om te duren. Zelfs al blijk ik de beste minnaar van uren in de omtrek. Jazeker, zij kan dat beoordelen. Of hoe denk ik dat de koeien gemolken worden, de varkens geslacht. Met handschoenen aan en een parasol boven het hoofd?

Ze gaat rechtop zitten.

Ze lacht.

'Twee koeien, twee varkens en één Fredo.'

'Het is Freddy,' zeg ik.

Freddy zal ervoor zorgen dat ik niet uiteenval.

Het leven op de boerderij lijkt in niets op wat ik ken. Terwijl mijn vader en ik in Liverpool de wetten van land en kerk respecteerden, wil Penny dat ik aardappelen steel uit het veld van de buurman. Welcome to the real world, zegt ze. En dan lacht ze haar gebit bloot. Hier en daar ontbreekt een tand. Het geeft niet, dat vind ik zo verwonderlijk.

Ik lig graag in haar bed. Ik laat mij graag aanraken door haar. En ik raak haar nog liever aan. Zolang wij in dat bed liggen en elkaar aanraken, is er alleen maar dat. En overdag is er de orde van de dag die alle aandacht vraagt.

Als er geen lijken waren.

Met tientallen spoelen ze aan in Ierland en Schotland. Sommigen hebben briefjes op zak, met letters en namen en hartjes die niet meer leesbaar zijn. Op de meeste lichamen worden medaillons gevonden. Moeder Maria. Het Heilig Hart van Jezus. De Madonna van Fatima. Een Sint-Christoffel.

Hier en daar staat een horloge stil op 6:17 a.m.

Allemaal komen ze van de Arandora Star.

En dat staat gewoon in de krant. Op een dag dat het niet eens regent.

Als mijn vader één van hen is, dan zal ik hem begraven. Bloemen, een kruisteken, hij zal het allemaal krijgen. Ik ben de zoon, de enige. His golden boy. Ik zorg voor mijn vader.

Het kan niet dat ik dat allemaal denk en gewoon blijf verder ademen.

'Ik bel Father Toni,' zegt Penny.

Een goede vrouw is een mirakel, zei mijn vader altijd, laat het vooral geschieden als het gebeurt. Want de juiste blijft. Tot het einde.

En wie weet, is Penny mijn mirakel.

Kaartje

Nog altijd vallen er bommen op Liverpool, toch wil Father Toni naar ons komen.

'Hij heeft slecht nieuws,' zeg ik tegen Penny.

'Hij wil met zijn eigen ogen zien hoe wij hier in zonde leven. Meer is het niet.'

'Hij meent het goed met mij,' zeg ik.

Ze luistert niet meer. De orde van de dag is begonnen.

Ik volg haar naar buiten.

Een paar uur later rijden ze het erf op. Father Toni en de koster die me gebracht heeft. Niet één keer zijn ze onderweg aangehouden.

Ik sla mijn armen om hem heen. Penny wijst naar de keukentafel. Ze heeft theegezet, er is cake.

'Tast toe,' zegt ze.

We drinken thee, zij eten een stuk cake.

Het duurt allemaal veel te lang.

'Mijn vader,' begin ik.

Father Toni knikt, veegt de kruimels uit zijn mondhoeken.

'Uw vader,' knikt hij.

Hij grabbelt in zijn brieventas.

'Ik heb foto's,' zegt hij.

We hebben dezelfde lengte en dezelfde maat; we kochten onze broeken in tweevoud. De broek op de foto is er een met ruiten, er zit een lap op de rechterknie, de zomen zijn gerafeld.

Mijn vaders broeken zijn tot op de naad versleten. Vandaar dat ik het weet.

Dit is de broek van mijn vader.

Voor ik iets kan zeggen, legt Father Toni een envelop op tafel. Er zit een kaartje in. Santoro and Son. I barbieri. Plus het adres. In het handschrift van mijn vader. Honderd wilde hij er laten drukken. We moesten met de tijd meegaan, zei hij.

Het kaartje zit in een plastic zakje. Het zakje is vuil, het kaartje is ongeschonden. Ik lees en herlees zijn handschrift.

Ik had mijn vader kunnen redden.

Als ik niet was weggerend. Als ik hun nek gebroken had. Ze zouden mij hebben opgepakt, wellicht had ik de doodstraf gekregen. Het maakt allemaal niets uit. Ik had mijn vader kunnen redden en ik heb het niet gedaan.

'I want to see his face,' zeg ik. Dat ik dat gewoon kan zeggen. Die zes woorden, die zeventien letters. Dat ik er nog de adem voor vind.

Maar er zijn geen foto's van gezichten. Er zijn immers geen gezichten meer. Dat zegt Father Toni allemaal tussen twee slokken thee door. Hij reikt naar een tweede stuk cake, zijn hand aarzelt. Halverwege in de lucht blijft ze hangen, dan zakt ze naar beneden. Hij kijkt me aan, ik lees de schaamte in zijn ogen. Mijn vaders gezicht bestaat niet meer en hij daar wil een tweede stuk cake.

'Ik wil hem begraven,' zeg ik.

'Dat heeft de parochie al gedaan,' is zijn antwoord. Ik mag helpen met de steen. Als ik dat wil. Het is niet dringend. Mijn vader heeft een graf, er wordt voor hem gebeden. De steen kan later nog. En dat de tijden aan het veranderen zijn. Geen enkele Italiaan wordt nog gedeporteerd naar andere werelddelen, wie opgepakt is blijft op The Isle of Man. De regering kan zich geen gezonken schip meer veroorloven. Dat zegt hij allemaal terwijl zijn hand weer naar de cake reikt. Dit keer neemt hij wel een stuk.

'Het is een lange rit terug,' zegt hij.

Penny steekt de rest van de cake in een doos, die ze in zijn handen duwt. Hij is zo mager, fluistert ze tegen mij. Of hij ook nog eieren wil? Met grote passen gaat ze hem voor naar de schuur.

In een mand liggen de eieren die ik die ochtend heb geraapt.

Dertig?! Hoeveel kippen we wel niet hebben?

'Genoeg om niet van honger om te komen,' zegt Penny.

Ze kunnen het geloven. Hoeveel koeien?

'Twee,' zeg ik.

'Twee is meer dan genoeg,' zucht Father Toni. Hij kijkt om zich heen, waar zijn de mannen?

'Italianen aan het doodschieten op Malta,' zegt Penny.

Father Toni zwijgt. Hij kijkt mij aan.

'Je wordt nog altijd gezocht, Fredo. Blijf voorzichtig. Beloof het me.'

'Het is tijd om te vertrekken,' zegt de koster. 'Of we zijn niet voor het donker thuis.'

'Vergeet de eieren niet,' zegt Penny.

Dat zullen ze niet doen.

Voor hij instapt in de auto, draait Father Toni zich om, slaat een kruis in onze richting.

'We zijn allemaal mensenkinderen, Fredino. We maken allemaal fouten. Onze-Lieve-Heer vergeeft ze ons allemaal. En daarna beginnen we opnieuw.'

'We kunnen niet opnieuw beginnen,' zegt Penny.

Midden in de lucht blijft zijn hand hangen. Tussen hemel en hel, tussen alles komt goed en vergeet dat maar.

En dan zijn ze weg.

Ze slaat haar armen om me heen, legt haar hoofd tegen mijn borstkas.

'En nu?' vraag ik.

'Nu gaan we de koeien melken,' zegt ze.

Op de keukentafel ligt het kaartje.

Met één simpele beweging steek ik mijn hele leven in mijn broekzak.

Kousenvoeten

Het werk op de boerderij blijft al mijn krachten vragen. Elke avond val ik als een blok in slaap. Ik heb geen vader meer, en toch sta ik elke dag weer op. Er is geen tijd om te zitten en te treuren. Tijd te kort, het is precies wat ik nodig heb om te overleven. En voor ik het doorheb is het november, herfst, en koud buiten.

Ik heb de haard aangestoken, Penny schenkt ons allebei een brandy in. Vandaag is het haar verjaardag, en dat zullen we vieren. Maar mijn glas is nog niet halfleeg en mijn ogen vallen al toe. Ze geeft me een duw.

'We trouwden in 1935. Vier jaar later was hij dood.'

Nooit vertelt ze over vroeger. Het haalt niets uit, zegt ze als ik ernaar vraag. Kijk naar de velden, Freddy darling, alles groeit daar omdat er gezaaid en straks geoogst wordt. Niet omdat er stilgestaan wordt en getreurd om wat voorbij is, Freddy love.

Ze drinkt haar glas leeg, schenkt het opnieuw vol.

'Niemand geloofde dat er snel een nieuwe oorlog zou komen. De wereld had tijd nodig om zijn plooi weer te vinden, en iedereen geloofde oprecht dat die tijd nu komen zou. Omdat het nu eenmaal altijd zo gaat. Na elke dood komt altijd weer nieuw leven, het gebeurt bij de dieren, het is zo bij de mensen.' Ze zucht. 'Maar, Freddy darling, op alle wetten zijn uitzonderingen. En toen mijn man ervoor koos om te vertrekken, stond ik hem zelfs uit te wuiven.' Ze zwijgt even. Drinkt. 'De eerste tijd na zijn dood sliep ik dagen en dagen. Verdriet put een mens uit.'

Ze wil naar bed, ik help haar de trap op naar boven. Ze lacht alweer terwijl ik haar kousen uittrek, steekt haar arm in de lucht, trekt even plagerig aan mijn haren. Ik plooi het laken om, maak het vast onder de matras.

Haar arm zwaait naar mij als ik naar de deur loop. 'En nu moet jij terugzwaaien, Freddy love, zwaaien is voor wie achterblijft. Stel het goed, ik kom weer terug. Dat is zwaaien.'

Ik blijf in de deur staan. Steek mijn hand op. Als dit haar blij maakt, wil ik hier gerust een uur staan met mijn hand in de lucht.

'Hij zwaaide niet, Freddy love, hij keek niet één keer om.'

Ik trek de deur zacht dicht. Op kousenvoeten sluip ik de trap af.

Freddy Santy is born

De winter komt eraan en het werk van elke dag valt stil. Terwijl de velden wachten op de lente begint het dak te lekken. De gaten herstellen kost geld.

'Je bent toch kapper? Zullen we de voorste kamer inrichten?'

Voor mij?

'What's the problem, Freddy? Ben je bang dat je het niet meer zult kunnen? Ach, darling. Hoog tijd dat je erin vliegt.'

Het duurt niet lang of ze heeft spiegels en stoelen bij elkaar gesprokkeld, voor wat spek van het varken koopt ze op de zwarte markt de nodige mesjes, kammen en scharen. Freddy darling, wat als we FREDDY SANTY boven de deur zetten? Freddy Santy zal goed verkopen.

Ondertussen heeft ze ervoor gezorgd dat het dorp mij in het hart heeft gesloten. Als iemand vraagt waarom ik niet word opgeroepen om te vechten voor het Koninkrijk, antwoordt ze heel simpel met de waarheid. Freddy is hier niet geboren, er is niemand die hem opeisen kan. Maar hij houdt met heel zijn wezen van Engeland. Nu blijkt hij ook nog overweg te kunnen met kam en schaar. En hij kan dat zo goed dat je er een week lang welgezind van blijft.

Het klinkt bijna te mooi om waar te zijn. Wat willen mensen in oorlogstijd liever horen dan berichten die te mooi zijn om waar te zijn.

Doorgaan

Mijn nieuwe klanten willen echter allemaal en zonder één uitzondering blonde lokken. Iedereen wil Vera Lynn zijn, zegt Penny, of wat had ik gedacht? Maar goed, ze heeft een idee. Binnen de kortste tijd hangen er foto's van Rita Hayworth, Vivien Leigh en Judy Garland tegen de muur. Je praat ze gewoon het beste kapsel aan, Freddy love.

'Ik luister liever,' zeg ik.

'Freddy Santy, you're the best,' zeggen de vrouwen.

'The best are at the front,' zeg ik. Het is wat ze willen horen, want ze komen terug. Het duurt niet lang of de eerste mannen kloppen aan. Naar het schijnt, doe jij dat niet slecht, zeggen ze terwijl ze één voor één binnengedruppeld komen. Een week later staan ze er opnieuw. Bijna waren ze vergeten hoe glad hun kin kon zijn, maar dat zal hun niet meer overkomen, ik ben er nu toch?

Al snel vul ik elke dag met knippen en scheren. En dat gaat ten koste van het werk op de boerderij. We besluiten een beroep te doen op de Land Girls, twee van hen zullen ons helpen. Amper zeventien zijn ze, no worries, zegt Penny, zij leert hun de stiel wel. Ze heeft de twee lelijkste vrouwen uit de hoop gekozen. Waarbij ze lacht alsof ze een grap maakt. Er zijn geen lelijke vrouwen, zegt ze dan, vertel het mij nog eens, Freddy love.

Er zijn mensen die hun huis niet uit raken, Little Jimmy is een van hen. Hij woont in een cottage met als opschrift MY TREASURE. De woorden zijn ooit geschilderd in hemelsblauw. Zijn kinderen moeten nog klein zijn geweest, beloftes voor de oude dag van vader en moeder, iemand had ongetwijfeld bedacht dat hemelsblauw bij geluk paste. Maar dan breekt de Eerste Wereldoorlog uit. Terwijl Jimmy vecht aan de Somme, sterft zijn vrouw in het kinderbed van hun derde. Hij overleeft de slag, maar niet zichzelf. Hij krijgt een stoel bij het raam. Het is de plek die hij niet meer zal verlaten.

Eén keer per maand ga ik langs om zijn haar te knippen. Hij zegt nooit wat. Hij kijkt ook nooit op. Hij heeft slecht geslapen, zeggen zijn dochters elke keer, waarmee ze bedoelen dat het niet aan mij ligt dat hij daar zit als een zoutpilaar. Hij heeft een oorlog in de kleren hangen, zegt de oudste dan na een tweede kop thee. Ik zeg dat ik het begrijp, in zekere zin, voeg ik eraan toe. Ik heb mijn vader verloren aan de oorlog, maar niet mijn vrouw en ook geen kind. Ik heb geen bommen zien vallen voor mijn ogen, geen honderden mensen tegelijk. Geen vrienden. Geen vijanden.

Verdriet valt niet te wegen, zegt de oudste.

Ik neem de zin elke keer weer mee naar huis. En als de klanten beginnen over de kippen die even niet leggen, zucht ik net als zij hoe erg dat wel niet is. Dit is tijdelijk, zeg ik vervolgens, dit wordt weer beter. Het is precies wat ze willen horen.

Het is de koster die ons belt. Father Toni is neergeschoten. Niet door de Engelsen. Het waren Italianen die hem weg wilden.

Hij wist te veel, zegt de koster.

Die avond haalt Penny de beste brandy boven, op het zielenheil van Father Toni, zegt ze. Hij was een goed mens, zeg ik, en ik blijf het de hele avond herhalen tot Penny zegt: genoeg.

Ik kan niet naar de begrafenis.

Tenzij je opgepakt wil worden, of gebombardeerd, zegt Penny.

Als we de berichten geloven, bestaat Liverpool niet eens meer voor de helft. Maar ook het platteland wordt bedreigd. De aanvallen vanuit de lucht worden heviger en veelvuldiger. En uiterst onvoorspelbaar. Ik verbouw de schuilkelder tot het halve dorp erin kan. Plaats er een kappersstoel en een spiegel. Zet er een radio en een platenspeler. Tommy Handley en Vera Lynn, een lach en een traan. Het gebeurt dat iemand begint te zingen en de rest invalt, Keep smiling through, just like you always do. Er is thee voor wie wil, en dat is iedereen.

Als het bijna is of we er met zijn allen wonen, stoppen de bommen met vallen. We lijken aan de winnende hand. Meer moeten we niet weten om door te kunnen gaan.

POW

Eind januari 1942 komt Amerika ons steunen in de strijd. Vanaf nu zijn we bondgenoten in that filthy war tot de zege binnen is.

We hadden nog nooit een Amerikaan in het echt gezien. En opeens zien we niets anders meer. Plaats genoeg in ons dorp, de helft van de kamers staat leeg. De helft van de bedden ook, mompelen mijn klanten, om vervolgens naar mij te kijken. Want ook ik lig in een bed dat eerst halfleeg was. Ze haasten zich om te zeggen dat ik één van hen ben. De Amerikanen, daarentegen. Die praten anders, lachen luider en hebben vooral veel meer geld.

Lang duurt het echter niet of ook zíj zijn 'één van hen', feesten ze niet even graag? Er wordt niet alleen veel gefeest, er worden ook harten gebroken, want de meeste G.I.'s vertrekken na een tijd weer. Worden gestuurd naar plaatsen waar ze meer nodig zijn. De kustlijn. De grote steden. Waarom zou de vijand zijn kruit verschieten aan een paar koeienweiden, een kerktoren waar nog geen uil zich wil nestelen, een dorpsplein met een kruidenierszaak, een bakkerij, een slagerij, een pub waar alle oude mensen samenkomen en een postkantoor dat maar twee dagen per week open is? Er loopt zelfs geen spoorlijn om op te blazen.

'Dé plaats voor een kamp,' wordt er gefluisterd.

POW-camps. Honderden krijgsgevangenenkampen zijn er ondertussen, verspreid over het hele Koninkrijk. Allemaal onderkomens voor de vijanden van de staat. Er kunnen niet genoeg kampen zijn, zeggen de Amerikanen, we zullen ze helpen bouwen en natuurlijk staan we mee in voor de bewaking. Zo blijven ze op een plek waar verder nooit iets gebeurt. En straks gaan ze levend naar huis.

Er komt een kamp voor krijgsgevangenen in ons dorp. Met de steun van het Amerikaanse leger, de Engelse landmacht en dankzij oudere mannen uit het dorp die graag een cent bijverdienen, wordt er begin maart aan de slag gegaan. Al gauw staan de eerste barakken voor de gevangenen overeind. Slaapplaatsen, een ziekenboeg, een keuken, wasruimtes, plus een sportveld en een ontspanningsruimte of ze worden gek.

Onder een grote stilte stappen begin juli de eerste krijgsgevangenen ons dorp binnen. Allemaal zijn het Italianen, opgepakt in buiten- en binnenland. Naar het schijnt zijn ze vuil en grauw en lijken ze zo weinig op mij dat mijn hart niet breekt als de klanten over hen praten. Het is pas als ik hen met eigen ogen door de straten zie marcheren, dat ik me afvraag of ik hen had kunnen zijn. Of zij mij. In andere omstandigheden, met wat minder geluk voor mij, of wat meer voor hen. Het had allemaal gekund.

Hoe het zou zijn als ik opeens mijn vader zou zien.

Hij mocht nog zo vuil en zo grauw zijn, zijn hart zou in elk geval nog kloppen.

Er zijn momenten dat ik zo hard verlang dat hij voorbijkomt. Maar evengoed zijn er de momenten dat ik helemaal niets verlang, en ook dan kan het gebeuren. Een rug die een klein beetje kromt, een hand die zweet van het voorhoofd veegt en daar is hij al. Mijn vader. Er zijn geen erger momenten dan die. En toch gaan ze altijd weer voorbij.

Met de Italianen komen ook de Duitsers.

Alle POW'ers zijn gevaarlijk, wordt er gefluisterd. Daarom staat er een prikkeldraad om het kamp met wachters hoog in de torens. Gewapend, vinger aan de trigger. De commandant vertelt het mij met grote fierheid. Eén keer per week komt hij langs. Zijn haren leg ik zo goed in de plooi dat hij mij elke keer dubbel betaalt. 'De wereld draait scheef, Freddy boy, maar elke week zet jij hem weer heel even recht.'

En terwijl hij met zijn vinger in de lucht tekent hoe het de roekelozen die willen ontsnappen zal vergaan, en vervolgens de denkbeeldige rook van zijn denkbeeldig pistool blaast, leg ik zijn haren over zijn schedel, schenk hem een kopje thee en vraag hem of verder alles naar wens is.

De Conventie van Genève

Begin september 1943 capituleert Italië. Een paar dagen leven we alsof de oorlog is afgelopen. We feesten dat het geen naam heeft. Zullen we een kind maken, vraag ik aan Penny. Het is eruit voor ik het wil. Ze lacht, een kind, wij? Het is wat mensen doen die elkaar graag zien, zeg ik. Zo zijn er nog wel wat dingen, zegt ze, en dat ik beter moet weten. Mijn grenzen kennen, bijvoorbeeld. Zelfs mijn klanten herinneren er mij op tijd en stond aan, heeft ze nog iets van haar Edgar gehoord? Wat als ze mij liever ziet, zeg ik op een keer. Dat had ik beter niet gezegd, het is niet betamelijk zo te denken, want Edgar-that-poor-boy vecht voor ons, isn't he a hero?

Yes, he is.

Ik heb het nooit meer herhaald.

Ze slaat haar armen om mijn hals.

'Een kind,' zegt ze opnieuw. Ze lacht nog altijd.

'Het is niet grappig.' Meer zeg ik niet, want de oorlog is voorbij en ik ga hem niet opnieuw beginnen.

Amper een paar dagen later blijkt al dat Europa nog steeds even hard in brand staat. Maar we hebben geproefd van de overwinning en het is met nieuwe moed dat we ons werk weer opnemen.

Eén keer per week trek ik naar het kamp. Ik scheer alle officierskinnen, knip haren en snorren en krijg daar een mooie cent voor. Ik ben net klaar als begin maart van het jaar 1944 de zoveelste lading krijgsgevangenen aanschuift voor de poort. Allemaal zijn het Italianen. Een van hen steekt met kop en schouders boven de rest uit. Zijn naam is Luigi Monteleone.

Hij wordt gemeten. Twee meter en twee centimeter. Er zijn geen kleren die hem passen. Loop maar door, wordt hem bevolen, maar hij blijft staan. Hij is vuil en hij stinkt, zegt hij, en hij wil zich wassen. De Conventie van Genève, ooit van gehoord? Of zijn ze daar te achterlijk voor? Dat laatste zegt hij in het Engels.

Verrast kijk ik op.

'Hij heeft in Bombay vastgezeten,' zegt een van de officieren, 'samen met ander scum dat voor Mussolini heeft gevochten.'

Luigi kucht luid.

'Excuse me, sir, wilt u de waarheid horen?'

Het gebeurt anders nooit dat een nieuwe gevangene het woord richt tot een officier. Die blijft dan ook staan.

Ik luister mee naar wat de steenkapper te vertellen heeft, want dat blijkt Luigi Monteleone van oorsprong te zijn. Geboren in 1919, getrouwd in 1936, vader geworden en een paar jaar later opgeroepen voor het leger. Hij wil niet vertrekken, maar het is het leger of de gevangenis. Hij wordt naar Libië gestuurd, wordt er opgepakt door de Engelsen, verblijft drie jaar in Bombay. En dan capituleert Italië. Hij had gehoopt teruggestuurd te worden naar Italië, en misschien was dat gebeurd als Mussolini, de idioot, niet opnieuw voor Hitler had gekozen.

Hij is nooit een fascista geweest. Hij blijft het in Bombay herhalen tot ze hem geloven. Zijn overplaatsing naar Europa wordt geregeld. Het transport gebeurt per schip. Van India, langs Malta naar Liverpool. In de buurt van Sicilië springt hij van boord, maar de golven zijn te hoog, bijna verdrinkt hij. Prijs is een maand isolatie, tweehonderd gram brood per dag, met af en toe aubergine. Twintig kilo lichter zet hij voet aan wal in Liverpool. De volgende dag wordt hij overgebracht naar hier.

Vijf jaar, zo lang is hij al van huis. Hier, een foto van zijn kind, kijk naar de neus. Lang, recht en smal. Zíjn neus. Hier is zijn vrouw. Gloria. Schoonheid zit vanbinnen, maar bij Gloria ook aan de buitenkant. Elk jaar opnieuw met kerst is ze Maria in de kerststal, zijn zoon is Jezus. In de kerk van hun dorp, jawel, naast het altaar. Waar zou hij nu willen zijn? Juist.

En dan vloekt hij. Niet in het Engels, oh nee. Dat ze hier allemaal elkaars gat in kunnen, moederverkrachters die ze zijn.

Mijn vader kon dat ook. Vloeken tot de kalk van het plafond viel. Dan lachten alle Italianen en alle Engelsen keken zuur. Ik bid tot God, zei mijn vader dan tegen hen, voor ons aller zielenheil. Een mens kon altijd de steun van hierboven gebruiken, maar waarom riep hij er zo hard bij? Hij kwam van een luid land, zei hij daarop, als er net zoveel eten was geweest als lawaai had hij nooit onze levens geriskeerd. Niemand zei nog iets, vooral de Engelsen zwegen. En mijn vader kreeg een dikke fooi.

En ook al is hij er niet meer, toch glimlach ik.

'Wat zegt hij?' vraagt de officier.

Ik trek mijn gezicht in de plooi.

'Het is een gebed.'

'Een gebed.' De Amerikaan snuift.

Luigi lacht.

Het is nog altijd oorlog, zijn lijf zit onder de luizen en hij lijkt verder van huis dan ooit, maar hij lacht.

Ik draai me om naar de commandant.

'Penny heeft volk nodig op het land,' zeg ik.

Keep breathing

Stipt om half acht staat Luigi op het erf.

Of hij koffie wil, vraag ik hem in het Engels. Het is wat Penny wil, zo begrijpt hier iedereen elkaar.

'Is er koffie,' zegt hij verwonderd. Hij volgt mij naar binnen, zijn mok staat al klaar op het aanrecht. Hij snuift de geur diep op. 'Het is echte.'

'We hebben geen andere,' zegt Penny.

Ik wijs hem het veld, toon hem waar hij gereedschap en werkkleren vindt. Leg hem uit hoe laat we 's middags eten, vertel hem waar hij best begint.

Om vijf uur zit zijn eerste dag erop.

'Morgen kom ik terug,' zegt hij.

Alsof hij een keuze heeft. Maar ik knik.

'Jij verstaat Italiaans,' zegt hij dan.

'Ik ben Italiaan.'

Hij kijkt me verwonderd aan.

'Fredo Santoro,' zeg ik. 'Uit Liverpool.'

'Niet Freddy?'

'Ook,' zeg ik.

Hij knikt.

'Je klinkt als een Engelsman.'

'Dit is mijn land.'

Met een scheef hoofd kijkt hij mij aan.

'Toen de oorlog uitbrak, pakten ze alle Italianen op,' zeg ik. 'Fasci of niet, het maakte niets uit.'

'Dus je bent naar hier gevlucht. En je werd verliefd.'

Het zijn zijn zaken niet. Ik zwijg. Opeens graait hij in

zijn jaszak en hij haalt een foto tevoorschijn. Ze is helemaal verkreukt, er zit zelfs een kleine scheur in. Hij strijkt er even over met zijn vingers en duwt ze mij onder de neus. 'Mijn familie,' zegt hij trots.

De foto is zo vergeeld dat ik bijna niet kan zien wat erop staat. Maar ik blijf kijken. Want hij blijft wijzen. En dan zie ik een groepje mensen staan. De ezel in het midden. Op die ezel het kind.

'Mijn zoon,' zegt hij. 'Vito Monteleone. Elke morgen kijk ik naar hem. Keep breathing, Luigi, denk ik dan.' Hij glimlacht. 'Later wordt hij dokter. Waarom niet?'

'Jazeker,' zei ik. 'Waarom niet.'

Hij slaat zijn arm om mijn schouders, knijpt me bijna fijn.

'Crazy Fredo. You are my friend. One day I show you my son.'

Hij lacht. Laat me los, buigt plechtig en draait zich om. Een eind verderop staat de bus op hem te wachten. Eerst moet hij zich een weg ploeteren door een poel van slijk en drek. Bij elke stap zinkt hij dieper in de viezigheid. Halverwege blijft hij staan en hij draait zich om. Ik verwacht een vloek die de hemel naar beneden laat vallen. In plaats daarvan gaat zijn arm de lucht in, en hij zwaait naar mij met op zijn gezicht een grijns van hier tot Italië.

Luigi wordt onze kostbaarste helper. Hij is sterk als een reus, kan letterlijk bergen verzetten. Is hij vroeger klaar, dan komt hij even langs, neemt de borstel, veegt de haren op de grond bij elkaar. En hij vertelt over thuis. De zon en de vrouwen, aaaaah Fredo, je weet niet wat je mist. En terwijl ik me afvraag hoe groot het verschil is tussen liegen en overdrijven stromen zijn woorden al de kamer in, hoog en luid als een aria, verdwijnt de frons tussen zijn wenkbrauwen. En terwijl ik hem hoor vertellen over die wereld, zie ik hoe recht die rug gaat, hoe zijn hoofd bijna tegen het plafond komt, en de woorden blijven komen.

De maan schijnt

Op de zesde juni landen de geallieerden in Normandië, het zorgt voor een nieuwe golf van hoop. Maar de zomer komt en verdwijnt terwijl de oorlog blijft duren. Dansen is een goede afleiding, er wordt dus steeds meer gedanst.

De mannen van het kamp die zich gedragen, krijgen op zaterdag permissie om weg te blijven tot 's avonds elf uur. Ook Luigi.

Die eerste avond gaan alle remmen los. Terwijl Penny en ik dansen, vliegt hij van de ene vrouw naar de andere. De muziek stopt even. Hij reikt me een sigaret aan. De wanhoop staat op zijn gezicht te lezen.

'Ik wil hen kussen, Fredo. Hou me tegen, amico mio.'

'Kom, ik bestel een nieuwe pint voor je.'

'Aaaah fratello mio, het leven is te kort.'

'Veel te kort,' zeg ik. 'Laten we klinken op je zoon, Luigi.'

'Mijn zoon.' Hij zucht diep. 'Ik heb zo veel geluk, Fredo.' Ondertussen kijkt hij naar de dansvloer. Zijn ogen glanzen.

'Morgen ben je hen al vergeten,' zeg ik.

Penny en ik lopen samen naar huis.

'De vrouwen houden van Luigi,' zegt ze.

'En hij van hen.'

Ze blijft staan. De maan schijnt. Ik zie de gretigheid in haar ogen. 'Hij zal doen wat nodig is om te overleven,' zegt zij dan. 'En hij zal overleven. Love conquers all, oh, my darling Freddy, kijk naar ons.' Ze glimlacht.

Al vier jaar.

Het kan niet dat ze dat niet weet. Maar voor het geval. 'Vier jaar,' zeg ik.

'Het lijkt de eeuwigheid,' zegt ze.

Ik staar naar de gaten in haar gebit. Ze wordt oprecht lelijker als ze glimlacht. Maar ze is mijn Penny en straks trouw ik met haar. Mensen overleven samen geen oorlog om daarna vaarwel en tot nooit meer te zeggen. Zo gruwelijk kan het leven niet zijn.

When Johnny comes marching home

In december valt de eerste sneeuw over heel Europa. Smelt, verdwijnt. Valt opnieuw. Blijft vallen. In het zuiden van België slaan de Duitsers zwaar toe.

We hebben de wilgen achter de boerderij geknot, het gereedschap opgeborgen. Of hij thee wilde, had ik Luigi gevraagd. Hij had me aangekeken alsof ik niet goed wijs was. Hebben de Engelsen echt niets sterkers in huis?

En nu staan wij hier samen te kijken naar de geknotte wilgen, het tweede glas brandy in onze hand.

'De oorlog blijft maar duren,' zegt hij. 'Wat als hij nooit meer stopt?'

'Ooit eist iemand de overwinning op,' zeg ik. 'En de verliezer zal niets anders kunnen dan opgeven.'

'Dat weet jij zo zeker.'

Hij neemt de fles en schenkt ons glas opnieuw vol.

Hij wil naar huis. En nu. Niet morgen. Wie zal thuis het hout kappen, het vuur aansteken? En de kerstboom voor de kinderen, wie zorgt ervoor dat die rechtstaat in de pot, dat hij niet omvalt na een halve dag?

'Je bent welkom bij ons op kerstavond,' zeg ik.

En zo komt het dat we met zijn drieën zijn op 24 december. Voor twaalf uur moet hij terug in het kamp zijn. We eten en we drinken en we zingen, hurrah hurrah, how we all felt gay when Johnny comes marching home. Zingen houdt het heimwee tegen, zegt Luigi. Dat hij zo veel dorst heeft is de schuld van de oorlog, zegt hij even later met dubbele tong, you have no idea, en Penny en ik schudden ons hoofd alsof we echt geen idee hebben.

Om elf uur wil hij naar buiten. Het is pikdonker. Er zou licht moeten zijn in de kerstnacht, zegt hij, en dat ook dát zijn schuld niet is.

'Allemaal die van de oorlog,' zeggen Penny en ik.

Hij knikt alsof wij het eindelijk begrepen hebben, en dan kijkt hij omhoog. Duizenden sterren daarboven. Hoe donkerder het land, hoe groter de sterrenhemel.

'Dat is dan één voordeel van de oorlog,' zegt hij.

We staan daar minutenlang. En niet één ster die valt.

Dan begint hij te huilen. Valt om. Ik help hem overeind, maar hij zakt opnieuw door zijn benen.

Hij kokhalst.

'Daar gaat de beste wijn,' zucht ik.

'En mijn dikste kip,' zegt Penny.

Midden in zijn kots valt hij in slaap.

'Zo kan hij niet vertrekken,' zegt Penny.

We wassen zijn gezicht schoon. Schudden hem wakker.

'Ik loop met je mee naar het kamp,' zeg ik.

En terwijl ik mijn arm door de zijne steek en hem meetrek door de velden, onze gang waggelend, want de weg loopt niet recht en er is geen licht dat erop mag schijnen, gaat de oorlog onverminderd door in het zuiden van België.

Uiteindelijk verliezen de Duitsers hun slag om de Ardennen. Het is duidelijk dat ze uitgeput zijn; ze zullen alle volgende slagen ook verliezen. En als in april Mussolini definitief ten val komt, is de vrede eindelijk in aantocht.

En wie ook in aantocht is: Edgar.

Good life

Ze komen het haar persoonlijk vertellen. Edgar werd getroffen in Noord-Italië, maar heeft zijn verwondingen overleefd en hij is op weg naar huis. Ze is daar blij om, zegt ze. Ze is niet gewoon blij, ze is gelukkig. Ik heb haar nog nooit zo gelukkig gezien.

'Je wist dat dit zou gebeuren, Freddy.'

Alsof de waterketel fluit en er theegezet kan worden. Terwijl de lucht invalt. Want hoe ze daar staat, haar rug tegen de keukenkast, haar handen in haar schort, haar haren in twee vlechten om haar hoofd.

Straks, na het melken van de koeien, zal ze niet meer de spelden uit haar haren trekken, de lokken zullen niet meer dansen over haar schouders, kom, Freddy darling, let's play. Want Edgar komt eraan. Kijk naar mij, zal hij zeggen, haar Johnny, who came marching home, so very much alive, forever yours, my love. En ondertussen knoopt híj haar blouse los, beheerst als een hond die weet dat het been hem wordt afgenomen als hij te gulzig is. Verrast zal hij kijken naar de sproeten op die melkwitte schouders, alsof hij niet meer verwacht had dat ze nog dezelfde zou zijn. Er zit een oorlog tussen toen en nu, zo veel is weg of anders nu. Maar niet zijn Penny.

Hij zal die sproeten één voor één willen kussen, en het zal niet lang duren of hij herinnert zich weer dat daar geen beginnen aan is tenzij hij er de tijd voor neemt, let's get married, darling, we némen de tijd.

Ik loop naar buiten, het regent. Het schemert al, maar echt donker is het nog niet.

Ruim vier jaar geleden stond ik hier ook. Mijn lijf zat vol verdriet en zij hield haar armen wijd opengespreid, alles kon erin. De weiden, de dieren, de boerderij en ik. This is your life now, Freddy love.

Ze verschijnt in de deur.

Hoe deed ze dat al die tijd, werkte haar hart maar voor de helft?

'Je hoeft niet meteen te vertrekken,' zegt ze. 'Je mag gerust nog blijven tot hij er is.'

Ik schud mijn hoofd.

Ze knikt.

De tranen staan haar in de ogen. 'Have a good life, Freddy.'

Stokstijf staat ze daar naar mij te kijken. Haar armen plakken tegen haar lijf, gedaan met wapperen. Ze zullen mij niet meer aanraken. Ook niet per ongeluk. Zelfs niet als afscheid.

Ze kijkt achterom. In huis brandt de kachel, de avonden kunnen nog koud zijn in april. Doe de deur dicht, wil ik zeggen, zo spaar je warmte. Het is mijn huis niet, mijn deur niet, en ook zij is niet meer van mij. Ik heb het in haar blik gezien. Het maakt niet uit wat ik nog zeg, ze heeft haar besluit genomen.

Of ik er nog ben of niet, wie zal het merken. Niemand die reikhalzend uitkijkt naar mij. Die bidt dat ik er eindelijk aankom. Of die gewoon blij is dat ik er ben.

Dat zou al genoeg zijn.

Ik draai me om, zwaai niet. Zwaaien is voor wie achterblijft.

Ik steek mijn handen diep in mijn zakken en loop de schemer in.

Genoeg

Het kamp ligt maar een paar kilometer verder. De portier laat mij erin, Freddy Santy is hier altijd welkom. Op elk uur van de dag. De officieren schenken me een glas whisky in. Ze kloppen me op de schouder, aaargh women.

'There will be others, Freddy boy.'

Dat ze dat zonder haperen durven zeggen, recht in mijn gezicht.

'Geef mij maar een kamer met een bed,' zeg ik. En een kogel. Dat laatste denk ik alleen. Maar als er een in mijn zak had gezeten, schoot ik hem door mijn kop.

'Ik woon hier nu,' zeg ik tegen Luigi.

Hij zegt niet dat de wereld overloopt van vrouwen. Hij klemt zijn handen om mijn schouders, verder doet hij niets.

Ik eet en ik drink en ik werk en ik slaap en ik blijf leven. Soldaten schuiven elke dag aan voor een geschoren kin, een fris kapsel. Want elke dag kan de eerste zijn op weg naar huis. De vrouw, het lief, de kinderen, ze mogen niet te hard schrikken. Dat zeggen ze allemaal tegen mij terwijl ik blijf scheren en knippen. Zo veel te knippen. En elke keer als ik de grond voel schuiven onder mijn voeten, voel ik weer de handen van Luigi om mijn schouders, de kracht van de greep, de woorden die hij niet zegt, omdat er simpelweg geen woorden zijn om het schuiven van de grond tegen te houden.

Twee handen om mijn schouders. Het is genoeg om te blijven ademen.

Hij zal mij helpen bij mijn werk, zo spreekt hij af met de commandant. In ruil krijgt Penny twee nieuwelingen. Boerenzonen die de stiel kennen, want de lente is volop weer begonnen.

Met zijn twee meter twee vult Luigi de helft van de ruimte waar we nu samen werken. Gehoorzaam tillen de soldaten hun voeten op terwijl hij met zijn borstel de haren bij elkaar veegt, ze glimlachen in de spiegel die hij hun voorhoudt, willen ze hun achterkant eens zien, het is de moeite, zegt hij. Hij scheert de kinnen, knipt de snorren en de baarden bij. De rest is voor mij.

Geen blijer man dan een mooie man, zegt Luigi als de laatste vertrokken is.

De hele dag hebben we de verhalen van de soldaten moeten aanhoren, maar nu is het aan hem. Wil ik weten hoe de thuiskomst zal zijn? Eerst kust hij Gloria. Urenlang. Natuurlijk zal hij aandacht geven aan de kleine. Maar eerst Gloria. Luister ik wel? Penny is het niet waard, Fredo, geen halve seconde. Ga mee naar Italië. Alle dagen zon, geen enkele gedachte kan daar tegenop. De zon én de vrouwen, Fredo. De Italiaanse vrouwen zijn niet alleen de mooiste, ze zijn ook nog trouw. Zijn familie zal mij als een keizer behandelen als hij hun vertelt dat ik zijn goede vriend ben.

Hij lacht. Schudt zijn hoofd. 'Tijd dat je het licht ziet, fratellino.'

'Het licht.'

Hij wijst naar mijn mondhoek. 'Zie ik daar een glimlach verschijnen?'

Niets

En dan is de oorlog eindelijk ten einde. Er wordt gevierd alsof iedereen opeens het eeuwige leven heeft gekregen. Elke avond zitten de pubs vol. We drinken pinten tot aan het sluitingsuur, dansen met alle rokken die we tegenkomen, zingen Tomorrow is a lovely day met Vera Lynn, I'll be seeing you, zuchten we in vrouwenoren. Ja, ik ook. Wat achter ons ligt is voorbij, we blijven het met zijn allen herhalen. Het helpt dat iedereen hetzelfde wil als ik.

In het kamp gaan de weddenschappen niet meer over het eten van de dag, de film van de avond, het lief van de commandant. Wie mag er het eerst vertrekken, the lucky ones, wie zullen ze zijn?

Het klopt wat de meesten van ons vermoeden. Zij die per ongeluk in het kamp vastzitten, zijn eerst aan de beurt: een Italiaanse visboer uit Glasgow, een Duitse schrijver die naar Londen was gevlucht. De poorten van het kamp zwaaien wijd open voor hen, go, just go. De oorlog is gewonnen, het Koninkrijk heeft de juiste wapens getrokken. Dat er daarbij onschuldigen zijn gevallen, is nu eenmaal onvermijdelijk.

De meeste gevangenen, echter, zitten hier niet per ongeluk. Zij mogen pas vertrekken als alle verdragen tussen winnaar en verliezer zijn ondertekend. En dat duurt nog wel een tijd.

Ik blijf ook.

Het is met velen dat we de volgende kerstavond naar de sterren kijken. Ondertussen drinken we en zingen we en we ruimen elkaars kots op. En zo houden we elkaar recht. En zolang we elkaar rechthouden, houden we onszelf recht.

Begin juni 1946 is het kamp zo goed als ontruimd. De commandant komt nog een laatste keer langs. Hij heeft vernomen dat ik naar Italië ga. Waarom keer ik niet terug naar Liverpool? Er rijden weer treinen. Heb ik er geen goede tijden beleefd?

'Liverpool is in puin,' zeg ik.

Wil ik niet op zijn minst gaan kijken?

De huizen, de mensen, de goede tijden, ze bestaan niet meer. Waarom zou ik gaan kijken naar alles wat weg is?

'In Italië is er ook niets meer,' zegt hij. 'En heb je Amerika al overwogen? Werk met hopen voor een stielman als jij.'

Ik zwijg en buig me over zijn schedel. Het is een warme dag en zijn haren plakken aan mijn vingers.

'Alles is beter in Amerika,' zegt hij dan.

'Dat dacht mijn vader ook,' zeg ik.

'En?'

'Nu is hij dood,' zeg ik.

Hij vraagt niet verder. Hier worden haren geknipt. Hier praten wij over het weer en andere zaken die morgen alweer anders kunnen zijn.

Ik buig me opnieuw over zijn hoofd.

'En nu?' vraagt hij.

'Nu knip ik uw haren,' zeg ik.

Als ik klaar ben, zucht hij diep. 'Dat was dan de laatste keer.' Hij staat op, trekt zijn jas aan. 'Hierna kan het alleen maar bergaf gaan met mij.' Hij lacht. 'Althans wat betreft die tien haren op mijn hoofd.' Hij neemt mijn beide handen vast en drukt ze stevig.

'Dus jij zult Luigi vergezellen.'
'Hij is mijn vriend, sir.'
Hij knikt. Tikt me even tegen de wang.
'Then go to Italy. Go and live, son.'

Die avond pak ik mijn rugzak. Mijn kleren, mijn kammen en scharen, een stuk zeep en een paar scheermesjes. Het is wat ik heb, een halve rugzak vol.

Als er zo weinig is om mee te nemen, dan is het goed dat ik vertrek.

Horizon

Als we de haven van Southampton uit varen, is er geen mens die ons uitzwaait. Het schip zit immers vol Italianen. Waarom zouden er vlaggen worden bovengehaald, toeters en slingers, een lied.

Mijn lijf plooit zich over de reling, ik kots.

'Kijk naar de horizon,' zegt Luigi.

Hij duwt mij een zakdoek in de handen.

Mijn vader deed dat ook. Een zakdoek in mijn handen duwen op de momenten dat ik ontroostbaar was. Ondertussen bleef hij naast me zitten. Pas als het grootste leed geleden was, zei hij wat. Kom, snuit je neus. Het komt wel goed, of: morgen is er weer een dag. Zinnen die geen antwoord verlangden.

In de buurt van mijn vader kon ik met alle gemak ontroostbaar zijn.

Nog één keer kijk ik naar het land dat ons ooit zo welkom heette. Zou hij Italië verlaten hebben, als hij alles had geweten? De vraag is onzinnig, zou hij gezegd hebben. Zoals het even onzinnig is te denken dat een mens wel went aan honger. En alles waar een mens maar niet aan wennen kan, moet hij bestrijden.

Ik veeg mijn mond schoon, frommel de zakdoek in mijn mouw. Kijk naar de horizon. Ginder ligt Italië. Daar gaan de armen open en zijn de vrouwen de mooiste. En als dat maar voor de helft klopt, is het meer dan wat ik nu heb.

Go and live

Nooit zag ik meer sterren dan tijdens die paar nachten op zee. En niet één die valt. De hemel is tegen ons, zegt Luigi. De anderen zwijgen. Hun gezichten vertellen niet wat ze denken, en over wat ze voelen spreken ze nog minder. Maar hun handen blijven gevouwen. Als God niet meevaart, wie dan wel? Gloria zal hem niet herkennen, zegt Luigi, hij is te erg vermagerd. En hij stinkt. Hij zal volledig overbodig zijn. Help me, Fredo, my friend.

Ik was zijn haren, knip ze. Verzorg zijn baard. Na hem is het aan de anderen. In stilte schuiven ze aan. En ik, Fredo Santoro, zoon van Pietro Santoro, de beste kapper van het westelijk halfrond, ik doe wat ik kan.

Schouder aan schouder staan we als het schip de kade raakt. Zoals we elkaar rechthielden in het kamp, zo bereiken we met zijn allen Napels. Hier scheiden onze wegen zich. Ogen lopen over. Samen hebben deze mannen een oorlog verloren, nooit zullen ze vergeten. Ook ik word door hen vastgepakt. Grazie, Fredo. Ik krijg een glimlach, geen tranen. Wij hebben geen wonden die we delen. Ik ben de gelukkige, denken ze.

Maar er zitten gaten in mijn lijf. En hoe ik ze ook heb proberen te dichten, het is me niet gelukt. Misschien moet ik er dan maar mee ophouden. Storm en wind zullen met alle gemak hun weg door mij heen vinden. Geen enkele wind die mij nog kan omblazen.

Wat er verder nog gebeurt, het ergste ligt achter mij.

Het is de schraalste troost die ik bedenken kan.

We krijgen brood voor onderweg en een paar lire om thuis te raken.

En dan is het aan ons.

Go and live, son.

Wennen

Na uren bereikt de trein eindelijk de laatste halte. Torano Castello. We stappen uit. De trein wacht nog even, stel dat we ons bedenken. Dat we willen terugkeren. Dat we het zuiden willen laten voor wat het is. Niets, volgens de Amerikanen.

Het is twintig kilometer stappen tot aan het dorp.

De weg loopt tussen velden en over bergpaden. Het is warm, het wordt heet, onze monden raken vol stof. We komen rotsen tegen waarlangs water naar beneden loopt. We drinken gulzig. Gesmolten sneeuw, zegt Luigi.

Het is juni en nog ligt er sneeuw op de toppen.

Hoezo, er is hier niets?

De vrouw die opendoet, slaat haar handen voor haar mond. Ze staart Luigi aan. Hij staart terug. En ik staar mee. Luigi heeft niet overdreven, zijn vrouw is werkelijk de mooiste.

'Oh Luigi. Eindelijk.'

'Kom hier,' zegt hij. Hij opent zijn armen en hij trekt haar tegen zich aan. Ze laat het een paar tellen gebeuren en dan duwt ze hem weg.

'Je stinkt,' zegt ze, maar haar ogen blinken. Ze knikt naar mij. 'Jij bent Fredo, neem ik aan? Wees welgekomen, Fredo,' zegt ze, draait zich om en ze roept met hoge stem als verkocht ze vis langs de kades van Liverpool: 'Glooo-ri-a! Gloria! Schiet op en breng het kind mee!'

Dit moet Carlotta zijn, de oudere zus van Gloria. Hij heeft me over haar verteld, maar haar schoonheid heeft hij verzwegen.

'Waar blijft ze toch?' vraagt Luigi.

'Ze zit aan tafel, laat haar niet te hard schrikken. Ga maar naar binnen. Glooooooria!' roept Carlotta, 'goed volk!'

Ze schilt aardappelen. Er zit een kind naast haar, een jongen; hij bouwt een toren met de geschilde aardappelen.

'Gloria,' zegt Luigi.

Ze schrikt. Haar arm stoot de stapel omver. De aardappelen rollen over de grond, rollen door de achterdeur naar buiten. Ondertussen is het kind naar buiten verdwenen.

'Kom terug,' roept Carlotta.

'Kom hier,' zegt Luigi tegen Gloria.

De vloer ligt niet gelijk. Dat is de eerste gedachte die door me heen gaat. Iemand moet de aardappelen oprapen, dat is de tweede gedachte. Ik zal dat doen, is de derde gedachte.

Ik buk me. Ondertussen kunnen zij doen wat ze zouden doen als ik niet in de weg liep.

Als ik weer opkijk, heeft Luigi zijn armen om Gloria. De Maria van de kerststal. De mooiste van het dorp. En ik kan niet anders denken dan dat ze op een jongetje lijkt. Een lijkbleek jongetje met kort zwart haar. Dat kijkt alsof de wereld is vergaan.

En daar is het kind ook weer, Vito Monteleone, die dokter wordt volgens zijn vader. Hij staat in de deuropening, zijn hoofd schuin.

'Kun jij voetballen?'

'Waar is de bal,' zegt Luigi.

Een kwartier later zit iedereen aan tafel. Aardappelen met uiensaus. Een stuk salami van tien centimeter. In een kommetje liggen basilicumblaadjes. Carlotta graait erin en strooit ze over de aardappelen.

'Het brood is op,' zegt Carlotta. 'Maar morgen is er weer.'

'Mijn voetbal is kapot,' zegt Vito.

'Mijn schuld,' zegt Luigi. 'Ik koop je een nieuwe van leer. Dat wil je toch?'

Vito zwijgt.

'Heb je je tong verloren?' vraagt Carlotta.

Hij schudt zijn hoofd. Knikt.

'Ja, papà.'

Het blijft even stil.

'Het eten smaakt,' zeg ik.

Ze rolt met haar ogen, schudt haar hoofd. 'Wat een onzin.' Dan draait ze zich om naar Vito. 'En jij moet zo naar bed.'

'Nu al?' vraagt Luigi.

'Hij moet morgen naar school,' zegt Carlotta.

'Ze heeft gelijk,' zegt Gloria.

Het is het eerste wat ze zegt sinds onze aankomst. Alle vier kijken we haar aan. Maar nog altijd is er niemand die lacht. Niets begrijp ik ervan. De oorlog is gedaan en we leven nog allemaal. Uitzinnig van blijdschap zouden ze moeten zijn.

'Het is wennen,' zegt Luigi. 'Voor iedereen.'

Gelukkig komen die avond de vrienden langs. Luigi is terug, een hand om zijn schouder, hij is het echt. Graatmager maar nog altijd een reus, ah, la dolce vita, waar blijft de wijn? En wie ben ik, en van waar, aaah, ze horen het direct, het Noorden, niet? Madonna Santa, wat doe ik hier als ik van ginder ben?

Ik ken het Noorden niet, hoe kan ik ernaar verlangen?

He is my friend Fredo, il mio amico. Dall'Inghilterra. Dat vertelt Luigi hun, de gezichten klaren er helemaal van op. Natuurlijk ben ik welkom, het land is van iedereen. Ben ik boer of visser? Visser, wedden ze, nee? Geen zeebenen? Ik hoef mij geen zorgen te maken, de zee neemt maar de zee geeft ook.

'Niet zijn vader,' zegt Luigi.

Opeens wordt het stil. En in die stilte buigen ze hun hoofden. Ook zij hebben liefste mensen verloren, ben ik dan toch één van hen? Een minuut zwijgen ze, om dan te beginnen over het houtwerk dat dringend gevernist moet worden, en oh, de kleur dit jaar van de tomaten. De tomaten, for God's sake. Kleine zorgen, bijna te banaal om woorden aan te besteden. Maar tot mijn verwondering hoor ik mezelf deelnemen aan het gesprek. Misschien is dit de manier om ze terug te halen, de dagen met de kleine zorgen. Die we kunnen weglachen met wat gemor, een zwaai van onze hand. En wie weet, zwaaien we zo ook de droefenis uit dit huis.

My treasure

Ik word wakker in een kamer die ik niet ken, en ik stink.
De stal.
Daar slaap ik nu.
De keuze was snel gemaakt. Het huis is zo klein dat er simpelweg geen plaats is voor nog een matras.
Het ruikt er naar geit, zei Carlotta, wat geeft het, zei ik. Ik lig er niet in de weg.

Ik kleed me aan en loop het huis in. Luigi staat bij het vuur. Vito zit aan tafel, Carlotta is druk in de weer met zijn boekentas.
'Waar kan ik mij wassen?'
'De bron is niet ver. In het meer kan het ook.'
'Het meer?'
Ze lacht luid. Dan bukt ze zich naar de kleine, trekt snel een kam door zijn haar. 'Geef je vader een kus, Vittorio.'
De kleine schudt zijn hoofd.
'Een kus, heb ik gezegd!'
'Het hoeft niet,' zegt Luigi.
'Nu!' beveelt Carlotta.

Vito is net de deur uit als Gloria de trap af komt. Ze gaat meteen aan tafel zitten, scheurt een stuk van het brood. Ze kauwt twee keer. Legt de rest van het brood op tafel, haar handen in haar schoot. Ze kijkt niet naar Luigi. Stokstijf zit ze aan tafel, alsof de wereld zou vergaan als ze beweegt.

Er loopt een rilling over mijn rug.

Little Jimmy zat ook zo. Little Jimmy in zijn cottage met als opschrift MY TREASURE. Op exact dezelfde manier. Het klopt niet dat Gloria hier zo zit. Haar man is terug, gezond en wel. Op zijn minst zou ze kunnen glimlachen, het in elk geval proberen.

En dan zegt Carlotta: 'Je stinkt als de zwijnen, Fredo. Zou je niet vertrekken naar de bron? Vergeet de emmers niet.'

'Emmers?'

'Ze staan klaar op de kar. Vul ze tot de rand. En mors niet.'

'Ik loop met je mee,' zegt Luigi.

Daar staan we dan buiten in de ochtendzon. Hij reikt me een sigaret aan, we wassen ons straks wel.

'Niemand die ons nog bevelen kan,' zegt hij.

Ik zwijg. Hij zwijgt ook.

'Ze moeten nog aan ons wennen,' zegt hij dan. 'Zelfs Gloria.' Hij zucht diep. 'Meer is het niet.'

Roberto

Een week later.

'Ze heeft een ander,' zegt Luigi.

We zijn op weg naar de bron. De dag is net begonnen, in de verte kleurt de lucht nog rood. Ik veeg het zweet van mijn voorhoofd. Nu al is het warmer dan het in Engeland ooit is geweest.

'Ze praatte vroeger de hele tijd, Fredo, ze hield er pas mee op als we in bed kropen. En nu. Geen woord.' Hij zucht diep. 'Soms denk ik: waar is de vrouw gebleven met wie ik ben getrouwd.'

'Je bent zeven jaar weggeweest.'

'Een mens verandert doorheen de jaren, ik weet het wel. Maar een mens wordt geen ánder, Fredo.'

Aan het einde van de zandweg buigt de weg naar beneden. Daar, tussen de dennenbomen, in de schaduw, ligt de bron. We zetten de emmers op de grond, houden ons hoofd beurtelings onder het water. We drinken gulzig.

Luigi rekt zich uit. Draait zich naar mij. 'Er scheelt iets. En ik kan maar niet bedenken wat.'

'Waarom vraag je het haar niet?'

'Als ik erover begin, stopt ze met ademen. Ze krijgt letterlijk geen lucht meer, Fredo. Dus wat doe ik? Ik zwijg, en ik maak mezelf wijs dat ik te weinig geduld heb.'

De eerste emmer is volgelopen. Ik zet de tweede eronder. Het water klatert luid op de bodem. Alleen al het geluid zorgt voor verkoeling.

'Er wordt beweerd dat deze bron zo oud is als de aarde.' Luigi zucht. 'Sommige dingen zijn voor altijd, het kan blijkbaar. Het was ook ons plan, Fredo. De eeuwigheid, minder wilden we niet toen we trouwden. Maar zoals het nu gaat, dat houden we geen jaar vol.'

'Heb wat geduld, Luigi. Laat de tijd zijn werk doen.'

De emmers zijn volgelopen. We zetten ze op de kar en we rijden ze naar huis. Carlotta staat ons op te wachten.

'Roberto wil jullie zien. Vanavond bij het meer.'

Roberto Pellegrino. De broer van de vader van Carlotta en Gloria. Zolang Carlotta zich kan herinneren, is hij er. Haar ouders niet. In een ver verleden vertrokken ze op bedevaart ter ere van Francesco di Paolo. Het was een dagreis heen en een dagreis terug, een tocht die met het hele dorp werd gemaakt. Francesco di Paola was niet alleen patroonheilige van Calabrië, zijn hulp werd ook ingeroepen bij vruchtbaarheidsproblemen. De ouders van Gloria en Carlotta wilden een groot gezin, reden genoeg om mee te stappen. Halverwege werd er gepauzeerd boven op de berg, ze hadden er een goed zicht op wat nog komen zou. De accordeon werd bovengehaald, de eerste wijnfles werd doorgegeven en daarna de volgende, want ze hadden nog wel wat te stappen en moed kon iedereen gebruiken.

Er stond een strakke wind, daarboven op die bergtop. En ze waren bezweet. Ze werden ziek. Longontsteking. Het is een wet van de natuur dat altijd één ouder overeind blijft. Maar alle wetten kennen hun uitzonderingen. Twee weken later werden ze samen begraven.

Roberto Pellegrino deed wat men verwachtte van de enige broer. Hij nam de meisjes onder zijn hoede en hij zorgde ervoor dat ze zonder veel ziektes groot werden.

We zitten buiten in de zon. We zijn alleen, Luigi is er niet. De graanoogst is begonnen, alle handen zijn welkom.

Neem Gloria mee, had Carlotta tegen hem gezegd, het zal haar gedachten verzetten. En de zijne.

Terwijl ze vertelt, dwaalt mijn blik af naar de dode kip op mijn schoot. De kop is eraf gebeten, wellicht door een marter. Wil je dat ik ze in de grond steek, vroeg ik haar. Hoe kom je erbij, zei ze, en ze duwde de kip in mijn armen, ga zitten, Fredo, luister.

'Opeens hadden we geen ouders meer. En we moesten nog beginnen aan ons leven. Gloria was amper twee, zij heeft het minder moeilijk gehad. Maar ik was al zes, ik zwaaide hen uit toen ze die ochtend vertrokken op tocht. Ik herinner me nog goed hoe donker het huis maandenlang bleef, ik moest elke dag een zwarte jurk aan met zwarte knopen en mouwen die mijn armen helemaal bedekten. Ik stikte elke dag opnieuw. Als ik ooit begraven word, zal het in kleur zijn en niemand zal hoeven te stikken omdat ik dood ben. Zoiets moet ik tegen Roberto hebben gezegd. Hij antwoordde dat het lang nog niet zover was. De mens was sterk, kijk naar ons, zo bijzonder zijn wij niet. Hij had gelijk. Wij waren gewone mensen met veel te veel verdriet voor ons lijf, en dan was ik nog maar zes. Ik had zo veel vragen. Wanneer ze terugkwamen. Of ze nog terugkwamen. Waarom ze niet terugkwamen. Hij beantwoordde ze allemaal. Hoe hard ik mijn longen uit mijn lijf brulde, de antwoorden bleven dezelfde.

Toen ik dertien werd, besloot ik dat mijn ouders nooit vertrokken waren als wij genoeg waren geweest. Ik kende gezinnen met twee kinderen, zij waren perfect gelukkig. Wij waren niet genoeg, zei ik tegen Gloria. Zij was toen negen. Waarom zou ze haar oudere zus tegenspreken? Ik herhaalde mijn woorden tegen Roberto, altijd als ik wilde gaan dansen op zaterdag en hij het mij verbood. Natuurlijk klom ik 's avonds door het raam naar buiten. Toen hij erachter kwam, dreigde hij mij het huis uit te zetten. Hij was mijn vader niet, zei ik, daar is de deur, zei hij.'

'En toen vertrok je,' zeg ik.

Ze kijkt mij verwonderd aan.

'Natuurlijk niet. Hij is een goed mens. Luister naar hem, Fredo.'

Ze staat op. Voor ze het huis in verdwijnt, draait ze zich om en ze wijst naar de kip op mijn schoot. 'Breng ze mij, ik maak er soep van.'

'Soep? Van dat mager beest?'

'Ik kan dat.'

'Dat geloof ik,' zeg ik, sneller dan ik wil.

Ze houdt haar hoofd schuin, bekijkt me van top tot teen. En terwijl een glimlach trekt over haar gezicht, draait ze zich om en ze loopt naar binnen. Ik kijk haar na, maar niet voor lang, want daar verschijnt haar hoofd alweer om de deur.

'Volg je me nog of wat is het plan, Fredo Santoro?'

Dit is het Zuiden

Het meer ligt tussen de bergen, niet ver van het dorp. Kinderen mogen er niet komen, het is er te gevaarlijk. 's Avonds is het van ons, de mannen.

Er staat geen maan aan de hemel. Enkel de gloed van onze sigaretten verraadt met hoeveel we zijn. Drie.

'Wij hebben iets te bespreken,' zegt Roberto.

Luigi zucht. 'Werk.'

Dat er werk is, weten we ondertussen. Op zee, in de bergen, op het land, overal kunnen ze ons gebruiken. Maar de lonen liggen veel te laag. Als we zeggen dat we meer willen, worden we uitgelachen. Dit is het Zuiden, amici, hier zwaait Filippo Romeo de scepter. Wat hadden we gedacht, dat hij op ons zat te wachten? Hij heeft maar te plukken uit de lange rij werkzoekenden die staan aan te schuiven. En dat we ons niet de illusie maken dat we om hem heen kunnen. Niet alleen het hele dorp, het meer en de gronden eromheen zijn van hem, hij is bovendien al ruim een kwarteeuw burgemeester.

Waarom blijven mensen stemmen op iemand die hen behandelt als het vuil van de straat, leg me dat eens uit, zegt Luigi tegen wie het horen wil. Zeven jaar lang heeft hij de gedachten van een andere uitgevoerd. Hij had geen keuze, maar nu wel. Nooit nog werkt hij onder kerels die zich alles permitteren.

'We helpen bij de oogst,' zegt hij. 'En na de zomer zien we wel.'

'De oogst alleen is niet genoeg. Jullie moeten de bergen in,' zegt Roberto.

'Je hebt vrouw en kind, Luigi.'

'Neem ons dan in dienst.'

Roberto staat bekend als de beste kleermaker van de streek. Daar zit de oorlog voor iets tussen. In tegenstelling tot zijn jongere collega's werd hij niet opgeëist door het leger. Aangezien er altijd wel iemand is die trouwt of sterft, een kind uit zijn kleren groeit, een vrouw een nieuwe jurk wil, een man een pak, zat hij nooit zonder werk. Uit de hele streek kwamen de mensen bij hem aankloppen. Altijd vroeg hij een voorschot. Geen brood, geen wijn, geen olijfolie. Alleen lires waren welkom. Wie bereid was gul te betalen, werd door hem verwend met de beste stoffen uit Napels. Burgemeesters, grootgrondbezitters, de baron, ze vonden allemaal de weg naar hem. En zo werd Roberto een welstellend man.

'Je wordt niet van dag één op dag twee kleermaker. Je zou beter wat minder koppig zijn, er is werk genoeg voor sterke mannen als jullie.'

'Koppig?' Luigi zuigt diep aan zijn sigaret. 'Ik noem dat fatsoen hebben.' Hij werpt zijn sigaret op de grond, duwt ze met zijn schoen in het zand. 'Dan wordt Fredo kapper. En ik help hem.'

Roberto schudt zijn hoofd.

'Het dorp hééft al een kapper, daar komt alleen maar ellende van. En stop met zeuren, je gezin heeft je nodig, je ziet toch in welke toestand ze verkeert?'

'Je hebt het over mijn vrouw, veronderstel ik. Waar bemoei je je mee.'

'Jouw vrouw beschouw ik als mijn dochter. En het gaat niet goed met haar.'

Luigi steekt een nieuwe sigaret in zijn mond, strijkt een lucifer af. Het lukt hem niet, zijn handen trillen te erg. Met een zwaai gooit hij de sigaret in het meer. Hij staart naar het water. Naar de lucht erboven. Geen sterren. Niet één die vallen kan.

'Het is erger dan je denkt,' zegt Roberto dan.

Even zegt niemand iets. Alsof we allemaal onze adem inhouden voor dat wat erger is dan we denken. En dan hoor ik de krekels.

Ik sluit mijn ogen en ik ben weer op de boerderij bij Penny. Het is zomer, het raam staat open, we steken geen lamp aan want dan komen de muggen. En het verbod op licht is nog lang niet opgeheven. Op geluiden, daarentegen, staat geen boete. Geen vliegtuig dat ons zal horen, daarvoor zijn we te ver van de hemel verwijderd. Wat een geluk is dat, zegt Penny, en ze lacht. Geen klaterlach maar een zachte lach, elke nacht opnieuw, met in de verte altijd het lied van de krekels. En terwijl wij daarna in slaap vallen, gaan de krekels door, als zijn ze gemaakt om de nacht een geluid te geven. Geen vijand die dit lied kan tegenhouden.

Het lijkt geruststellend dat iemand blijft zingen terwijl de ergste dingen gebeuren.

'Het gebeurde een maand voor jullie thuiskomst. Na vijf dochters is het Filippo Romeo eindelijk gelukt om een zoon te krijgen en dat moet het hele dorp weten. Claxonnerend rijdt hij door de straten van het dorp om stil te houden voor jullie deur, is Gloria thuis? Een of ander verhaaltje over een feest in zijn huis, zo veel mensen aan tafel, te weinig volk in de keuken, Gloria's hulp zou erg welkom zijn, natuurlijk wordt ze er rijkelijk voor vergoed. In elk geval, ze stapt in zijn auto. Hij begint te rijden, een praatje, een grapje, niets om ongerust over te zijn. Pas als hij zijn huis voorbijrijdt zonder te stoppen, beseft ze dat er iets niet klopt. Het lukt haar om het portier te openen. Ze springt uit de auto en ze rent zo hard ze kan. Helemaal overstuur is ze thuisgekomen.'

Roberto zwijgt even.

'Ze heeft hem kunnen wegduwen, maar de schrik zat er bij haar diep in. Filippo Romeo, burgemeester en grootgrondbezitter, afgewezen door dat jonge ding? Toen de volgende dag een grote bos bloemen werd geleverd, beseften we dat de jacht op Gloria geopend was. Scusatemi voor die woorden, maar zo leek het en zo was het. Wat doet zij? Ze neemt de schaar en ze begint te knippen. Al haar krullen moeten eraf. Als Carlotta haar probeert tegen te houden, brult ze dat zij met haar haren doet wat zij wil. Brúlt, Luigi. En wat doet Romeo? Hij laat een nog grotere bos bloemen leveren. Op dat moment heb ik ingegrepen. Ik wist dat hij contacten had met fout volk, er bestonden foto's van. Ik heb mijn vrienden aangesproken en binnen de kortste keren waren de foto's in ons bezit. We bezorgden zijn mensen een kopie en ze beloofden ons met rust te laten. Tot nu toe hebben ze zich aan hun woord gehouden.'

'Verder heb je niets gedaan.'

'Romeo is God, Luigi.'

Roberto biedt hem een nieuwe sigaret aan, maar Luigi duwt zijn arm weg.

'Ik vermoord hem. En ik weet precies hoe ik dat zal doen.'

'Jij houdt je nu vooral heel rustig.'

'Rustig?!' Hij gooit zijn armen in de lucht. 'Waarom heeft ze het mij niet gewoon verteld?! Ik ben haar man, Roberto! In goede én kwade dagen, dat heb ik haar beloofd!'

'Ze is bang dat je wraak zult nemen.'

'Nochtans is dat wat ik nu ga doen.'

'En dan maak je alles kapot. Alles, amico. Er is geen beginnen tegen Romeo, je hebt geen idee waartoe zijn familie in staat is. Kijk me aan en beloof mij dat je niets onderneemt tegen die kerel. Zweer het, Luigi.'

'Ik zweer niets.'

'Je hebt geen keuze.'

Luigi schokt met zijn schouders. Hij draait zich om, kijkt naar de lucht boven ons. Alsof daar staat wat hij nu moet doen. Maar er staat niets. Helemaal niets.

Hij zucht diep. Legt twee vingers op zijn mond, drukt er een kus op, steekt ze in de lucht en mompelt iets onverstaanbaars.

'Luider, Luigi.'

Hij lacht schamper. 'Wat voor zin heeft het als ze hierboven toch niet luisteren?'

'Ík wil het horen.' Roberto legt zijn hoofd in zijn nek, kijkt Luigi vol in het gezicht. 'De Monteleones en de Pellegrinos zorgen voor elkaar. Dat kan je niet vergeten zijn, figlio mio.'

Luigi zwijgt.

Hij kromt zijn lange rug, brengt zijn gezicht bij dat van Roberto. Zijn lippen bewegen alsof ze tegen een dove praten.

'Giuro su Dio. Tevreden?'

Roberto zucht.

'Bene, molto bene. Laat het nu maar passeren, Luigi, en geef haar wat tijd om haar plooi te vinden. Maak een tweede kind. Vrouwen willen een groot gezin, je zult zien hoe ze openbloeit.' Hij slaat het zand van zijn broek. 'En zoek werk.'

We staren hem na tot hij opgaat in het donker.

In de verte sjirpen de krekels alsof hun leven ervan afhangt.

Ik heb het koud gekregen.
Zo verschrikkelijk koud opeens.

Madeline Appleby

Ze was een van onze landgirls. Als zij voorbijkwam, keken alle mannen op van hun werk, strekten hun ruggen en ze zuchtten diep. Madeline Appleby was het meisje dat iedereen wou, maar dat niemand zomaar kreeg.

Het waren Amerikanen geweest, zei haar moeder. Meer uitleg gaf ze niet, ze had zelfs al te veel gezegd. Doe iets met haar haren, zei ze. Ze had er nauwelijks nog, Madeline Appleby. Toveren kon ik niet, maar ik zou mijn best doen. Ik knikte naar de moeder, zij had al plaatsgenomen in de stoel naast haar dochter. Ze liet haar niet meer alleen zolang de Amerikanen hier waren. En ze zouden nog wel een tijd blijven. Tenzij de oorlog morgen voorbij was, wat niemand geloofde. Een mens kon maar hopen op een mirakel, zei ze.

Ik keek naar haar dochter. Hier en daar kon ik haar schedel zien. Iemand had de schaar in haar haren gezet, en wel op een heel onhandige manier. Leun maar achterover in de stoel, zei ik tegen Madeline, ik ga eerst je haar wassen.

'Ik heb haar tegengehouden,' zei haar moeder toen, 'ze had er anders nog vreselijker uitgezien.'

Ik begon het te begrijpen. Madeline had de schaar genomen, zij was het die geknipt had.

'Zij zijn hier om ons te redden,' zei de moeder.

'Wie,' vroeg ik, de onnozele.

'Om ons te redden,' herhaalde de moeder.

Er zaten nog drie andere vrouwen in de kamer. Ze keken alle drie naar mij. Was ik soms doof, stom? Of alleen maar achterlijk?

En eindelijk begreep ik het helemaal.

'Really,' zei ik. Het was het meest idiote woord dat ik op dat moment had kunnen zeggen. Maar Madelines moeder knikte al. 'As real as I am standing here.'

'It's a shame,' zei de eerste van de drie vrouwen.

'It's a crime,' zei de tweede.

De derde schudde haar hoofd. 'Go to the police.'

Madelines moeder knikte, dat had ze gedaan. De agent had haar aangekeken alsof ze gestoord was. Ze zijn hier voor ons, mevrouw, had hij gezegd, het kon dus niet waar zijn wat ze vertelde.

'Aaaargh, men,' zeiden de drie vrouwen in koor. 'Not him,' zei de moeder, en alle vier keken ze naar mij alsof het in mijn macht lag om alles ongedaan te maken, the crime, the shame, het kapsel dat er geen meer was.

Ik boog me over Madeline. Al die tijd had ze niets gezegd. Een lamgeslagen vogel in mijn stoel, zo zat ze daar. Opeens voelde ik haar vingers om mijn pols. Met verrassend veel kracht duwde ze mijn hand weg.

'Kindje,' zei de moeder, 'als je zo blijft rondlopen zal iedereen zich vragen stellen.'

Madeline haalde haar schouders op.

De moeder keek mij aan. De tranen stonden haar in de ogen.

'Ze wil lelijk blijven.'

Als de lucht te zwaar wordt, maak dan een grapje, zei mijn vader ooit, vergeet niet dat de mensen hier welgezind willen vertrekken. En wat als er geen reden om te lachen is, vroeg ik. Dan zoek je niet goed, was zijn antwoord.

Ik keek naar Madeline. En voor het eerst dacht ik: mijn vader had niet altijd gelijk. Ze wilde lelijk blijven. Mijn God, wat hadden ze met haar gedaan?!

Toen nam de moeder de handen van haar dochter in de hare en ze begon ze te strelen. Ondertussen bleef ze mij aankijken, het mirakel, voltrek het, Freddy, las ik in haar ogen.

'Kom,' zei ik, 'we beginnen eraan.'

Ik nam het rozenwater dat ik speciaal bewaarde voor vrouwen die het nodig hadden, en ik masseerde er haar hoofd mee. Onder mijn handen voelde ik haar huid trillen. Ik wees naar Ingrid Bergman aan de muur. For Whom the Bell Tolls. Ingrid Bergman had het kapsel van een jongen en ze zag eruit om te verslinden. Over een maand zie je eruit zoals zij, zei ik.

Een half uur later waren alle plukken en alle pieken van Madelines hoofd geschoren. Samen keken we in de spiegel. Haar mond vertrok in een glimlach. De drie vrouwen applaudisseerden, de moeder deed mee. Madeline Appleby is back, dacht ik. Fluitend deed ik de rest van de dag mijn werk.

Tegen sluitingstijd hoorde ik dat ze zich opgehangen had in de schuur van haar ouders.

Ze was te goed voor deze wereld, werd er in het dorp gezegd.

Een sterk karakter is niet iedereen gegeven, dat werd er ook gezegd. En dat ze zwakke zenuwen had.

Lag het daaraan, vroeg ik Penny.

Ik had haar nog nooit zo droevig gezien. Maar toen ik herhaalde wat er in het dorp werd gezegd, werd ze kwaad. Hoe kwam ik erbij, hoe durfde ik ook maar denken dat het aan Madeline lag. Goddamn, Freddy.

'Had de commandant het geweten,' zei ik, 'hij had kunnen ingrijpen.'

'Alsof dat een verschil had gemaakt.'

'Leg het me uit,' vroeg ik.

Ik kon het niet begrijpen, zei Penny, want ik was geen vrouw.

En daarmee was het gesprek afgelopen.

Ik vertelde de commandant wat ik wist. Hij had namen nodig, zei hij. Alle mannen moesten op zondag binnenblijven zolang de daders zich niet bekend hadden gemaakt. Binnen de kortste tijd kwamen ze zich melden. Twee huisvaders, die zich hadden willen amuseren. Met die woorden stonden ze voor zijn neus.

Ze hadden zich willen amuseren. Meer niet.

Ze werden op een vliegtuig naar huis gezet. Daar zou beslist worden over de strafmaat. Er waren geen getuigen geweest. Die straf zou dus wel meevallen, vertelden ze aan wie het wilde horen.

Een maand later stond de moeder opnieuw voor me. Het klopt dat een mens van groot leed grijs wordt. Opnieuw nam ik het rozenwater, masseerde haar schedel zo traag als ik kon, en terwijl ik haar kapsel opnieuw in vorm knipte, vertelde ze mij dat het haar schuld was. Ze had haar dochter niet uit het oog mogen verliezen, ze had elke seconde bij haar moeten zijn. Wie weet was het leed overgewaaid, Freddy my dear, ook van de ergste dingen werd beweerd dat ze minder scherp werden op den duur.

'Je hebt me weer mooi gemaakt,' zei ze terwijl ze opstond en me betaalde. Ze knikte me warm toe. Alsof ik het was die een kind verloren had, niet zij. 'Je hebt haar nog een glimlach geschonken,' zei ze.

Gloria is verkracht. Door de burgemeester, de grootgrondbezitter, hemel en aarde zijn van hem, en Luigi heeft het niet door.

En Roberto, Carlotta? Wat weten zij?
Het kan toch niet dat niemand iets doorheeft?!

Ik draai me naar Luigi.

Keel

Hij heeft een grote steen opgeraapt. Wil hem duidelijk het meer in gooien. Halverwege stokt zijn arm.

'Luigi?'

Hij draait zich om, de steen glijdt uit zijn handen.

Hij kijkt naar zijn handen. Dan naar mij.

'Alles kon ik aan in de oorlog, Fredo. De wantoestanden die ik in Bombay meemaakte, je hebt er geen idee van. Een mens overleeft omdat het moet, wordt er beweerd. Omdat een kind op hem wacht, een vrouw, een moeder. Alsof de mensen die sterven, niemand zouden hebben die om hen geeft. Wat een onzin. Een mens overleeft omdat hij het kan, omdat hij er de mogelijkheid toe vindt. En blijkbaar vond ik de mogelijkheid, Fredo, elke dag opnieuw; ben ik de weg nooit helemaal kwijtgeraakt, ben ik nooit in een put gesukkeld waar ik niet meer uit kon. Hoe zwaar de dag ook was geweest, élke avond, of ik nu in Libië, in India of in Engeland was, wist ik dat ik hem had gehaald. En elke avond sloot ik mijn ogen als een man die vrede had met zichzelf. Terwijl nu.'

Hij schokt met zijn schouders.

'Ik had je beloofd dat alles hier beter zou zijn. Zelfs een behoorlijk bed heb ik je niet kunnen geven. Vittorio loopt weg van mij, en Gloria, ach – Gloria. Maak een kind, zegt Roberto. Ja, waarom niet. Simpel, toch?' Hij zucht diep. 'Eén keer heb ik haar in mijn armen mogen nemen. De nacht na de thuiskomst, Fredo. Oh, Dio mio, de paniek in haar ogen alle volgende dagen als ik naast haar ging liggen. Alsof ik een monster ben, Fredo, niet de man met wie ze oud wil worden. In het begin dacht ik nog, ze wil mij straffen omdat ik zeven jaar ben weggebleven. Maar dat slaat nergens op. Zíj was het die me smeekte om kalm te blijven toen het leger mij opeiste. Ik was een man van eer, zei zij, ik had een plicht te vervullen. Ze zou op me wachten, natuurlijk zou ze dat doen. Toch heb ik gevraagd of ze kwaad is op mij, ik hoorde haar adem letterlijk stokken in haar keel. En daar was de oude gewoonte om mijn armen om haar heen te sluiten. Meteen duwde ze me weg, sloeg haar armen om haar knieën, en ze wiegde zichzelf als was ze haar eigen kind. Je mag niet meer weggaan, zei ze opeens. Natuurlijk niet, zei ik, en ik wilde mijn hand op haar arm leggen, ze keek ernaar alsof ik een mes vasthad. Een mes, Fredo! Ze kent mijn hand toch? En dat is nog niet alles. Aan de overkant lag de kleine in bed, alles moet hij hebben gezien en gehoord. Hij is er nu bijna tien. Hij kent mij niet meer, hoe zou hij dat ook kunnen? Wat gaat er door zijn hoofd als hij zijn moeder ineen ziet krimpen? En ze probeert hem niet eens gerust te stellen. Zelfs dat heeft ze opgegeven.'

Hij kijkt mij aan.

'En zo gaat het nu al dagen, Fredo. Maar dan hoor ik vanavond dat Romeo met zijn vieze poten aan haar heeft willen zitten.'

Hij zwijgt. 'Ze moet eerst haar plooi vinden, zegt Roberto, maar wat als dat niet gebeuren zal? Wat als hij haar opnieuw lastigvalt? Wat ik maar niet begrijp, Fredo, dat niemand iets onderneemt tegen die man. Hij lacht ons gewoon uit. En dat zal hij blijven doen.'

Hij wendt zijn blik naar het meer.

'Moeilijk kan het niet zijn, hij is dikker dan een varken. Zijn keel is zo overgesneden.'

Ik zie hem knikken. Tegen het meer, tegen de lucht, tegen de nacht, die ongetwijfeld ook de klootzak toebehoort.

'Je hebt gezworen dat je niets zult ondernemen.'
'Gezworen.' Hij lacht wrang. 'Heb je bloed gezien?'
'Je zult alles kwijtraken, Luigi.' Ik grijp hem bij zijn schouders. Hij kijkt er verwonderd naar.
'Ga je me tegenhouden, Fredo, my friend?'

Wat moet ik doen, wat moet ik zeggen? Ik weet het niet. Ik weet het echt niet. Bij andermans problemen houden wij ons afzijdig, zei mijn vader altijd. De reden die hij daarvoor gaf was simpel: wie zich moeit, krijgt gewoonlijk de meeste slaag. Alleen bij hoge nood was zwijgen een misdaad. Het was de kunst om het verschil te zien. Tussen dat wat vanzelf overging en de hoge nood.
Dit is hoge nood.
En Luigi weet het niet. Wie kan het hem kwalijk nemen? Hij heeft Madeline niet gekend. Hij heeft niet gezien hoe bloot haar schedel was. Hij weet niet dat ze er niet meer wilde zijn. Dat ze in een graf onder de grond ligt. Dat de appelboom die haar moeder er plantte, het niet heeft gered. De grond was te nat, de vorst te streng.
Hij weet dat allemaal niet.
Maar ik wel.
En ik kan het hem niet vertellen. Hij zal zijn mes nemen. Hij zal niet anders kunnen. En zij zullen alles verliezen. Niets zal er van hen nog overblijven. Ik heb de vrees in Roberto's ogen wel gezien.

Mijn handen zitten nog altijd om zijn schouders.
'Kijk me aan, Luigi, en luister goed. Je laat haar niet alleen, heb je dat begrepen? Geen seconde.'
Zelfs in het donker zie ik hoe bleek hij is geworden.
'Ik snijd zijn keel over,' zegt hij.
'Je kunt niet zomaar iemands keel oversnijden,' zeg ik. 'Zelfs niet die van Romeo. Je moet nu voor Gloria zorgen, elke seconde van de dag.'

'Waarom roep je zo? Natuurlijk zal ik voor haar zorgen. Ik wil niets liever.'

'En je zoon,' zeg ik. 'Vergeet hem niet.'

Hij kijkt om zich heen. 'Waar is de grappa?'

De grappa. Dat hij nu aan drinken denkt.

'Kijk me aan, Luigi. Beloof me dat je geen ongeluk begaat.'

'Ik bega geen ongeluk. Geef mij de fles.'

'Er is geen grappa.'

'Zelfs geen grappa.' Hij steekt de sigaret tussen zijn lippen, klemt ze in zijn mondhoek. 'Heb je vuur voor mij?'

'We gaan naar huis,' zeg ik.

Hij is zichzelf niet. En nadat hij thuis een derde van de fles grappa heeft leeggedronken, is hij het nog minder.

'Morgen vertel ik haar dat alles goed zal komen. Ik zal praten tot ze mij gelooft. Ook al is het een leugen, Fredo, zolang dat varken hier rondloopt. En ik zorg voor mijn zoon. Ik toon hem welke geweldige vader hij heeft.' Hij zucht diep. 'Ik wilde dat het weer oorlog was.'

'Ga slapen, Luigi.'

Hij pakt de fles vast. 'My brother, je drinkt als een vrouw. Een half glas per uur, daar wordt zelfs geen kind dronken van. Morgen leer ik je drinken als een man, Fredo, my friend.'

'Ga naar bed, Luigi.'

Hij knikt. Staat op. 'I do what you say, my brother. Elke seconde van de dag. Grazie mille, my friend.' Hij zet zijn voet op de eerste trede. Draait zich om. 'Ik zweer het, Fredo, morgen wordt alles anders.'

'Zweer je alweer?'

Hij grijnst.

'Met mijn bloed, amico.'

Wereldbrand

Ik heb me overslapen. Dat is mijn eerste gedachte als ik wakker word. Er is iets, dat is mijn tweede gedachte. En meteen weet ik wát. De geluiden zijn weg. Geen stemmen door het open raam, geen gerammel van kopjes. Geen kind dat roept.

Waar is iedereen?

Door het raam zie ik Carlotta. Ze staat tussen twee kippen, haar handen vol kruimels. Het zijn de twee die aan de marter zijn ontsnapt. Elke avond sluit ze hen op in het hok. Ze zijn vel over been, het is een wonder dat ze niet omvallen. Een nog groter wonder is het dat ze elke dag een ei persen uit dat magere lijf.

Gloria en Luigi zitten een paar meter verderop. Hun ruggen leunen tegen de schutting. Zijn arm ligt om haar heen. Vito is er ook. Hij rukt aan het gras, gooit het naar de kippen. Ze pikken naar zijn handen, hij lacht.

Het is het eerste geluid van de dag.

Dan begint Gloria te huilen. En ze huilt met lange uithalen, van laag naar hoog en weer terug. Koeien die moeten bevallen, maken dergelijke geluiden. Zoals zij huilt, dat doet geen mens.

Vito schrikt. Carlotta reikt naar hem, spreidt haar armen, slaat ze om hem heen. Maar hij glipt weg. Hij duwt haar tegen de grond en loopt, nee, hij rent voorbij het kippenhok, de straat op. Carlotta kruipt overeind. Haar haren hangen voor haar gezicht als zijn ze een gouden gordijn, en terwijl ze ze met één beweging naar achter gooit, kan ik maar aan één ding denken, namelijk dat ik in brand sta, van nul naar alles, een wereldbrand is het, hoe kan ik haar ooit nog in de ogen kijken?

Ze staat op, gebaart heftig naar haar zus, ga het kind achterna, troost het. Maar Gloria blijft zitten. Ze schudt haar hoofd terwijl ze blijft huilen als was ze geen mens, dus Carlotta staat op en ze rent Vito achterna, haar haren hoog wapperend in de wind.

Er is geen wind, bedenk ik vervolgens, ik zie meer dan ik zie. Waar is mijn verstand, steek het terug in je kop, Fredo, en ga naar buiten.

Snel draai ik me om, raap mijn broek van de grond.

Als ik weer opkijk, zie ik Vito boven op de schutting staan, zijn armen als twee vleugels in de lucht. Hij wankelt. Look out, hoor ik mezelf roepen. En dan valt hij, recht naar beneden. Op zijn hoofd. Ik trek mijn broek aan, het hemd laat ik liggen. Het volgende moment al sta ik voor Vito. Hij zit kaarsrecht op de grond terwijl het bloed van zijn gezicht loopt. Hij zit daar zo perfect rustig alsof er een grote beloning aan vasthangt.

En dan steekt hij zijn armen uit.

Ik trek hem tegen mij aan. Nog altijd geeft hij geen kik. Of ik hoor het niet. Het gehuil van Gloria blijft alle andere geluiden overstemmen. Als is er maar één verdriet op de wereld en zij moet het dragen.

Iemand moet voor de kleine zorgen.

Ik loop naar binnen.

Het bloeden stopt niet.

Ik voel een duw in mijn zij.

'Geef mij het kind,' zegt Carlotta. Ze draait haar haren in een dot op haar hoofd en strekt haar armen uit.

Ik schud mijn hoofd.

Iemand snikt in mijn nek, het is Gloria.
'Hij weet wat hij doet,' zegt Luigi tegen haar.
'Haal de dokter,' zeg ik.
'Die woont twee dorpen verder,' zucht Luigi.
'Jij blijft hier,' zegt Carlotta, 'en je houdt je bezig met je vrouw.' Ze trekt aan mijn mouw. 'Roberto zal ons helpen.'

Als een jong veulen loopt ze voor me uit, haar zwarte rok fladderend om haar enkels, de dot op haar hoofd danst mee bij elke stap. Wat maakt een man die een vrouw gaat kussen het allereerste los? Niet het hemd, noch de rok. De dot. En hoe vaster hij zit, hoe meer ze kussen zal. Dat denk ik allemaal terwijl ik haar achternaren. Ik moet alleen maar volgen.

De dot schiet los. Al de volgende seconde golven haar krullen over haar rug. Als de zee bij stormweer.

Het zand van de weg hangt in de lucht waar we doorheen lopen, het kruipt in mijn kleren, mijn neus, longen. Ik adem zand, en ik denk aan de zee.

Een weg

Roberto haalt een fles grappa uit de kast, giet een glas vol.

'Houd hem goed vast. Knijp zijn neus dicht.'

De mond van Vito gaat open en de grappa glijdt naar binnen.

'Nog een keer,' zegt Roberto.

'Maar –,' begint Carlotta.

'Nu, zeg ik!'

Vito kucht heel even. Dan valt hij stil en hij laat het gebeuren. Alsof hij elke dag grappa drinkt, een gat in zijn hoofd valt en de wonde genaaid wordt door Roberto. Zo gaat dat hier, bedenk ik terwijl ik Vito stevig blijf vasthouden.

Een warme gloed trekt door mij heen. Eindelijk wordt er iemand beter in mijn buurt.

Vito slaapt de rest van de dag. En wij, wij drinken grappa. De was van Carlotta kan morgen ook nog, ik heb geen werk dat dringt en Roberto heeft zijn klant naar huis gestuurd.

Roberto vertelt over de weg die hij wil aanleggen. Hij zal kilometers lang worden en het dorp met de stad verbinden. De mensen zullen veel sneller beter werk vinden. Geen wonder dat er tegenkanting komt, één keer raden van wie. De burgemeester, zeg ik, de vetzak, knikt Roberto.

Heel even blijft het stil.

En dan vraag ik het toch. Wat ik al uren vragen wil. Wat heeft hij met Gloria gedaan, zeg ik, wat heeft hij werkelijk gedaan, ik moet er niet eens mijn moed voor verzamelen, is het de grappa die mijn woorden vloeien laat, de grappa die hun ogen vol laat schieten? Je had haar moeten zien, zegt Carlotta, van kop tot teen zat ze onder de blauwe plekken, ik herkende haar haast niet meer, Fredo. Maar oh, wat had ze gevochten, mijn kleine zus, wat had ze zich verweerd – haar stem stokt. Ze draait zich om naar Roberto, legt haar hoofd tegen zijn schouder. Je had hém moeten zien, zegt hij, zijn gezicht één puinhoop. Een week lang heeft hij zich in huis verscholen, het valse zwijn. Hij zucht diep. Wie had dat gedacht van dat kleine meisje, wie had dat ooit gedacht.

Even blijft het weer stil.

'Maar wat heeft hij dan precies –' probeer ik opnieuw.

Allebei kijken ze naar mij. Hun ogen glanzen. Maar hun monden blijven dicht.

Als de mensen willen zwijgen, laten we ze zwijgen, zei mijn vader altijd. Het moet de grappa zijn waardoor mijn woorden blijven komen. In Engeland kende ik een meisje, zeg ik, stop, zegt Roberto, stop, Alfredo, dit is Italië. Hier wordt leed gewroken met nog groter leed, maak het niet erger dan het is. En zwijg erover tegen Luigi, hij ziet nu al dingen die er niet zijn. Geef hem wat rust in zijn hoofd, rust roest niet altijd, amico.

'En toen pakte ze de schaar,' probeer ik nog een laatste keer.

Ze knikken allebei. Roberto grijpt opnieuw naar de fles, hij giet de glazen weer vol.

Zelfs al weten ze meer, ze zullen het mij niet vertellen.

'Haar haar lijkt nergens op,' zeg ik dan. 'Maar als je wil, dan doe ik daar iets aan.'

Carlotta staart mij aan.

'Het is mijn stiel,' zeg ik.

Ik drink het glas in één keer leeg. Kijk Roberto aan.

'Vertel mij waarom hij geen weg wil, de vetzak.'

De ogen van Roberto schieten vuur. 'Hou de mensen arm en ze kruipen voor een aalmoes. Je dacht toch niet dat Romeo zijn volk gelukkig wil maken? Maar deze oorlog wint hij niet.'

Hoe leger de fles raakt, hoe meer ik hem geloof. Als ze helemaal leeg is, staat mijn besluit vast. Roberto wil een weg, dus er komt een weg, en ik help hem bouwen.

'De kleine zal naar de grote school kunnen,' zegt Roberto.

'Alles voor de kleine,' zeggen Carlotta en ik. Een koor van twee. Ik moet daar zo hard om lachen en zij ook.

Morgen knip ik Gloria's haren.

Mijn

De volgende dag staat Roberto voor de deur. Achter in zijn auto liggen kleren voor de klanten in de verre omtrek. Of ik mee wil rijden? Zijn rug is stram en de kleren wegen zwaar. Wat hulp is altijd welkom. En ondertussen leer ik het landschap kennen.

Het gaat traag, want de weg is gemaakt voor ezels en paarden, mensen en hun karren.

De hele dag zijn we onderweg.

's Avonds laat zet hij me weer af voor de deur. Luigi wacht mij op. Gebaart hem te volgen.

'Ik heb tabak gekocht,' zegt hij, 'kom.'

Something is on his mind.

Op het gras achter het huis rollen we een sigaret, blazen de rook de avondlucht in.

'Wij gaan naar België,' zegt Luigi.

België?!

'Laat mij uitspreken, amico.'

Ik heb niets gezegd, hij merkt het niet eens.

'Ze hebben volk te kort, veel volk,' zegt hij, 'en ze smeken om ons. Sméken. De mijnen. Steenkool, juist. Hier zijn ook mijnen, ik weet het. Maar wij hebben de oorlog verloren, en zij hebben gewonnen. Naar het schijnt stroomt het geld er binnen, ze kunnen hun volk goed betalen en dat doen ze ook.'

'Wie heeft jou dat verteld?!'

'Er hangt een affiche aan het postkantoor. In een paar jaar zullen we genoeg verdiend hebben om een eigen huis te kopen, een stuk land met daarop een geit of twee. In Italië – waar anders, my brother, natuurlijk blijven we niet daar.'

We gaan naar België en we kruipen daar in een mijn? Omdat we daar snel rijk van worden? Als dat de bedoeling is, hadden we in Engeland kunnen blijven, daar zijn ook mijnen. Heeft hij zich al eens afgevraagd waarom ze in België geen werkvolk vinden? Weet hij wat de mijn doet met wie ondergronds gaat? Welnu, ik wel. In Liverpool woonde ik tussen de mijnwerkers en ik knipte hun haar. Ze waren letterlijk vergeven van het zwarte stof. Het had zich vastgehaakt in hun haren, hun wenkbrauwen, oren, neusgaten, het zat onder hun nagels en aan het gerochel te horen ook in hun lijf. Gingen ze niet dood in een ingestorte gang, dan liepen ze wel een longziekte op.

Het zijn de armsten die de mijn in kruipen. Dat zei mijn vader altijd.

Is dat wat we zijn geworden, de armsten?

'Twee jaar blijven we er, Fredo. Jij en ik, en Gloria. Voor het kind het goed en wel doorheeft, zijn we terug.'

Ik verslik me bijna in mijn sigaret.

'Vito blijft hier?'

'Carlotta zal voor hem zorgen.'

'Je kunt het kind niet achterlaten, Luigi. Niet nog eens.'

Hij zwijgt lang.

'Ik heb het Gloria voorgesteld. Ze heeft me laten zweren dat ik haar meeneem als ik naar België vertrek. Maar Vito –,' hij schudt het hoofd. 'Het kind moet er naar school en hij spreekt alleen maar Italiaans. Wie zal hem kunnen helpen? Begrijp het dan, Fredo. Het werk, het zoeken naar een huis, Gloria, en dan nog de kleine – het is veel tegelijk.'

'Veel tegelijk? Excuse me?! Niemand verplicht je om te vertrekken, Luigi.'

'Ik heb haar angst geroken, Fredo. Ze zal geen rust vinden zolang dat zwijn hier rondloopt. Het is dus heel simpel. Als we blijven, moet ik hem vermoorden.'

Hij kijkt me aan.

'Jij gaat toch mee?'

'Ik ben hier nog maar pas.'

'We zouden hier samen een nieuw leven beginnen.' Luigi knikt gelaten. 'Maar ik heb geen keuze, Fredo.' Hij steekt een nieuwe sigaret op. Blaast de rook de lucht in, hoog boven mij uit. Hij is nog altijd twee meter en twee centimeter lang.

En hij is de vader.

Alles voor de kleine

Carlotta verschijnt ook buiten.

'Vittorio slaapt al. Gloria is ook al naar boven, haast je maar.'

Ze pakt Luigi bij zijn middel, duwt hem voor zich uit het huis in. Daarna draait ze zich naar mij. 'Het is al voorbij middernacht. Zou jij ook niet?'

Haar gezicht betrekt.

'Hij heeft het je verteld.'

We zitten op de grond, onze ruggen steunen tegen de muur van de stal. Hoelang we daar al zitten, ik heb er geen idee van. Hoeveel minuten we gezwegen hebben, ik zou ze niet kunnen tellen. Het gras is vochtig geworden, mijn benen willen bewegen en mijn hoofd is licht van de vele gedachten. Maar moe ben ik niet.

'Het is de beste oplossing,' zegt ze. 'Misschien zijn ze na een maand alweer terug, wie zal het zeggen.' Ze schokt met haar schouders. 'Er zijn hier genoeg kinderen die zonder ouders opgroeien. En het is niet zo dat Vito verkommeren zal, ik zie dat kind graag, Fredo.'

Maar hij hééft ouders. We kunnen toch niet doen alsof ze er niet zijn? 'Wat ik maar niet begrijp,' zeg ik, 'jarenlang heeft de gedachte aan zijn zoon hem rechtgehouden, en nu staat Vito in levenden lijve voor zijn neus, hij hoeft zijn armen maar uit te steken.' Een diepe zucht ontsnapt me. 'En haar begrijp ik ook niet zo goed. Ze is nog altijd bang, dat zie ik wel. En ik begrijp dat ze bij Luigi wil zijn. Maar ze is ook de moeder van Vito. Hoe kan ze daar opeens mee ophouden, het kind is nog lang niet groot.'

Met haar schouder leunt ze even tegen mij aan.

'Ik heb je nog nooit zo veel horen zeggen,' zegt ze dan.

Het is de eerste keer dat ze zo dichtbij komt. En dan legt ze haar hand op de mijne. Het kan niet anders of ze voelt de gloed.

'Wat kan dat kind nog geloven? Dat ouders mensen zijn die zomaar kunnen verdwijnen?'

'Fredo.'

'Ouders doen zulke zaken niet, Carlotta. Ouders zijn mensen die blijven. Het is hun plicht.'

Ze zegt niets.

Nog altijd leunt ze tegen me aan, haar huid voelt zo warm als die van mij. Niets koelt hier 's nachts af.

'Je zou Luigi kunnen vertellen dat je het niet wil doen,' zeg ik.

Ze schudt haar hoofd.

Ze zal Luigi helemaal niets vertellen.

In de verte wordt de lucht oranje, straks begint de ochtend.

Ik sta op.

'Wat ga je doen?' vraagt ze.

'Slapen. Nadenken.'

'Ga je ook naar België?'

'Ik kruip niet in de mijn.'

Ze kijkt me aan.

'Dus je blijft.'

Haar haren hangen nog altijd los om haar gezicht. Ze geven licht, en dat is zo merkwaardig dat ik maar blijf kijken. Alles weet ik af van haren. En haren kunnen veel, maar licht geven ze niet.

Ze staat ook op.

Ik zou haar zo gemakkelijk kunnen kussen. Ik wend

mijn hoofd af, ze pakt het vast, dwingt me haar aan te kijken. Haar voorhoofd raakt het mijne aan, zo dicht komt ze.

En dan laat ze mijn gezicht los.

'Je mag niets verwachten van mij. Als je blijft, Fredo.'

'Ik ga hier een weg bouwen,' zeg ik.

Ze fronst haar voorhoofd. 'Een weg?'

'Naar school. Voor Vito. Ben je dat al vergeten?'

'Alles voor Vito.' Haar ene mondhoek trekt naar beneden. Het moet een glimlach voorstellen.

'Hoe kan ik dan vertrekken,' zeg ik.

Ze fronst haar voorhoofd.

'Wie ben jij, Fredo Santoro? Waarom is je hart zo groot?'

Ze leunt achterover tegen de muur. En terwijl de lucht in de verte steeds meer oranje wordt, glijden haar haren over haar schouder. Een gouden waterval. Ik kan niet anders dan ernaar kijken, en dat weet ze.

Ik mag niets verwachten van haar.

Bijna zeg ik het luidop.

Ze glimlacht, voor het eerst in al die tijd. En zo zie ik het. Ze heeft al haar tanden nog. En ze zijn wit.

Nog even

Wij blijven achter op het perron, Carlotta en ik. Vito staat tussen ons in. Zijn lijfje zit geklemd tussen ons, zijn hoofd heeft hij gebogen, zijn rechterarm hangt half in de lucht.

'Zwaai dan,' zegt Carlotta.

En hij zwaait.

Het is niet eens zo uitzonderlijk dat kinderen van hun ouders gescheiden worden. Engeland was nog maar net in oorlog of de eerste stadskinderen vertrokken naar het platteland. Veel van mijn klanten gaven hun onderdak, gewoonlijk namen ze er twee of meer in huis, zo hadden de kinderen minder heimwee. Ze brachten ook geld op. Hoe meer kinderen, hoe groter het bedrag, iedereen wist dat maar niemand durfde er schande van spreken, blessed those die voor de kleinsten wilden zorgen, want zo was het.

Ik zag hen spelen op het erf, lopen achter de koeien aan; ik vroeg me vaak af hoe het was daarbinnen in dat kleine lijf, zo ver van huis en zonder ouders. Nog even, hoorde ik de tijdelijke ouders zeggen. Boerenvrouwen, het hart op de juiste plaats, waar er plaats is voor één aan tafel is er ook voor meer. Daarnaast had je de halve heiligen. Zij die in stilte de vette toelage opstreken terwijl ze in de kerk op de eerste rij zaten, hun tijdelijke kinderen gewassen en gestreken naast hen; lichtende voorbeelden wilden ze zijn voor de gemeente. Elke mens heeft zijn manier om de oorlog te overleven, zei Penny dan, en dit was een van de minst kwalijke.

Hier vlogen geen bommen over, hier speelden de kinderen op straat tot 's avonds laat, altijd was er eten genoeg, een thuis dat hen verwachtte als de oorlog weer voorbij was; het hielp wellicht om niet dood te gaan van verdriet. Dat dacht ik allemaal, elke keer als ze binnenkwamen aan de hand van de tantes, en met alle plezier gaf ik hun het mooiste kapsel; nog even en ze mochten weer naar hun ouders terug. Ik vertelde hun dat laatste nooit, geen kind wist hoelang even duurde, 'even' was een woord alleen voor ons. Wij konden al in jaren tellen. Er was al een oorlog afgelopen, deze zou dat ook wel doen.

Een kind dacht in eeuwigheid. Knipte ik zijn haar te kort, dan zou het nooit meer groeien. Bijvoorbeeld.

En nu sta ik hier zelf met aan mijn hand een kind. Ze hebben het hem op het hart gedrukt: over twee jaar zijn ze weer terug; het klonk zelfs als 'nog even'. Maar zijn arm hangt nog altijd in de lucht en hij blijft maar zwaaien, ook al is de trein allang verdwenen. Treinen keren nooit om, tenzij er een mirakel gebeurt. Dat kan. Vanaf vandaag kan blijkbaar alles. Ouders die op een trein stappen, hun kind dat staat te zwaaien. De omgekeerde wereld, hij ligt hier in het Zuiden.

Over het hoofd van Vito kijk ik naar Carlotta.

Het paradijs ligt niet in Italië, Fredo, zei ze toen ze begreep dat ik echt wilde blijven. Ik weet het, zei ik. Dat begreep ze niet zo goed, dat ik het wist en toch niet wilde vertrekken. Luigi ook niet. Hij schaamde zich, ik merkte het wel. Ondertussen had ik met Roberto gepraat. En ook al nam Roberto niemand in dienst, voor mij zou hij een uitzondering maken. Je zult op zijn minst fatsoenlijk werk hebben, zei Luigi. En een loon dat zorgt voor brood op tafel. Als er iets was wat hij nog voor mij kon doen?

Oh jawel. Ik zei het niet luidop, het had geen zin. Mijn

woorden vonden bij hem geen gehoor. Iets bedenken kon ik ook niet meer. Iets wat hem toch nog vleugels zou geven waardoor hij zijn zoon meenam, in zijn binnenzak, dicht bij hem, dingen die een vader kan als iedereen de moed al had laten zakken.

'My friend Luigi,' zei ik dan maar, 'you can trust me.'

Ik til het kind op en ik zet hem op mijn schouders. De kleine Vito zal zijn ouders niet missen. De kleine Vito zal de tijd van zijn leven krijgen.

Caro mio

Fredo en Zia houden elk een hand van mij vast. Ze knijpen er zo hard in dat ik weet dat het een straf is wat er aan het gebeuren is. Waarom moet mamma mee, vraag ik Zia voor de honderdduizendste keer. Ze antwoordt niet. Dat doet ze bijna nooit.

Ik wil mijn hand uit de hare trekken. Meteen slaat ze haar arm om mij heen. Mijn neus in haar rok. Zo dichtbij staat ze. De rok ruikt naar vlinders.

Vlinders zijn zeldzaam. Mijn vriend Gianni bewaart er een in een doosje. Het is zijn lievelingsdier. Hij beweegt niet eens. Hij is dan ook dood.

Mijn lievelingsdier is een leeuw. Gianni vindt dat belachelijk. Die zul je nooit kunnen vangen, zegt hij. En dán, zeg ik.

Ik weet niet hoe vlinders ruiken.

Maar op dit moment denk ik: zo.

In de trein gaat een raam open. Het hoofd van mamma verschijnt. Ze zoekt mij in de verte. Terwijl ik voor haar neus sta. Is ze al vergeten hoe ik eruitzie? Tranen prikken achter mijn ogen, maar ik slik ze allemaal in. Vandaag huilt er niemand, heeft Zia die ochtend gezegd.

Ik ruk mijn hand uit die van Zia en steek hem in de lucht. Zo ziet mamma waar ik sta. Het werkt, want ze kijkt naar mij. En ze glimlacht.

Eindelijk.

'Vito, caaaaro mio.' De a duurt veel langer dan anders. Waarom praat ze zo raar? Haar mond gaat opnieuw open, er komt meer. Ik spits mijn oren, ik moet alles horen. Want mamma verdwijnt in een trein. Misschien roept ze mij naar binnen. Dat kan, hij zit niet eens halfvol. Misschien wil ze toch niet zonder mij vertrekken. Mamma heeft al zo veel dingen gezegd die niet zijn uitgekomen. Zoals: we zullen feesten als je vader thuiskomt.

Mijn vader

Mijn vader vertrok naar de oorlog toen ik drie was. Ik had toen nog geen geheugen, ik herinner me dus niet dat hij wegging. Ook niet of ik droevig was. Ik denk het niet. Dat zou ik wel onthouden hebben. 'Erge dingen blijven de mens bij,' zei onze meester. 'Rampen vergeten we nooit.'

Hij had ons net verteld dat de oorlog was afgelopen.

'Het gewone leven gaat weer beginnen. De mensen gaan weer zeuren om de onnozelste zaken.'

Hij keek ons aan en zuchtte diep.

'Jullie gaan het leven anders aanpakken, beloofd?'

We knikten eerst. Toen vroegen we: hoe dan wel, meester?

Hij lachte. 'Het is echt niet zo moeilijk,' zei hij. 'Blij zijn met de goede dingen.'

En dat begrepen we wel.

Waarschijnlijk was ik dus niet droevig toen mijn vader vertrok, maar blij was ik ook niet. Ik was niets. Dat herinner ik me. En dat mamma opeens alleen lag in bed.

Ik slaap bij Zia in het andere. Al heel mijn leven. Maar nu kon ik dus eindelijk bij mamma. Ik herinner me nog zo goed dat ik dat wilde doen. Maar opeens zaten Zia's armen om me heen en haar hand lag op mijn mond, wilde ik dat mamma wakker werd van mijn kabaal? Hier is jouw plek, fluisterde Zia in mijn oor. Bij mij, Vittorio. Waarom, vroeg ik. Je beweegt te veel, zei ze, mamma zal geen oog dichtdoen.

En toen kwam mijn vader terug. Al de eerste nacht wilde hij bij mamma liggen. Dat hoorde zo, zei Zia, het was ook zíjn bed. Maar ik zag het direct. Het was veel te klein voor hem. Hij moest zijn benen optrekken tot aan zijn kin. Alleen lukte dat niet goed. En zij moest stilliggen. Of hij viel er echt uit.

'Ik kan niet slapen,' hoorde ik mamma zeggen.

'Slapen is nergens goed voor,' zei mijn vader. Toen begon zij te huilen.

'Houd je oren dicht,' zei Zia kwaad. Alsof ik iets heel ergs had gezegd. Ik had nog helemaal niets gezegd. En ik wilde alleen maar vragen of mamma pijn had. Maar Zia trok het laken al over ons hoofd, duwde haar mond tegen mijn oor en zei dat het onze zaken niet waren. En dat mijn vader er nu was. Hij zou alles oplossen. Wat dan wel, vroeg ik, maar Zia antwoordde niet meer. Ze deed alsof ze al sliep.

Fredo

Ons huis heeft boven één slaapkamer. Beneden is de keuken. Maar die staat vol met stoelen en een tafel. En een kast. Daar kan geen bed meer bij. Verder hebben we nog een stal. Daar slaapt Fredo. Ooit komt er een schaap, zei Zia tegen hem.

Met 'ooit' bedoelde ze: als we er genoeg geld voor hebben.

'Een groter huis is wel handig,' zei Fredo toen.

Hij komt uit Engeland. Daar woonde hij in een huis met veel kamers.

'Een kasteel,' zei ik.

'Doe niet zo dwaas,' zei Zia.

'Gasten slapen niet in een stal,' zei ze tegen Fredo.

'Ik vind de stal perfect,' was zijn antwoord. Just perfect.

Dat is dus Engels. Ik begreep het direct.

'Misschien moet je hem zio noemen,' zei mijn vader. Fredo vond van niet. Hij is geen familie. 'We gaan niet opeens doen alsof,' zei hij. 'No kidding.' Dat begreep ik niet. 'Ik leg het je uit,' zei hij in onze taal.

Fredo spreekt de woorden anders uit dan wij. Alsof hij nooit naar school is gegaan. Zo klinkt het, maar het klopt niet. Hij is juist heel slim. Hij kent elk Engels woord dat er bestaat, zei mijn vader. Hij heeft een diploma. En een kasteel in Engeland. Toch woont hij nu bij ons. Dat vind ik raar, maar Zia heeft me verteld hoe dat komt. Eerst ging zijn familie dood. Toen kwam hij mijn vader tegen en ze werden vrienden. En toen mijn vader vroeg of hij meekwam naar Italië, zei Fredo: ja.

Mijn vader en Fredo stonden dikwijls te fluisteren. Het klopt dus dat ze vrienden zijn. Kijk maar naar Gianni en mij. Elke dag fluisteren wij op zijn minst één keer. Tegen elkaar natuurlijk. In de klas. Over de meester. Als zijn adem weer eens stinkt. Wat zou hij gegeten hebben, vraag ik dan. En dan fluistert Gianni terug: stront. En dan lachen we zo hard dat we uit onze bank rollen.

Gianni wil later in Frankrijk wonen. Zijn vader zegt dat daar heel veel vlinders zijn, en hij kan het weten. Toen het nog oorlog was, heeft hij daar gevochten. En toen sliep hij in een tent. Soms vloog er zomaar een vlinder binnen.

Als Gianni mij vraagt of ik mee wil naar Frankrijk, zeg ik misschien wel ja.

Mijn vader spreekt ook Engels. Hij heeft in een kamp gezeten waar de Engelsen de baas waren. Daar heeft hij de taal van de vijand geleerd. Is Fredo de vijand, vroeg ik hem. Om te lachen. Ik kreeg een klap van mijn vader waar mijn hoofd van tolde. Als ik mij niet had gebukt, was het zeker van mijn lijf gerold.

Hij meent het goed, zegt Zia als ze het over hem heeft. En: het is moeilijk voor iedereen. En: alles komt goed.

'Wat?' vraag ik dan.

Zia zegt wel vaker dingen waarvan ik niets begrijp.

Zia zegt ook: durf niet aan Fredo te vragen waarom zijn familie dood is.

Ik durf het wel. Maar ik doe het niet. Want dan moet ik een maand binnenblijven. Dat is nog nooit gebeurd, maar er is een eerste keer voor alles, zegt Zia.

De waarheid

In de oorlog kwamen er vaak brieven van mijn vader. Mamma las ze voor. Zij kan lezen, en Zia ook. Schrijven kunnen ze allebei ook al. Roberto wilde dat ze het leerden. En als Roberto iets wil –. Elke dag zat hij een half uur naast hen. Elke dag, hoe druk hij het ook had.

De moeder van Gianni kan niet schrijven, en lezen kan ze ook niet. Gianni zegt dat hij slimmer is dan zijn moeder.

Is Gianni's moeder dom, vroeg ik op een keer aan mamma. Ze had net mijn jas dichtgeknoopt, mijn haar gekamd. Zia legde een blok hout op het vuur. Met een rood hoofd draaide ze zich om naar mij. Je moet niet alles zeggen wat je denkt, Vittorio, zei ze. Wat je denkt is immers lang niet altijd de waarheid. Bijna niemand kent de waarheid, zei Zia, en zeker jij niet. Eerst moet jij nog heel veel groeien.

Ze heeft gelijk, zei mamma.

Zia is haar grote zus. De oudste weet het altijd beter, zegt mamma.

Gianni's moeder en Zia zijn vriendinnen. Ze zijn precies even oud. Al heel hun leven wonen ze in dezelfde straat.

Vriendinnen zijn geen zussen. Zussen zijn er altijd, maar vriendinnen kunnen ophouden vriendinnen te zijn. Voor de vriendschap moet je moeite doen, zegt Zia. Je best, bedoelt ze. Zussen gaan vanzelf, zegt ze, broers ook.

Natuurlijk begrijp ik dat niet. Ik heb geen zussen, ook geen broer.

Het is niet moeilijk om je best te doen voor je vrienden, zegt Zia, integendeel.

Dat klopt. Soms help ik Gianni op school, bijvoorbeeld als we sommen maken. Lezen kunnen wij allebei goed.

Als er in de oorlog een brief kwam van Gianni's vader, bracht zijn moeder die naar Zia. Mét een grote schaal vol taralli. Gianni en ik mochten er elk drie nemen en dan liepen we naar het pleintje, daar was altijd wel iemand om mee te voetballen.

Als we terugkwamen, was de brief voorgelezen. Een paar keer op zijn minst. Zo bleven de woorden het beste hangen in het hoofd van Gianni's moeder. Neem nog een koekje, zei ze als ze ons zag. Altijd waren haar ogen rood. Ze lijkt op een konijn, dat dacht ik dan, maar ik zei het niet. Gianni zei dat haar ogen rood waren van het onthouden. Maar het ging altijd over. 's Avonds waren ze weer gewoon bruin. Is ze dan alles vergeten, vroeg ik op een keer. Daar kon hij niet op antwoorden.

Op een keer vroeg Gianni aan zijn moeder: zal ik de brief eens voorlezen? Dat wou ze niet, ze zou hem wel vertellen wat erin stond. Maar wat als je niet alles hebt onthouden, vroeg hij toen.

Ik vertel je het belangrijkste, zei ze.

Gianni en ik denken dat ze zinnen overslaan. Zijn moeder en Zia. Allebei. Wij denken dat er geheimen in staan. Misschien heeft zijn vader goud gevonden. Of misschien heeft hij iemand doodgeschoten.

Gianni vroeg de meester of dat kon.

Over goud en moorden zwijgen we beter, antwoordde de meester.

De meester weet alles. Hij is heel lang naar school geweest.

We zwijgen over de brieven, zei ik tegen Gianni.

Maar –, begon hij.

Nee, Gianni.

Mamma vertelt de waarheid niet.

Als je vader thuiskomt is het feest, zei ze altijd. Hij moest dan wel eerst thuiskomen. Alles kon gebeuren in een oorlog. Als hij wegblijft, zei ze op een keer tegen Zia, dat overleef ik niet.

Gelukkig kwam mijn vader naar huis. Maar een feest was het niet.

Hij zal elke dag met je voetballen. Dat zei mamma ook. Eén keer heeft hij dat gedaan. Hij stampte zo hard tegen de bal dat die ontplofte. Hij beloofde mij een nieuwe. Een leren, nog wel. Ik heb hem nog altijd niet gekregen.

Er zijn belangrijker dingen dan een leren bal, zegt Zia als ik erover begin. Welke dan wel, ze vertelt het nooit. Maar voetballen deed hij dus niet. Sigaretten roken, dat wel. De hele dag.

Als mijn vader thuiskomt, wordt hij mijn beste vriend. Mamma had mij verteld dat dat zou gebeuren. Toen ik vroeg waarom, zei ze: omdat het zo gaat.

Niets klopte van wat ze mij had verteld.

Dus was dit misschien ook niet waar. Dat ze in een trein stapt en verdwijnen zal. Zonder mij.

Maar ze roept me niet naar binnen.

Ze zegt nog één zin.

'Ti voglio bene, Vito mio.'

Dan drukt ze een kus op haar hand en ze blaast hem in mijn richting.

Het moet wel een heel klein land zijn als ik er niet meer bij kan.

'We gingen niet huilen,' zegt Zia.

'Mijn buik doet pijn,' zeg ik.

Ze knikt. Neemt een zakdoek. Duwt hem in mijn hand en trekt me tegen haar rok. Rozen en oregano en Zia op het einde van de dag. De geur van vlinders is weg.

'Ach, kind,' zegt Zia dan, 'huil maar. Wat maakt het ook uit.'

Dat klopt. Het maakt niets uit. Ook al loopt de zee uit mijn ogen, de trein vertrekt toch. En hij doet dat met veel lawaai. Hij zal niet meer stoppen. Of omkeren. Treinen kunnen dat niet, zegt

Zia. Zelfs niet nu mijn mamma erin zit. Twee jaar. Zo lang blijft ze weg. Misschien is ze dan al dood. Sommige mensen sterven nu eenmaal snel. Kijk maar naar mijn nonna en mijn nonno. Dat ging bijna vanzelf.

Aan de overkant toetert Roberto. Op de terugweg mag ik vooraan zitten. Misschien mag ik het stuur vasthouden.

Opeens pakken twee handen mij vast. Heel even zweef ik, en dan niet meer.

'Alles goed daarboven?' vraagt Fredo.

Ik weet het niet.

Zia zegt altijd: als je het antwoord niet weet, dan zwijg je beter.

Luister goed naar Zia, zei mamma vanmorgen, is zij nu mijn moeder, vroeg ik, welnee, zei mamma. En toen begon ze te huilen. Alweer.

'Laat hem niet vallen,' zegt Zia.

Heimwee

Iemand lacht. Beneden.

Zijn er inbrekers? Ze zijn al overal geweest, behalve hier! Hier valt niets te stelen, zei mamma altijd, behalve jou, Vittorio. Gelukkig is dat nooit gebeurd. Want dan was ik allang dood. Inbrekers schieten namelijk mensen dood. Dat weet ik van Gianni en hij van zijn nonno. Die heeft het met zijn eigen ogen gezien, en niet in de oorlog. Gewoon toen het vrede was. Zoals nu.

Zia. Waar is Zia?!

De trap kraakt.

Ik moet me verstoppen. Onder het bed.

Snel, Vittorio Monteleone.

De deur gaat open.

Twee stappen en dan een sproetenhand.

Ik ken maar één hand met zo veel sproeten. Durf jij ernaar kijken, vroeg Gianni ooit. Natuurlijk wel, zei ik. Dat lieg je, zei Gianni.

Maar nu kijk ik wel. Eén miljoen. Zo veel staan erop.

Oh! Zia! Mijn Zia!

Met één zwaai trekt ze mij onder het bed vandaan. Mijn been schuurt over de houten vloer, maar ik klem mijn lippen op elkaar en ik roep niet au. Vanaf nu kan ik overal tegen.

'Wat deed je daar, kleine?'

We waren bijna dood, wil ik zeggen, en toen niet meer.

'Morgen begint de school opnieuw,' zegt ze. 'Je moet uitgeslapen zijn. Naar bed!'

'Er zijn geen inbrekers?'

Ze glimlacht. Zoals ze glimlachte toen we vanavond aan tafel zaten, ze het bord van Fredo inschepte, en daarna het mijne. Alsof mijn ouders niet vertrokken waren naar België. Alsof ze elk moment de keuken konden binnenkomen.

'Kind toch.' Ze schudt haar hoofd. 'Wat zouden ze bij ons inbreken, hier valt niets te rapen. Kom, veeg je gezicht.'

Ze haalt een zakdoek uit haar schort en duwt hem in mijn handen. Haar hand gaat door mijn krullen, haar sproetenhand.

'Je rilt, amore mio, heb je het zo koud?'

Dat zou mamma ook zeggen. En zij zou mij op haar schoot trekken. Ik zou zeggen dat ik daar veel te groot voor ben, maar ze zou het toch doen. Ik zou haar handen kunnen zien, niet één vlek zou erop staan. En ik zou niet rillen.

Zia trekt het laken tot aan mijn kin.

'Morgen kam ik je haar. Maar nu ogen dicht. Vooruit. En draai je om.'

Ze kleedt zich uit, kruipt in bed. Ze glimlacht naar mij, slaapwel, Vittorio. Haar ogen vallen dicht. En dan begint ze te snurken. Dat doet ze anders nooit. Mamma snurkte. Alleen mamma.

Daar zijn mijn tranen alweer. Alsof er een deur openstaat in mijn hoofd en daarachter alleen maar water zit.

Ik heb heimwee. Dat weet ik nu wel zeker.

Heimwee lijkt op een groot verdriet, zei Roberto. Hij was langsgekomen om hun een goede reis te wensen. Mamma begon te huilen. Morgen begint het nieuwe leven, hoorde ik mijn vader fluisteren, en hij liet het klinken als een groot feest. Mamma ging alleen maar harder huilen.

Toen begon Roberto over heimwee. Het voelt alsof het nooit meer overgaat, zei hij, maar dat doet het wel. Je kan alleen maar wachten. En bidden.

Toen mijn vader in de oorlog zat, baden mamma en ik elke avond dat hij niet zou doodgaan. Zeven jaar lang. De volhouder wint, zei mamma. En toen kwam hij terug.

Het klopt dus wat Roberto zei.

Ik veeg met mijn handen over mijn gezicht tot het weer droog is, snuit mijn neus. Daarna vouw ik mijn handen. God in de hemel, ti prego, zet mijn mamma op de trein naar huis, mijn vader is niet nodig.

Misschien werkt het sneller als ik maar één van de twee wil. Zelfs Jezus kreeg niet alles gedaan van God.

Mirakel

Ik bid elke avond. Zo lang dat ik er niet van in slaap geraak. Op school lukt mij dat wel.

Na een week roept de meester mij bij zich.

'Zwijgen en sommen maken,' zegt hij tegen de klas. Ik moet hem volgen naar de gang. Hij sluit de deur achter ons. 'Ik zie je ogen dichtvallen,' zegt hij. 'Slaap je 's nachts wel?'

''s Nachts moet ik bidden, meester.'

'Leg me dat eens uit.'

Hij luistert. En dan zegt hij: 'God zet geen mensen op treinen, Vittorio. Hij lost geen mensenzaken op. Bidden doen wij voor onszelf.'

'Voor onszelf?'

'Genoeg vragen voor vandaag, Vittorio.'

'Maar meester –,' begin ik.

'Of ik kom in de problemen, Vittorio. En dan komt er een nieuwe meester, een veel strengere. Je zult niet weten wat je overkomt.' Hij zucht diep.

Wat overkomt mij dan?

Ik vraag het niet. Maar ik stop met bidden. Wachten is al moeilijk genoeg. En zeker wachten op wat maar niet gebeurt. Alleen in mijn dromen gebeurt elke nacht hetzelfde mirakel. Mijn mamma, die voor de deur staat, papà blijft in België, Vittorio. Voorgoed, wil ik vragen. Maar altijd zit mijn mond dicht.

Zia zegt dat ik roep in mijn slaap. Je kunt niet roepen als je mond dichtgenaaid is, zeg ik. Dromen zijn bedrog, zucht Zia dan. Zoals je zucht als je eindelijk een moeilijk raadsel hebt opgelost. Maar er is juist niets opgelost. Vroeger is echt weg.

Alle vingers van de wereld

Elke ochtend vertrekt Zia naar het veld, maar als ik thuiskom van school is ze er. Iemand moet voor de kleine zorgen, en zij zal het doen.

De kleine, dat ben ik.

Roberto komt vaak langs. Lukt het allemaal, vraagt hij dan. Eén keer hoorde ik haar zeggen: ik zie dat kind graag, Roberto.

Wat als Zia mijn mamma was? Lag ik 's nachts nog wakker? Dacht ik dan nog altijd: was het maar weer oorlog?

Ze zijn nu vier weken in België. Het is er heel koud. Dat staat in de brieven die mijn vader schrijft.

Deze week is er een nieuwe gekomen.

Het regent er nu elke dag. Ze hebben een kamer gekregen in een groot huis. Het is een huis voor mannen. Toen de baas van het huis mamma zag, zei hij: ze komt er niet in. Hij wilde de deur dichtgooien, maar mijn vader stak er zijn voet tussen. Hij rekte zich uit, rolde zijn mouwen op, spande zijn spieren en hij zei: ik werk voor drie. En dat hielp. Nu is het een huis voor mannen en één vrouw.

Fredo lacht hardop als hij de brief leest.

'De rebel van Bombay is zijn pluimen nog niet verloren.'

'Wat is een rebel?' vraag ik.

'Je legt het hem niet uit,' zegt Zia.

Fredo knipoogt naar mij.

'Iemand die niet bang is. Iemand die alles durft. Dat is een rebel, Vittorio.'

'Een Monteleone is nooit bang,' zeg ik.

Dat weet ik van mijn vader.

Het was de dag voor ze vertrokken naar België. Ik had met Gianni op het pleintje afgesproken. Hij zou zijn leren bal tonen. Vanaf nu zou ik nooit meer van hem winnen. Ik had hem uitgelachen. Wedden, Gianni?

Mijn vader hield me tegen.

Volg me, zei hij.

Dat had hij nog nooit gezegd.

Achter de stal stopte hij.

Hij haalde zijn hand uit zijn zak, toonde een vuist.

Wat zit erin, denk je?

Een steen.

Hij lachte. Opende zijn vuist.

Een zakmes!

Zie je de letters in het hout staan, Vittorio?

LM, zei ik.

Weet je wat dat betekent?

Luigi Monteleone, zei ik. Wat anders?

Niet zo brutaal, jongeman.

Ik ben al tien, zei ik.

Hij lachte.

Dan weet je ook al hoe het opengaat.

Gewoon trekken, zei ik.

Wil je het eens proberen?

Het lukte.

Geef het nu maar terug, zei hij.

Opeens greep hij mijn hand vast. Hij pakte mijn wijsvinger en duwde die tegen het scherpe deel.

Kijk me aan, Vittorio, ben je bang?

Nee, zei ik.

Als ik wil, zei hij, snijd ik nu je vinger middendoor. Nog altijd niet bang?

Ik schudde mijn hoofd.

Je liegt, zei hij, ik zie het wel. Maar er zal je niets gebeuren. Jij bent mijn zoon, Vittorio.

Toen liet hij mijn vinger los. Hij knipte het mes dicht, duwde het in mijn hand en hij probeerde mijn vingers eromheen te plooien. Het lukte niet.

Hij knikte ernstig.

Zolang het niet in je hand past, blijf je ervan af. Zweer het, Vittorio.

Ik spuwde op mijn vingers. Stak ze in de lucht.

Op mijn mamma, zei ik.

Uit zijn andere zak haalde hij een doek.

Draai er het mes in, Vittorio.

Ondertussen groef hij met zijn handen een gat in de grond.

Leg het erin, zoon.

Hij duwde het zand terug in het gat. Toen was het weg. Het gat, en het mes.

De hele oorlog had ik het bij mij, zei mijn vader. Nooit hebben ze het mij afgepakt. Hoe ze ook gezocht hebben, ik vond altijd weer een plek om het te verstoppen. Het mes is mij heilig, Vittorio. Ik voelde er mij duizend man sterk mee. Bij elk gevaar dacht ik: als ik wil snijd ik alle vingers van de wereld over. En nu is het van jou.

Geschrokken keek ik naar het gat dat weg was. Pas toen weer naar hem.

Alle vingers van de wereld, zei ik.

Hij knikte.

Dat durf ik niet, papà.

Als ik wíl, zei ik. Zijn stem klonk kwaad. Je gaat geen vingers oversnijden als ik weg ben.

Nee, zei ik.

Maar je zou het kunnen. Denk daaraan als je bang bent. Je gaat er vanzelf rechter door lopen. Dat is vaak al meer dan genoeg, zoon.

Ik ben nooit bang, zei ik.

Hij lachte. Natuurlijk niet, zei hij toen. Je bent een Monteleone.

Ik knikte.

Mag ik nu naar Gianni?

Schrijf mij terug, Vittorio. Dat staat onder aan de brief.

'Twee zinnen is genoeg,' zegt Zia. 'Het gaat goed op school en de kippen leggen veel eieren. Schrijf dat maar op.'

'Ze zijn gestopt met leggen!'

'Wat maakt het uit, Vittorio. Of ze leggen of niet. Schrijf het op.'

'Ik wil dat mamma mij schrijft,' zeg ik.

Gianni zegt dat ik mamma moet vergeten.

'Tot ze terugkomt,' zegt hij.

'Dat kan ik niet.'

'Jij kunt alles,' zegt Gianni.

Raadsel

'Wordt Fredo mijn vader?' vraag ik Zia.

Ze staat in de soep te roeren. Even kijkt ze opzij, haar gezicht in één rimpel.

'Ik ben aan het koken, Vittorio. Ik heb geen tijd voor onzin. Trouwens, wie fluistert je zoiets in de oren, Gianni?'

'Zijn moeder zegt dat het kan,' zeg ik.

'Zegt ze dat?' Met een zucht haalt ze de pot van het vuur. Ze kruist haar armen. 'Fredo zorgt ervoor dat we niet met honger in bed kruipen. En hij slaapt in de stal, vertel dat Gianni maar.'

'Waarom?'

'Vaders slapen niet in de stal, Vittorio. Fredo is een vriend. Zoals Gianni jouw vriend is, is Fredo die van ons allemaal. Dat mag Gianni allemaal aan zijn mamma vertellen.' Ze zet de pot terug op het vuur, begint opnieuw te roeren. 'En ik vertel het haar als ik haar bij de bron zie.'

'Waarom?'

'Het is wat vrienden doen, Vito. Ze zorgen ervoor dat er geen raadsel in de lucht blijft hangen.'

De soep klotst over de pot, zo heftig staat ze te roeren. Het vuur laait hoog op, het knettert hard. Snel trekt ze haar hand terug. Tegelijkertijd geeft ze mij een duw naar achter zodat ik tegen de tafel vlieg.

'Sta niet zo dicht bij het vuur, Vittorio. Ga buitenspelen.'

Ze roept het zo luid dat ik niet vraag welk raadsel ze bedoelt. Kunnen mensen een raadsel zijn, vraag ik ook niet, want haar hand hangt nog altijd in de lucht. Straks knalt ze hem tegen mijn oren. En ze zal zeggen: je hebt erom gevraagd, Vittorio.

Ik ren de deur uit.

Roberto

'Hij slaapt in de stal?'

'Vertel dat je mamma maar,' zeg ik tegen Gianni.

'Als ik het niet vergeet.'

'We waren bijna dood van de honger,' zeg ik ook nog.

Hij schrikt, ik zie het wel.

'Bijna,' zeg ik. 'Maar Fredo werkt nu bij Roberto. En hij is onze vriend.'

'Wie? Roberto?'

'Je moet wel luisteren, Gianni!'

Hij zwijgt, knikt.

'Zonder Fredo waren we dus nu dood,' zeg ik.

'Van de honger,' knikt hij.

Roberto is wel familie. Of hij mijn nonno is, vroeg Gianni ooit. Die is al dood, zei ik, en Roberto leeft nog altijd. Echte nonno's zitten op een stoel voor hun huis en ze glimlachen de hele dag naar ons. Roberto niet. En hij kan naar mij kijken alsof ik de ergste dingen heb gedaan.

Hij heeft het beste met je voor, zei mamma altijd, tranquillo, Vittorio, ti vuole bene. Daarom kijkt hij zo.

Als ik later kinderen krijg, kijk ik alleen maar vriendelijk.

Roberto is kleermaker. Fredo helpt hem niet met het naaien, dat doet Roberto zelf. Maar hij helpt bij alle andere dingen. Het meten van de mensen. Het opruimen van de rommel. Het wegbrengen van de kleren. Fredo kan autorijden. Er zijn maar weinigen in het dorp die dat kunnen. Bijna niemand heeft een auto.

La libertà

De moeder van Gianni krijgt een medaille.

Tijdens de oorlog heeft ze een Engelse soldaat in hun huis verstopt. Al de tijd dat hij er was, heeft ze voor hem gezorgd. Zonder dat iemand ervan wist. Toen Gianni's vader van de oorlog terugkwam, was de soldaat al terug in Engeland. Gianni's vader kreeg een purperen gezicht toen hij ervan hoorde, zo kwaad was hij. Wat als iemand het had ontdekt? Ze hadden haar meteen doodgeschoten!

Gianni's vader weet alles af van mensen doodschieten. Door de oorlog, zegt Gianni. Daar heeft hij het geleerd. Ook al wilde hij niet eens vechten. De mijne wilde dat ook al niet. Geen wonder, dus, dat wij de oorlog verloren.

De soldaat die ze heeft gered is een hele belangrijke. Drie Engelsen zullen het haar vertellen, ze brengen ook een medaille voor haar mee. Er komt een feest voor haar en iedereen mag ernaartoe. Wij gaan ook.

De moeder van Gianni staat op het podium. Gianni's vader staat naast haar. Hij draagt een pak. En een scheve das.

'Wie is er dood,' fluistert Zia. Fredo antwoordt niet, misschien weet hij het niet.

Ik trek aan Zia's jurk.

'Is er iemand dood?'

Ze schudt haar hoofd. 'Welnee, Vittorio.'

Het is vast een geheim. Alweer. Ik vraag niet eens verder, ik ken het antwoord al. Sommige dingen zijn niet voor kinderoren.

Dat ze ontploft. En híj ook.

Ik draai me om. Achter mij staan heel veel mensen. Daarachter zijn de deuren. Een man probeert ze dicht te duwen, het zal nu gauw beginnen.

Als ik snel ben, kan ik nog naar buiten.

'Geef mij een hand, Vittorio,' zegt Zia dan.

Eén van de Engelsen begint te praten. In het Italiaans. Hij heeft hard geoefend, zegt hij. Iedereen klapt in de handen.

'Silenzio,' zegt de Engelsman.

Opeens wordt het heel stil.

'La libertà,' zegt hij dan. 'Daarvoor hebben wij gevochten, een hele oorlog lang. Sommigen van jullie stonden al die tijd aan onze zijde. Zoals deze dame hier.' Hij wijst naar Gianni's moeder, maakt een diepe buiging voor haar.

'Giorgia Russo, grazie di cuore.'

Hij neemt de medaille die voor hem op tafel ligt. Hij hangt ze om haar hals, terwijl iedereen opnieuw in de handen klapt. Dit keer doet Zia mee.

Meteen daarna grijpt ze mijn hand weer vast.

'Denk maar niet dat je wegraakt, kleine.'

De hele tijd heeft Gianni's moeder naar de grond gekeken. Maar nu kijkt ze op. Haar gezicht is helemaal rood. Ze huilt. Gianni's vader buigt zich naar haar, fluistert zo stil dat niemand hem horen kan. Ze knikt. Haalt een zakdoek uit haar tas. Terwijl ze haar ogen droogveegt, kijkt hij recht voor zich uit. Ondertussen trekt hij aan zijn das, voor de tiende keer al. Nu zit hij helemaal scheef.

'In die kleren is hij getrouwd,' zegt Zia tegen Fredo. 'Toen waren ze ook al te groot.'

'Waarom huilt ze?' vraag ik.

'Giorgia wordt de hemel in geprezen. Dat is wat hier vandaag gebeurt, Vittorio.'

'Ze is blij,' zegt Fredo. 'Sommige mensen huilen dan.'

De burgemeester wil ook iets zeggen. Dat hij het al die tijd geweten had, zo begint hij. De burgemeester denkt dat hij alles weet, zegt Zia, straks geven ze hem ook een medaille. Daar zal zij een stokje voor steken, zegt ze.

Helikopter

De dag na de huldiging roept de meester Gianni naar voren. Of hij wil vertellen over zijn moeder? De Heldin, zo noemt de meester haar. En Gianni vertelt meer dan een uur. Daarna zingen we allemaal een lied voor haar. Gianni belooft om het zijn moeder te vertellen. Hoe hard we zingen. Hoelang het lied duurt. En hoe mooi het klinkt. Gewoonlijk stottert Gianni als hij voor de klas staat.

'De medaille is van goud,' vertel ik Zia. 'Als ze willen, kunnen ze er een groot stuk grond mee kopen. En koeien. En schapen.'

'Als dat waar is,' zegt ze, 'zou ik ze direct verkopen. Áls ik een medaille had.' Ze zucht. 'Maar de oorlog is voorbij en de Engelsen zijn weg.'

'Fredo is er nog,' zeg ik.

'Hij telt niet,' zegt ze.

Fredo redt ons. Hij zorgt ervoor dat we geen honger hebben. Maar met één koe zouden we altijd meer dan genoeg hebben.

'Méér dan genoeg, dat is ons nog nooit overkomen, Vittorio. Gedaan met grommende magen midden in de nacht.'

Als ik een medaille krijg, koop ik geen koe. Honger gaat altijd voorbij en mijn heimwee niet.

Ik koop een helikopter.

'Dat is mijn plan,' vertel ik Gianni 's anderendaags.

Een mens heeft een plan nodig. Dat heb ik Zia horen zeggen tegen Fredo.

'Zonder plan lopen wij verloren.'

'Wie zegt dat?'

'Zia.'

'Ik loop niet verloren,' zegt Gianni, 'ik ken alle wegen. Naar school. Naar huis. Naar het pleintje. Ik loop ze met mijn ogen dicht.'

'Ik ook,' zeg ik.

En toch koop ik een helikopter. En ik vlieg ermee naar het veel te kleine land.

Carissima mamma

Er is een brief van mamma. Hoe gaat het op school. Ben je braaf. Doe je je best.

'We schrijven haar terug,' zegt Zia.

Ze geeft mij een blad papier en neemt er een voor zichzelf.

'Ik weet niets.'

'Vertel haar je geheimen.'

'Waarom?'

'Dat hoort zo,' zegt Zia. 'Moeders willen alles weten, Vittorio.'

'Ik heb geen geheimen.'

'Lees haar vragen dan opnieuw,' zegt Zia, 'en schrijf een antwoord.'

Goed. Ja. En: ja. Dat is nog niet eens één regel.

'Teken dan iets, Vittorio.'

Een leeuw. Na vijf minuten staat hij er al op.

Zia kijkt ernaar. 'Dat zou mij nooit lukken.'

'Poepsimpel,' zeg ik.

'En nu de rest,' zegt ze. Carissima mamma. Dat moet boven aan het blad. En onderaan mijn naam.

'Ik heb een plan,' zegt Zia. 'Vanaf nu maak je een lijst van alles wat je haar wil vertellen. En als we weer een brief schrijven, neem je de lijst erbij. Zo vergeet je niets.'

Maar er is niets om te vergeten.

Stal

Het is koud in de klas.

'De kachel brandt niet,' roept Gianni. Zijn adem is wit.

De meester knikt.

Uit zijn neus komt ook al witte lucht.

'De kolen zijn op, jongens. De school blijft dicht tot er weer nieuwe zijn. Gelukkig is het bijna Kerstmis. Waar willen we dan het liefst zijn?'

'Thuis,' roepen we allemaal.

De hele klas hangt nu vol witte adem. De meester wijst ernaar, pakken maar, jongens, en allemaal steken we onze armen uit en we grijpen en we grabbelen, we springen en we botsen, zo snel geven we het niet op, lacht de meester en wij lachen mee, de ramen daveren ervan, zo hard lachen we allemaal, en heel even is het of mamma er nog is.

Een week later zijn we in de middernachtmis.

Fredo en ik zitten in de rechterbeuk, de vrouwen in de linkerbeuk. Daar zat ik vroeger ook, tussen mamma en Zia in. Behalve met Kerstmis. Dan was mamma Maria, en ik was Jezus. Samen bleven wij de hele middernachtmis in de stal. De adem van de ezel in onze nek. De hele mis lang geloofde iedereen dat mamma Maria was. En ik, het Heilig Kind.

De pastoor wil al lang een andere Jezus. Vittorio wordt te groot voor de kribbe, zei hij. Er waren jongens in het dorp die beter zouden passen in de voederbak.

Nee, zei mamma.

Nu zit er een andere Maria in de stal. Haar kind is pasgeboren, het kan nog heel wat jaren mee. Bij het verlaten van de kerk heeft iedereen het erover. Hoe Maria straalde. En wat was dat kind braaf. Geen kik had het gegeven. Ik ook niet. De hele viering lang heb ik gezwegen. Terwijl ik alle liedjes ken.

'Vito heeft het moeilijk,' hoor ik Fredo zeggen tegen Zia.

'Geen wonder,' zegt Zia.

Ze praten tegen elkaar alsof ik er niet ben.

'Maria draagt een pruik,' zeg ik.

Alles is goed

Op de tweede januari komt er een telegram uit België. Kind geboren. Stop. Moeilijke bevalling. Stop. Alles goed. Jongen. Stop. Marcello. Stop. Buon Anno.

Ik heb een broer in België.

Een broer!

'We moeten daar heel blij om zijn,' zegt Zia. Ze neemt mij op schoot en ze omhelst me.

'Waarom?' vraag ik.

'Er had ook kunnen staan: niet alles is goed.'

'Gelukkig staat er dat niet,' zegt Fredo. Zia glimlacht, zoals ze wel vaker glimlacht als Fredo iets zegt.

Toen ik klein was, kwam er een man voor Zia. Ze gingen dan altijd samen wandelen. Ik mocht nooit mee, mamma ook niet. Hij kwam om met Zia te praten, niet met ons. Op een keer stonden ze voor de deur te kussen. Ze hielden elkaars hand vast, dat zag ik ook. En al die tijd glimlachten ze naar elkaar. Mamma zei dat het geen manieren waren, zo op straat, voor de deur. Als ze verliefd waren, dan trouwden ze maar. Getrouwde mensen mogen kussen zoveel ze willen.

Hij is al getrouwd, zei Zia toen. En dat het een ramp was. En dat ze verliefd waren.

De man kwam niet meer langs.

Fredo en Zia zijn dus verliefd. Ik heb hen zien kussen in de stal. Ze dachten zeker dat ze daar alleen waren. Ik heb honger, zei ik. Ze liepen met me mee terug het huis in. Heb je iets gezien, vroeg Zia terwijl ze een stuk van het brood sneed. Ja, zei ik. Dat was niet wat ze wilde horen, want haar hand ging al de lucht in. Stop, zei Fredo toen, stop, Carlotta.

Haar hand ging weer naar beneden.

Kom hier, kleine, zei ze toen.

Ze greep me vast, trok me op schoot.

Grote jongens kunnen een geheim bewaren, zei ze. Ben jij al een grote jongen, Vittorio?

Ik knikte. Natuurlijk.

Ik vroeg niet waarom het kussen een geheim is. Grote jongens stellen geen vragen, zei Zia ook nog, die zwijgen als hun dat wordt gevraagd.

Als ze willen, kunnen ze trouwen. Fredo heeft geen andere vrouw. Zia vroeg het hem de dag na het kussen in de stal. Zomaar aan tafel. Ze hield de pollepel vol soep stil in de lucht terwijl ze naar hem keek. Antwoord, zei ze, de pollepel hoog in de lucht. Natuurlijk niet, zei hij. Pas toen deed ze de soep in zijn bord. Ik zag hem glimlachen, en zij glimlachte ook. Ik weet wel zeker dat het niets met de soep te maken had. Die smaakte naar aardappelen, er zaten er nog in ook. Terwijl ik mijn tanden in een stuk aardappel zette, zag ik dat ze nog altijd lachten.

'Jij bent nu de grote broer,' zegt Fredo. 'Dat is van het allerfijnste.'

Het klinkt als een geschenk. Maar wat moet ik met een broer?

'Wanneer komt hij naar hier?' vraag ik.

'Hij blijft ginder,' zegt Zia.

'Waarom?'

'Hij heeft je mamma nodig,' zegt ze. 'Je moet sterk zijn, Vittorio. En blij. Dat ook. Heel blij.'

Het is de ongelukkigste dag van mijn leven.

Varken

Een paar dagen later staat opeens de burgemeester voor de deur.

'Naar boven, Vittorio,' zegt Zia.

'Waarom?'

'Nu!'

Wat maakt het uit. Boven hoor ik alles evengoed. Zoals: hij loopt de keuken in. En: hij gaat zitten.

Hij lacht. Door het plafond, tot in mijn oren. 'We hebben iets te vieren.'

'Ik denk het niet,' zegt Zia.

Er klinkt een knal. 'Drink, Carlotta.'

'Ontplof.'

Zia houdt niet van de burgemeester. Op zijn minst één keer per week vertelt ze het ons. En nu weet hij het ook. Hij vindt het niet erg, want hij lacht opnieuw.

'Over vijf minuten is Fredo thuis,' zegt Zia.

'Ik zag hem nog maar net naar buiten gaan. Kan hij vliegen?' Alweer een lach. 'Kom, drink dat glas uit. En sta daar niet zo.'

Stilte.

'Nu we eindelijk een moment voor ons tweeën hebben,' zegt de burgemeester.

'Ik wil geen moment met u.'

Hij lacht. De vierde keer.

'Doe niet zo moeilijk, kind.'

Een stoel klettert op de grond.

'Vito! Vittorio! Kom naar beneden!'

De volgende seconde sta ik in de keuken. Zia loopt naar mij

toe en ze slaat haar armen om me heen.

Filippo Romeo knikt naar mij. Zijn hemd zit uit zijn broek. En zijn das hangt scheef rond zijn nek. Hij lijkt opeens niet meer op een burgemeester.

'Ben je blij met je broertje? Nee, zeker? Dat dacht ik al. Het zal delen worden als ze terugkomen.'

'Over anderhalf jaar,' zegt Zia.

'Wel wel, dat is nog een tijdje,' zegt de burgemeester. Hij grijnst naar mij. 'En wat vind jij daarvan, kleine?'

Zia steekt haar armen uit en trekt me tegen zich aan.

'Wilt u alstublieft nu vertrekken? Vittorio moet naar bed.'

Dat is niet waar. Maar ik zwijg.

Filippo Romeo opent zijn mond, sluit hem weer. Opent hem, sluit hem. Onze burgemeester lijkt op een vis. Een vis met een dikke buik, hij hangt ver over zijn riem. En zijn hemd zit nog altijd uit zijn broek. Geen vis. Een varken. Varkens zijn dom. In hun hoofd zit niets. Daarom rollen ze door de modder, zei mamma op een keer. Waarom, vroeg ik. Zou jij de hele dag door de modder willen rollen, zei ze.

Hij is weg.

Haar armen zitten nog altijd als een tang om me heen. Ze legt haar wang tegen de mijne. Ik voel haar ademen. Alsof ze gelopen heeft, zo snel gaan haar ribben op en neer.

'Het vuur gaat uit,' zegt ze opeens. 'Neem de pook, Vittorio. En een houtblok. Leg hem maar in het midden.'

Ik pook in de asse, leg de blok op het vuur.

'En nu kom je op mijn schoot zitten.'

'Waarom?'

'Omdat ik het zeg, Vittorio.'

Pas als Fredo thuiskomt, laat ze mij los.

'Ga buitenspelen,' zegt ze. 'Nu, Vittorio!'

Het is koud. En bijna donker. Ik ga op de stoep zitten. Binnen praat Zia. Alles ziet Romeo, alles hoort hij, hij kan door de muren kijken, of een mens alleen in huis is, hij weet het allemaal, zegt ze tegen Fredo, zelfs het telegram is door zijn handen gegaan. Hij heeft vrienden in de hemel én in de hel.

En dan wordt het stil.

Het is nu echt donker. En nog altijd koud. Eerst moet het middernacht worden, en dan ochtend. Voor het weer warmer wordt. Je kunt ziek worden van de kou, zegt Zia. Haar ouders zijn ervan doodgegaan.

Ik wil niet doodgaan. Maar naar binnen gaan wil ik ook niet. Binnen huilt Zia.

Ik wilde dat mijn hoofd leeg was zoals dat van de burgemeester.

Eindelijk gaat de deur achter mij open.

'Maar jongen toch,' zegt Fredo, 'wat zit je hier te rillen?'

Daar is Zia ook. Met grote ogen kijkt ze mij aan.

'Dat ik je zomaar hier, amore mio –'

Ze slaat haar armen om mij heen en ze knijpt me bijna fijn en bijna haal ik geen adem meer, nog juist genoeg om niet te stikken. Zo warm had ik het nog nooit, denk ik opeens, wat niet kan, natuurlijk, want mijn vingers zijn wit en mijn lippen trillen zoals ze dat doen als ik bevries.

Fredo geeft haar een kus. Zomaar waar ik bij sta. Dan trekt hij zijn pet over zijn oren, hij zet zijn kraag omhoog.

'Ik ben zo terug,' zegt hij.

Zia en ik kijken hem na. Al snel zien we hem niet meer, zo donker is het buiten.

'Roberto moet het weten.' Ze mompelt het, maar ik heb het gehoord.

'Wat?' vraag ik.

Ze zwijgt. Trekt me nog dichter tegen zich aan, ook al kan dat niet.

'Het komt wel goed,' zegt ze dan.

Ik duw mijn hoofd tegen haar warme buik. Ik wil hier best voor altijd zo blijven staan.

'Binnen brandt het vuur, Vittorio. Daar zullen we wachten. Tot hij terug is.'

'Fredo?'

Ze laat me even los. Glimlacht. Ze schudt haar hoofd en haar haren schudden mee. Ze vallen over haar schouders, haar gezicht, haar borsten.

'Niemand anders, Vito mio.'

Die avond gaat Fredo niet naar de stal. Hij hangt een gordijn tussen mijn bed en dat van Zia, kleedt zich uit en kruipt bij haar in bed.

'Dat heeft lang geduurd,' hoor ik haar zeggen.

'Wat?' vraag ik.

'Trek het laken over je hoofd,' zegt ze. 'Nu, Vittorio.'

Zo veel geluk

De twee weken zijn voorbij en de school gaat weer open.
'Ik heb een broer,' zeg ik.
'Heb jij geluk,' zegt de meester.
Geluk. Ik?
Ik sta vooraan. Naast de meester. Hij heeft net de eerste rij sommen gedicteerd, ik heb ze op het bord geschreven. Ik kan de oplossingen er zo bij schrijven. Maar dan is het niet meer spannend, zegt de meester. Voor de klas, bedoelt hij.

'Kijk maar eens rond,' zegt de meester.
Ik doe wat hij zegt.
Niemand kijkt terug, iedereen heeft zich over zijn blad gebogen. De tong van Gianni komt uit zijn mond. Hij wint nooit als het om sommen gaat. Maar Gianni heeft een moeder met een medaille. Hij kan ze elke dag aanraken als hij dat zou willen. Zijn moeder én de medaille.
Gianni heeft geluk. Niet ik.

Ik haal mijn schouders op, wil op mijn plaats gaan zitten, maar de meester houdt me tegen. Hij wijst.
Niet naar Gianni.
En dan zie ik ze zitten. Drie jongens zonder vader. Vooraan een jongen zonder moeder. De vaders zijn gestorven in de oorlog. De moeder is in de waterput gevallen.
Mijn ouders leven nog. Mijn broer ook. Ondanks de moeilijke bevalling.

Die dag is de tweede ongelukkigste dag van mijn leven.

Alleen zijn we nooit

Het is de week na de tweede ongelukkigste dag van mijn leven. Ik neem een andere weg naar school. Zomaar. Ik heb er gewoon zin in.

De rij staat al klaar om naar binnen te gaan als Gianni de speelplaats komt op gerend. Zijn hoofd is helemaal rood, zo hard heeft hij gelopen. Hij wijst naar mij. 'Waarom heb je niet op mij gewacht?'

'Dat kan gebeuren,' zegt de meester.

'Hij wacht altijd op mij, meester.'

'Behalve vandaag dus. Kom, sluit maar gauw aan, Gianni.'

'Maar –'

'Blijven ademen, Gianni.'

'Ik adem, meester.'

'Dan is het goed, jongen.'

De meester wrijft even door de haren van Gianni, klapt dan in zijn handen.

'Ik wil een rij, jongens,' roept hij. 'En ik wil stilte.'

Gianni staat voor mij.

'Ik heb een andere weg genomen,' fluister ik in zijn oor.

Hij draait zich om. Kwaad kijkt hij mij aan.

'Dat wist ik niet!'

'Je bent mijn mamma niet,' fluister ik.

Even blijft hij stil.

'Míjn mamma is een heldin,' zegt hij dan.

'De mijne ook.'

De woorden floepen zomaar mijn mond uit, veel te luid ook nog. De hele rij heeft ze vast gehoord. Straks zegt iemand: wat een dikke leugen, Vito. Jouw mamma heeft helemaal niemand gered.

Dat klopt.

Het enige wat ze heeft gedaan, is een lelijk kind krijgen in België. Ze hebben een foto opgestuurd. Er bestaat geen lelijker kind. Zelfs Zia vindt dat, want ze lachte niet. En Zia lacht altijd als ze een klein kind ziet.

Gianni knijpt zijn ogen dicht. Door twee spleetjes kijkt hij naar mij.

'Jouw mamma is weg,' zegt hij dan. 'En ze komt nooit meer terug.'

Ik zwaai met mijn arm, wil mijn vuist in zijn gezicht ploffen. Maar hij bukt zich. Ik sla mijn armen om zijn lijf en ik knijp. Tot hij stopt met gillen, dat is de bedoeling. Maar hij stopt niet.

De meester haalt ons uit elkaar. Hij vraagt wie er begonnen is. Hij, zeggen we, en we wijzen naar elkaar. Allebei krijgen we straf. We moeten op onze knieën zitten, elk in een hoek van de klas. Na een uur zegt de meester dat we weer vrienden zijn. De laatste bank in de klas wordt de onze vandaag. Ik moet Gianni helpen met taal, hij mij met rekenen. Maar vrienden zijn we niet meer.

Na school moet ik nablijven.

'Wat gaat er toch om in dat hoofd van jou.'

Was het maar weer oorlog, meester. Dat denk ik. Maar niemand wil de oorlog terug. Op onze blote knieën moeten we de Heer danken dat het leed geleden is, zegt de meester. God houdt zich misschien niet bezig met mensenzaken, jongens, Hij zorgt wel voor de wereld, en gelukkig maar. We zouden daar mooi staan zonder wereld. Bijna is het zover geweest, zo veel kwaad heeft de oorlog gedaan. Weet iemand hoeveel mensen geen huis meer hebben, geen school, geen kerk, zelfs geen weg? Niemand? Dan zal hij het ons vertellen: miljoenen.

Die oorlog wil ik dus terug. Als enige mens op de hele wereld.

God zal mij zo een gedachte niet vergeven. De meester al zeker niet. En zelfs al vergeven ze het mij, het zal niets uithalen. Morgen denk ik het opnieuw. En overmorgen.

Ik kijk hem aan. Haal mijn schouders op. Als ik dat doe, vraagt hij gewoonlijk nooit verder. Vertrek maar, Vito, ga maar buitenspelen. Ja meester, zal ik zeggen, dank u, meester.

Maar vandaag gaat het anders.

'Jullie hebben toch een gast? Hoe was zijn naam ook weer?'

'Fredo.'

'Schiet je op met hem?'

'Hij redt ons, zegt Zia.'

'Zo,' zegt de meester. 'Zegt ze dat? Hm. Dan moet Fredo ook een medaille krijgen.'

Verrast kijk ik hem aan. 'Van goud?'

'Wie weet,' zegt de meester.

Mijn hart. Het ontploft bijna. 'Dan komen ze zeker terug.'

Hij fronst zijn voorhoofd.

'Uit België, meester. Mijn ouders.'

'Waarom denk je dat, Vittorio?'

'Als we een medaille hebben, kopen we een koe, meester. Dat heeft Zia gezegd. We zullen meer dan genoeg geld hebben, dat heeft ze ook gezegd. En dan komen ze terug.'

De meester knikt. Hij heeft het helemaal begrepen. Waarom kijkt hij dan opeens zo treurig? En waarom schudt hij zijn hoofd?

'Ik vrees, Vittorio, dat dat niet zal gebeuren.'

'En schapen, meester. Goud is kostbaar, zegt Zia.'

Hij schudt zijn hoofd nog altijd. 'Er komt geen medaille, Vittorio.'

Geen medaille. Geen koe. En ook geen schapen. Dan blijven ze in België. De tranen springen mij in de ogen. Ik veeg ze weg en draai me om, maar de meester houdt me tegen. Hij legt zijn hand op mijn hoofd, wrijft me even over de haren.

'De oorlog is voorbij, Vittorio. Nu moeten wij verder. Fredo, zia Carlotta, je ouders, jij en ik, we zijn met velen, kleine man. Alleen zijn we nooit.'

De meester knikt naar mij. Dan draait hij zich om en hij loopt naar de kachel. Hij gooit er nog wat kolen op.

De meester woont in de school.

'Zou je niet naar huis gaan, Vittorio?'

Ik loop naar buiten.

De meester is een leugenaar. Want hier sta ik nu. Alleen bij de schoolpoort. Natuurlijk heeft Gianni niet gewacht. Op donderdag bakt zijn moeder taralli. Waar is Vito, zal ze vragen. En dan zegt Gianni: hij is mijn vriend niet meer.

Mamma bakte bijna nooit taralli. Ze bakte het lekkerste brood van de wereld. Dat vonden alle vrouwen. Hoe deed ze dat toch, vroegen ze haar altijd. Dan vertelde mamma en iedereen luisterde, ook ik. Op een dag is het aan jou, zei ze dan. Jij wordt vast de beste bakker van de streek.

Ik wil helemaal geen bakker worden.

Ik kan alles worden wat ik wil. Daarom zijn mijn ouders nu in België. Daarom en alleen daarom. Dat heeft Zia gezegd. En dat ik dankbaar moet zijn.

Maar ik wil niet alles worden.

Wat dan wel? Ik weet het niet.

Drie huizen

Er zijn drie wegen naar huis. Er is de kortste, die we altijd nemen, de kromme die ik vanmorgen nam, en de weg langs de klif. Wie de weg langs de klif neemt, krijgt een jaar lang straf, dat zegt de meester elk jaar opnieuw op de eerste schooldag. Het komt dus goed uit dat ik alleen ben vandaag. Niemand die kan verder vertellen wat ik nu ga doen.

Ik begin te stappen.

De weg naar de klif is smal en het waait er stevig. Als ik niet uitkijk, val ik van de berg.

Het duurt een tijd voor ik boven ben.

Ik kijk naar beneden.

Het meer glanst zo hard. Als mijn handen en mijn voeten niet zo koud waren, sprong ik er misschien wel in. Want ik kan zwemmen.

Op een keer gingen we naar zee, mamma, Zia en ik. Samen met Roberto. Iemand aan de kust had een grote opdracht voor hem en hij zou er de hele dag blijven. We reden er in zijn auto naartoe. Zia zat naast hem. Ze praatten over de oorlog. Hij duurde veel te lang, zei Zia. Mamma en ik zaten op de achterbank. Ik ga je leren zwemmen, fluisterde ze, legde een vinger op haar lippen en ze wees naar Zia en Roberto: het is ons geheim plan, piccolo della mamma.

Ik herinner me nog hoelang de rit duurde, hoe misselijk ik onderweg werd en hoe ik dat niet erg vond. Want mamma zou mij leren zwemmen.

Doe je best, Vittorio, zei ze toen we met onze voeten in de golven stonden, wat je nu leert is voor altijd. Het kind is nog te klein, riep Zia vanop de kant. En: voorzichtig. En: hij moet wel honderd worden, Gloria! Ze riep zo hard en zo lang tot mamma zei: we stoppen ermee, Vittorio, maar we komen terug.

Stel dat het kind geen bakker wordt en ook geen steenkapper, zei ze tegen Zia, dan zal hij visser moeten worden. En je weet hoeveel er elk jaar verdrinken. Wat vertel je toch allemaal, zei Zia tegen mamma. Misschien word jij wel iets helemaal anders, zei ze tegen mij.

De volgende keer dat Roberto weer naar de kust moest, was Zia er niet meer bij. Deze keer bleven mamma en ik uren in het water. Opeens stak ze mij hoog in de lucht, ze kuste me en ze zei: nu ben je groot. Ze lachte, want natuurlijk klopte dat niet. Ik was nog maar vijf. Maar ik kon zwemmen in de zee. Niet in het midden, natuurlijk. Je moet altijd met je voeten aan de grond kunnen, zei mamma, dat is een goed begin.

Op een dag tekende de meester op het bord drie huizen boven elkaar. Zo diep is het meer, zei hij toen. Wie erin valt, komt nooit meer boven.

En nu zit ik hier boven op de klif. Het water is zo blauw. En het glanst zo verschrikkelijk mooi.

Opeens komt er een geluid uit de bergen aan de overkant. Het lijkt wel leeuwengebrul. Ooit waren er leeuwen in Italië. Misschien zijn ze terug, dat kan. Zelfs mijn vader is teruggekomen.

Leeuwen waken over hun gezin als geen enkel ander dier, zegt de meester. Of het nu olifanten, giraffen of mensen zijn die hen bedreigen, het kan hun niet schelen. Ze eten iedereen op.

De leeuw is de dapperste van alle dieren. Daarom dus is de leeuw mijn lievelingsdier.

Ik houd mijn hand boven mijn ogen en tuur naar de overkant.

Er verschijnen twee auto's. Een zwarte en daarachter een bruine. De bruine rijdt steeds sneller, tot hij tegen de zwarte aan knalt.

De zwarte auto rijdt zomaar over de rand. In het meer. Ik knipper met mijn ogen. Kijk opnieuw. Geen zwarte auto meer te zien. En ook de bruine auto is weg. Heb ik het gedroomd?

Dan zie ik de kringen. Midden in het meer. Kringen van een reuzensteen. Zo groot als een auto.

Ik blijf er maar naar kijken.

Er zit altijd een mens in een rijdende auto. Dan gaat hij nu dood. Zelfs al kan hij zwemmen. Want het meer is drie huizen diep.

Help, roep ik. Eén keer, twee keer, drie. Maar niemand roept terug, er is ook niemand. Alleen ik, het meer, de auto en de mens. De dode mens, moet ik nu zeggen.

Nog één keer kijk ik naar het water. De kringen zijn verdwenen. Alsof er niets gebeurd is. Niemand verdronken is.

Ik ren naar huis. In één adem. Ondertussen heb ik hard nagedacht. Ik zal hier niemand iets over vertellen of ik krijg een jaar straf. En wat ik nog heb bedacht. De burgemeester heeft een zwarte auto. Een bruine auto heeft alleen Roberto.

Zeven dagen

'Filippo Romeo is dood.'

Roberto staat in de deuropening. Zijn handen steken in zijn broekzakken.

'Neem een stoel,' zegt Fredo.

'Wil je soep?' vraagt Zia.

Roberto gaat zitten. Hij krijgt een bord.

'Lekker.'

Zia staart hem aan. 'Ga je het nog vertellen?'

'Hij was blijkbaar al een paar dagen vermist. Ze zijn hem gaan zoeken en uiteindelijk hebben ze hem gevonden in het meer. Zijn auto ook. De voorruit was verbrijzeld. Hij heeft vast geprobeerd om langs die weg uit de auto te geraken.'

'Maar hij is verdronken,' zegt Zia.

'Een visser heeft zijn lijk ontdekt. Met een tractor hebben ze het uit het meer getrokken. Hij zal er met zijn zatte kop in gesukkeld zijn.' Roberto knikt. 'Het moest er ooit van komen.'

En ik heb alles gezien.

Mijn hart bonst luid in mijn keel. Straks hoort iemand het. Zo gulzig en zo luid ik kan, begin ik mijn soep te eten.

'Vittorio, slurp niet zo,' zegt Zia. En dan begint ze te lachen. 'Een tractor! Dat had ik willen zien.'

'Het is niet grappig,' zegt Fredo. 'Wie weet hoelang hij al in het water lag.'

'Zeven dagen,' zeg ik.

Ze draaien alle drie hun hoofd naar mij.

Roberto legt de lepel naast zijn bord.

'Zeven dagen, Vittorio. Is dat wat je denkt?'

Ik kijk naar de soep. Er drijven twee aardappelen in.

'Kijk me aan, Vittorio.'

De mond van Roberto lacht, alleen zijn mond.

Roberto met de bruine auto.

Roberto is een goed mens. Hij zal voor jullie zorgen. Dat zei mamma tegen Zia de dag dat ze naar België vertrok. Ze stonden in de keuken. Hun armen hadden ze om elkaar alsof ze maar één mens waren.

Roberto is een goed mens. Ik denk die woorden nu al zeven dagen lang. Als ik opsta en als ik naar school ga, als ik naar huis loop en als ik in bed kruip. Goede mensen doen alleen goede dingen. Iemand anders reed met zijn auto. Zo moet het gebeurd zijn.

'Zeven dagen voor een lijk naar boven komt. Wordt er gezegd.' Roberto knikt. 'Maar soms duurt het langer. Het water, de kou. Het heeft allemaal een invloed.'

'Een ongeluk,' zegt Fredo.

'Ja,' zegt Roberto.

Het wordt opeens heel stil aan tafel.

'Het is een mysterie,' zucht Roberto, 'en het zal een mysterie blijven.'

'Daar is de maffia goed in,' zegt Zia.

Roberto staat op. Zijn bord is nog lang niet leeg.

'Spreek dat woord nooit uit, Carlotta.'

Zia schrikt. Fredo schrikt. Ik ook. Roberto is nooit kwaad op Zia.

Hij loopt naar de deur.

'Vanaf nu zwijgen we erover,' zegt hij.

Roberto rijdt weg in zijn bruine auto.

We kijken hem na.

'Zeven dagen.' Fredo fronst zijn voorhoofd. 'Hoe weet je dat, Vittorio?'

Een jaar straf. Als ik vertel dat ik op de klif zat.

'Wie weet waar de kleine zoiets heeft opgepikt,' zegt Zia dan.

'Ik ben al tien,' zeg ik kwaad.

Ze slaat haar arm om mijn schouder, trekt mij tegen zich aan.

'Niet te snel groeien, Vittorio mio.'

Oh jawel. Zo snel ik kan. En dan zeg ik wat ik wil. En ik doe wat ik wil.

De kamer

De hele week lang is er geen school omdat de burgemeester dood is. Op straat kom ik Gianni tegen. Mét zijn nieuwe voetbal. Van leer.

'Doe je mee?' vraagt hij.

Ik blijf staan.

Is hij mijn vriend weer?

'Natuurlijk, Gianni.'

'Eerst vertellen.'

Ik schrik. Hij kent mijn geheim. Echte vrienden kunnen in je hoofd kijken, zegt de meester. Geheimen bewaren kunnen ze ook. Daarom zijn ze echte vrienden.

'Mijn mamma heeft het mij verteld,' zegt Gianni dan. 'In Engeland hebben ze geen manieren.'

Niet het meer. Niet de auto. Gelukkig heb ik nog niets verteld.

Ik kijk hem aan.

Wat weet Gianni van Engeland, niets toch. Zijn hoofd is alweer rood geworden. Dat doet het altijd als Gianni iets niet weet.

'Fredo slaapt bij Carlotta,' zegt hij dan, 'Fredo kan er niets aan doen, zegt mijn moeder, hij is van Engeland. Daar doen de mensen van die dingen.'

'Wat voor dingen?!'

Hij zwijgt.

'Vertel, Gianni!'

'Ik dacht dat jij het mij wel –' Hij schokt met zijn schouders, zijn hoofd nog altijd een tomaat. 'Wil je weten je wat mamma tegen jouw Zia zei? Gebruik je verstand, Carlotta.'

Alsof Zia dom is. Zo grijnst hij naar mij. Terwijl hij zélf. Nog altijd houdt hij de bal vast. Eén tik van mijn vinger en hij rolt de weg op. In de struiken, met hun scherpe doornen.

Eén kleine tik maar.

Hij schopt keihard tegen mijn been. Voor ik terug kan schoppen, heeft hij zich al omgedraaid. Hij rent weg, zijn bal vast met zijn twee handen, naar het pleintje. Daar is altijd iemand die wil voetballen. Gianni kan niet eens dribbelen. Maar hij heeft een leren voetbal. En ik heb niets. Zelfs geen vriend meer.

Ik begin te stappen.

'Vittorio, wat ben je van plan?'

Roberto staat voor mij. Zijn hand grijpt mijn schouder en knijpt me bijna fijn.

'Je bent op de klif geweest.'

Mijn hart stopt met kloppen. Het stopt echt.

'Bij goed weer zie je vanop de klif Sicilië liggen,' zegt hij. 'En als je echt wil, kijk je tot in Afrika. Maar jij hebt iets anders gezien.'

Hij schudt zijn hoofd.

'Ach, Vittorio. Elke mens ziet wel eens dingen die er niet zijn, en een kind nog vaker. Toen ik klein was, leek ik zo op jou. We zijn niet voor niets familie, figlio mio. Zal ik je eens vertellen over de vriend die ik toen had? Niemand kon hem zien, behalve ik. Ik moest mijn ogen maar sluiten en daar was hij al. Soms liep hij naast me en dan kon ik hem aanraken. Maar ik zweeg over hem. Met wie zou ik over hem praten? Niemand anders kende hem. Tot de dag dat de meester mij in de hoek wilde zetten. Ik had te luid gepraat in de klas. Maar mijn vriend zei dat ik niet moest luisteren naar de meester. Er was geen wet die luid praten verbood. Dat vertelde ik allemaal tegen de meester. De meester keek opeens zo bezorgd en hij begon over een kamer zonder raam. Ze zullen je daarin opsluiten, zei de meester, en ze gooien de sleutel weg.'

'Waarom?'

'Waarom?! Wie dingen ziet die niet echt zijn, is een gevaar voor andere mensen, Vittorio.'

'Wat bedoel je?'

Hij zucht. 'Zo iemand kan opeens een mes nemen en iemands keel oversnijden. Gewoon omdat hij er zin in heeft.'

'Echt?!'

Hij knikt.

'Zwijg over die vriend, zei de meester. Of de mensen zouden denken dat ik gevaarlijk was. Vanaf toen draaide ik mijn hoofd weg als mijn vriend verscheen. Ik vertelde hem niets meer. Het duurde een tijd voor het mij lukte, maar ik hield vol, hoe droevig mijn vriend daarvan ook werd. Maar het moest.'

Eindelijk laat hij mijn schouder los.

'Kijk me aan, Vito.'

Het klinkt als een bevel.

'Denk aan de kamer. Een keer erin, raak je er nooit meer uit. Weet je wel hoelang dat is? Zolang je leeft, Vittorio.'

De tranen lopen uit mijn ogen. Hoeveel ik ook slik, ze blijven maar komen.

'Beloof mij dat je zwijgt, Vittorio.'

Ik veeg mijn gezicht droog met mijn mouw. Knik naar hem.

'Kleine man, ik zorg voor jullie. Zolang ik er ben, zal er jullie niets overkomen. Prijs jezelf gelukkig.'

Hij bukt zich voorover, duwt zijn gezicht tegen het mijne. In zijn neus groeien haren, ik zie ze voor het eerst. En ik kan ze tellen.

'Ik wil een glimlach zien, Vittorio.'

In een gat onder de grond ligt een mes. Ik kan er al zijn vingers mee oversnijden. Als ik dat zou willen.

Ik kijk Roberto aan en ik lach.

Veters

Zia bindt mijn veters. 'Mis je mamma nog?'

'Natuurlijk wel,' zegt Fredo.

'Ik wil het van hem horen. En, Vittorio, ja of nee? Je mag ook gewoon knikken.'

Met haar gezicht vol sproeten kijkt ze naar mij. Het zijn er twee miljoen. Op zijn minst.

Of ik mamma mis?

'Ik weet het niet,' zeg ik.

'Droom je nog wel eens van haar?' vraagt Zia.

'Nee.'

'Helemaal niet meer?'

Ik haal mijn schouders op.

Zia staat op, knoopt mijn jas dicht, strijkt even door mijn haar, veegt over mijn gezicht.

'Ik heb me al gewassen,' zeg ik.

Ze glimlacht. 'Ik merk het, Vittorio.'

'En ik kan mijn veters zelf binden. Al heel lang.'

Ze knikt. 'Dat weet ik, Vittorio.'

Niets weet Zia.

Eekhoorn

In de verte zie ik Gianni. Net op dat moment denk ik: zal ik eens rennen naar school. Dus ik ren. Zo hard ik kan. Ik hoor zelfs niet wat hij roept als ik hem voorbijsteek.

Als de bel gaat, komt hij naast mij staan. In zijn handen draagt hij een kartonnen doos. Ik kan al raden wat erin zit. Zijn nieuwe lievelingsdier.

Na de vlinder kwamen de muis, de salamander, de vleermuis en de kever. De rest ben ik vergeten.

Mijn dier is nog altijd de leeuw.

'Wil je het weten?' vraagt Gianni.

Voor ik iets kan zeggen, staat de meester voor ons.

'Zo, Gianni,' zegt hij. 'Wat heb je vandaag meegebracht?'

Hij mag het voor de klas vertellen.

'Mijn nieuwe lievelingsdier is een eekhoorn.' Hij tilt het deksel van de kartonnen doos en toont ons wat erin zit. Natuurlijk is de eekhoorn dood.

'Gevallen uit de boom,' zegt Gianni, 'recht op zijn hoofd.'

'Welnee,' zegt de meester. 'Eekhoorns vallen niet uit bomen. Eekhoorns sterven omdat ze ziek worden. Pas op dat jij nu niet ziek wordt, Gianni. Geef die doos aan mij.'

De meester meent het, want hij lacht niet. De rest van de klas wel, en zo luid dat de meester boos wordt.

'Ik kies wel een nieuw dier,' zegt Gianni. 'De tijger.'

'Die kan niet in een doos,' zeg ik.

'Een tijger is sneller dan een leeuw, kijk jij dus maar uit.'

'Tijgers wonen in Azië,' zeg ik. 'Ook vroeger al.'

Zijn mond gaat open en weer dicht.

'Dat is niet waar,' zegt hij. 'Meester?'

'We hebben het vorig jaar geleerd,' zegt de meester. 'Denk even na, Gianni, je weet het vast nog.'

Gianni haalt zijn schouders op.

'Als ze blijven rennen,' zegt hij, 'zijn ze zo in Italië.'

'Welja,' zegt de meester, 'waarom niet. En ga nu maar naar je plaats. Dan kan de les beginnen.'

Als Gianni mij voorbijloopt, steekt hij zijn voet uit. Hij wil mij schoppen, maar ik ben sneller. Ik geef hem een duw. Zo hard dat hij achterovervalt.

De meester schiet tussen de banken door. Hij grijpt ons allebei bij de kraag, duwt Gianni in de ene hoek van de klas, mij in de andere.

'Op de knieën, allebei.'

Na een paar minuten weet ik weer hoe hard de vloer is. Te hard. Gianni heeft het ook al ontdekt, want hij schuifelt heen en weer.

'Psst,' hoor ik hem sissen.

Ik kijk even opzij, en daar heb ik al meteen spijt van. Waarom lacht hij? En dan fluistert hij iets, maar ik versta het niet. Ik spits mijn oren, want zijn mond gaat opnieuw open. Hij kijkt zoals wanneer hij voor het bord staat en na tien keer proberen de som eindelijk juist heeft opgelost. Zijn hoofd hangt zo schuin dat ik denk: straks valt het van zijn nek.

'Jouw Zia,' zegt hij dan, 'is een hoer.'

Als hij niet zou kijken alsof zijn mond vol brood met schimmel zit. Groene schimmel. Met lange haren erop. In zijn mond. Alsof mijn Zia stinkt. Alsof ze schimmel is. Mijn vuist schiet uit naar hem en met één klap slaat hij achterover tegen de grond.

Daar is de meester alweer. Hij brult. En zijn hand schiet uit. Naar mijn hoofd. De meester slaat nooit. Maar nu wel, zo kwaad is hij.

En opeens stopt hij met kwaad zijn. Alsof hij zich bedacht heeft. Hij maakt een doek nat en geeft die aan Gianni. 'Houd die tegen je oog.'

Pas dan kijkt hij mij aan. 'Vertel.'

'Nee,' zegt Gianni.

'Ik heb jou niets gevraagd,' zegt de meester.

'Hij liegt,' zegt Gianni.

'Waarover?'

Gianni zwijgt.

'Dus jij liegt,' zegt de meester tegen mij.

Ik schud mijn hoofd.

'Dat dacht ik al,' zegt hij.

Dan gaat de bel. Iedereen vertrekt, behalve wij.

'Ik heb alle tijd van de wereld,' zegt de meester. 'Wie is hier begonnen?'

Gianni steekt zijn vinger op.

'Ik wil naar huis,' zegt hij.

'Eerst wil ik een antwoord,' zegt de meester. 'Ben jij begonnen, Gianni?'

Hij zwijgt. Buigt zijn hoofd.

'Desnoods staan wij hier tot morgenvroeg,' zegt de meester.

Met een ruk kijkt Gianni op.

Morgenvroeg. Dat is wel heel lang.

'Mijn moeder –' begint hij.

'Ik leg het haar wel uit,' zegt de meester. 'Ze zal het begrijpen.'

Gianni haalt diep adem. En dan herhaalt hij wat hij tegen mij heeft gezegd. Alleen lacht hij er niet bij. De meester ook niet. Zo kwaad heb ik hem nog nooit gezien. Zijn armen wapperen alle kanten op, als wil hij Gianni een klap rond zijn oren verkopen. Maar dat gebeurt niet. Halverwege in de lucht vallen zijn armen opeens stil. Hij steekt zijn rechtervinger uit, en hij zwaait ermee naar Gianni.

'Jij moet ophouden met domme dingen te zeggen.'

'Maar mijn vader zegt dat de mensen zeggen dat –'

'Ik wil het niet horen, Gianni! Je geeft Vito de hand en je zegt dat het je spijt. Nu.'

Gianni steekt zijn hand uit. Ik kijk ernaar.

'En jij, Vito Monteleone,' zegt de meester, 'jij moet je verstand gebruiken, je hebt er ruim genoeg van.' Hij zucht diep. 'Omwille van de lieve vrede, schud die hand.'

Hij zegt niet: je mag niet slaan.

En zo weet ik het. Een hoer is iets vreselijks. Erger dan een blauw oog.

Ik steek mijn hand uit. Omdat de meester zo droevig kijkt. Alleen daarom.

Op weg naar huis steek ik Gianni voorbij. En terwijl ik dat doe, kijk ik niet opzij. Hij wel. Ik zeg ook niets. Alsof ik lucht voorbijloop. Zo loop ik voorbij Gianni.

Ik stop bij het meer.

Daar blijf ik zitten, boven op de klif. Ik kijk naar mijn vingers, bal ze tot twee vuisten. Volgende keer sla ik nog harder.

Blauw oog

In de keuken staat een onbekende man.

Carlotta schrikt. 'Meester Miniaci!'

'Mijn excuses dat ik zomaar binnenkom, maar de deur stond open.'

'Wat heeft hij uitgespookt?'

Hij schudt zijn hoofd. Glimlacht. 'Niets om over te panikeren.' Hij kijkt naar mij. 'Luca Miniaci. De meester van Vito.'

'Fredo Santoro.'

Ik grijp zijn hand, ze is warm en stevig. 'Neemt u plaats, meester.'

Hij gaat aan tafel zitten, trekt zijn pet van zijn hoofd en legt ze op zijn knie. Met zijn vingers gaat hij door zijn haren. Zorgvuldig legt hij ze over de kale plek op zijn kruin. Weer iemand voor wie we gaan toveren, zou mijn vader fluisteren. Hij zou de beste brillantine bovenhalen. Mannen die hun kale plek bedekten, gingen niet naar de kapper voor een fijne snit, ze wilden meer haar. Wanhopige klanten gaven we hoop. Het haar dat ze nog hadden wasten wij met water waarin we honing hadden opgelost, dat deden de goden ook, zeiden we tegen de klant. Niemand kende een kale god. Vervolgens knipten we een tiende van een millimeter weg, niets immers groeit wat niet gesnoeid was, elke boerenzoon weet dat. Tot slot was het aan de brillantine. Zorgvuldig legden we de haren tot een puzzel waarin geen enkel stukje ontbrak.

Klanten die hun haren legden over hun kale plek waren mijn vader het dierbaarst. De hardnekkigheid waarmee ze elke windstoot bleven trotseren, hij had er grote bewondering voor. Het waren sterke karakters, we moesten spaarzaam met hen omgaan.

Zat mijn vader hier aan tafel, hij zou mij toefluisteren dat meester Miniaci te vertrouwen was.

'Hij is de beste op school,' zegt Miniaci.

'En toch bent u hier,' zegt Carlotta.

'Hij maakt veel ruzie. Veel meer dan vroeger. Ik begrijp het niet. Hij is veruit de slimste van de klas, en sterk is hij duidelijk ook. Iedereen kijkt naar hem op, zijn vriend Gianni nog het meest. En toch sloeg Vito hem vandaag een blauw oog.'

'Zo!'

'En een bloedneus.'

'Kinderen zijn wreed,' zegt Carlotta, en of hij iets wil drinken. Voor hij opnieuw kan knikken, heeft ze de kan water opgepakt en een glas volgeschonken. 'Hopelijk zal het niet meer gebeuren, meester. Ik zal hem zeggen dat hij zijn manieren moet houden.'

Hij zucht diep. 'Wanneer komen ze terug?'

'Ze zouden twee jaar ginder blijven.'

'Hm.' Hij zwijgt even. 'Ik hoop dat hij volgend jaar naar de stad zal gaan. Hij heeft er de leeftijd voor, en het verstand. Hij mag toch verder studeren?'

'Zijn vader wil dat hij dokter wordt,' zegt Carlotta.

'Dat verheugt me. U bent ervan op de hoogte dat het schoolgeld veel hoger zal liggen dan nu? Geen nood, een slim kind als hij kan met gemak een studiebeurs krijgen.'

Ze staart hem aan.

'Dat is geld om te studeren,' zeg ik tegen haar.

'Dat weet ik wel.'

Miniaci knikt haar toe. 'Ons land heeft slimme jonge mensen nodig, signora. De overheid wil maar al te graag dat uw neefje goed kan studeren. Zal ik alvast een aanvraag indienen?'

'Niet nodig.'

'Carlotta?'

'Wij betalen het zelf wel.'

Miniaci opent zijn mond, sluit hem weer. Vervolgens buigt hij zijn hoofd naar de grond. Er ligt zand, hij ziet het en ik zie het ook. En het ligt daar omdat de deur scheef staat en het zand door de kieren naar binnen waait.

'Ik wil alleen maar het beste voor hem, signora, meer wil ik niet.'

'Wij ook, meester, wij ook. Waarom zijn zijn ouders naar België vertrokken? Om daar alle dagen kermis te vieren?'

Hij zwijgt, staat op, neemt zijn pet van tafel. Hij legt zijn haren alvast over zijn schedel. 'Ik had, euh, nog een vraag. U, euh, bent niet getrouwd?'

'Wij, bedoelt u?' vraagt Carlotta, 'hij daar en ik?'

'Dat zijn we niet,' zeg ik.

'Juist, ja.' Hij zet de pet op zijn hoofd, tikt ertegen.

'Een goede avond nog, samen.'

Hij trekt de deur achter zich dicht. Tenminste, dat probeert hij.

'Bespaar u de moeite,' zegt Carlotta.

Als hij vertrokken is, blijft het even stil.

'Zulke vuile schoenen heb ik nog niet gezien,' zegt ze, grijpt de bezem en ze veegt al het zand het huis uit. 'Een beurs! Omdat de deur scheef staat? Denk je dat ik niet heb gemerkt hoe hij heeft zitten rondkijken?' Met één zwaai gooit ze de bezem terug in de hoek van de kamer, kletterend valt hij op de grond. Ik raap hem op. Zet hem waar hij hoort te staan. Tussen de emmer met vuil en de emmer met water.

'Maar de deur stáát scheef, Carlotta. En er is geen geld

voor een nieuwe. En waarom mag Vito geen beurs krijgen?'

'Ben jij doof, misschien?'

'Maar waarom zou je geen hulp –'

'In Engeland, misschien. Hier zorgen wij zelf voor onze kinderen.'

Waarom zijn zijn ouders dan vertrokken zonder hem?

'Ik maak me zorgen, Carlotta.'

'Ze praten over ons, bedoel je dat? Ach, Fredo, ze praten over iedereen, het zou vreemd zijn als ze ons oversloegen.'

'Ik heb het over Vito.'

Haar gezicht wordt één rimpel.

'Per l'amor di Dio, Fredo, heb jij nooit gevochten op school? Ze lacht schamper. 'Natuurlijk. In Engeland zijn de mensen alleen maar vriendelijk.'

'Miniaci komt niet zomaar langs.'

Bruusk staat ze op, haar stoel schuurt over de grond. Ze reikt naar de lade, graait erin, haalt er een mes uit. Ze steekt het in de lucht en ze zwaait ermee door de kamer of het een vlag is. 'Weet je wat, ik schrijf Gloria vanavond nog een brief. Het zwijn is dood, wordt de eerste zin. Ze zal zó blij zijn als ze het leest, wedden dat ze meteen haar koffers pakt?'

Haar arm blijft in de lucht hangen, op nog geen halve meter van mij. Het huis is te klein om met messen te zwaaien.

Ik steek mijn hand uit. 'Geef hier.'

Ze zet een stap achteruit, het mes nog altijd in de lucht. 'Wil je niet weten waarom ze zo blij zal zijn?'

'Omdat hij haar heeft verkracht,' zeg ik.

Met een luid gekletter valt het mes op de grond. Haar handen beven. Ze staart ernaar alsof ze van een ander zijn.

En dan kijkt ze naar mij.

'Ik zou het niemand ooit vertellen. En jij raadt het gewoon.'

Ze schudt haar hoofd, vlecht haar vingers in elkaar. Laat haar handen rusten op haar buik. In en uit en in en uit, zo gaat haar adem, en haar handen volgen.

Al die tijd kijkt ze mij aan.

Penny zei ooit: je kunt het niet begrijpen.

Ik leun tegen de kast en ik zwijg.

En terwijl wij daar zo staan en bijna niet verroeren, vertelt ze mij over de maandelijkse bloedingen van Gloria, die net waren gestopt voor Luigi en ik aankwamen.

Gloria was zwanger en dat kon maar van één persoon zijn.

We laten het kind weghalen, zei Roberto. Het is ook het mijne, zei Gloria. En bovendien, ze wilde niet branden in de hel. Overtuig haar, zei Roberto tegen Carlotta, ik denk er nog niet aan, zei zij. Dan zwijgen we, zei Roberto. Als Luigi erachter zou komen wie de vader was, braken immers alle duivels van de hel los. Niemand echter had op de wanhoop van Luigi gerekend toen hij zijn vrouw niet meer herkende. Roberto moest wel een of ander verhaal bedenken of het huwelijk haalde het einde van de week niet. En opeens viel het steenkoolakkoord uit de lucht. Het was een geschenk uit de hemel. Romeo was geen idioot, hij zou een vermoeden hebben en zekerheid als hij de vormen van haar lichaam zag toenemen. Hij zou Gloria onder druk hebben gezet, ze zou hem de waarheid vertellen. De gevolgen zouden niet te overzien zijn. Ze moesten wel vertrekken. Pas in België zou Gloria aan Luigi vertellen dat ze zwanger was. Van hem, Luigi. Het kind zou te vroeg geboren worden, geen kat die zich daar vragen bij zou stellen.

'Misschien zou het doodgeboren worden,' zegt Carlotta.

'Ik heb gebeden dat het zou gebeuren, Fredo, ik heb daar werkelijk om gebeden.'
Ze slaat een kruis.
'Signore mio, vergeef het mij.'

Haar ogen staren naar de grond. Er ligt alweer zand, het is opnieuw onder de scheve deur gewaaid. Penny zou ons hebben uitgelachen. For heaven's sake, use some water, met een bezem krijg je de tegels niet schoon. Maar dit is Engeland niet. Hier zijn geen kranen. Hier is het water altijd bijna op.

'Wanneer ga je het hem vertellen?'
'Wie? Luigi?!'
'Hij heeft het recht te weten wat er gebeurd is. Ze is zijn vrouw!'
'De prijs is te hoog, Fredo. Hij zal haar nooit meer aanraken. Hij zal haar achterlaten en ze zal niemand meer zijn.'
'Wie zegt zoiets?!'
'Gloria zelf. Mijn kleine zus.'

En dus nam Madeline Appleby een touw en ze bond het rond haar nek.

'Waarom vertel je mij dit allemaal, als zelfs Luigi het niet mag weten?'
Ze zwijgt.
Ze aarzelt.
'Je hebt in de stal geslapen.'
Verwonderd kijk ik haar aan.
'Niemand slaapt in een stal. Behalve jij, Fredo Santoro.'

Ze kijkt mij niet aan.
Ze staat zo ver ze kan van mij verwijderd, was de muur

achter haar van papier, ze draaide zich om en ze stapte erdoorheen.

Ze zou zich maar eens vergissen. Misschien ben ik morgen weer weg.

Met een zwaai vliegt de deur open.

Het moest

Hij komt binnen als een kind dat niet gezien wil worden, hij weet nog niet dat dat hem nooit zal lukken.

'Wat heb je uitgespookt?' vraagt Carlotta.

'Niets.'

Dat kwam er te snel uit.

'Ga zitten, Vittorio.'

Hij schudt zijn hoofd.

'Fredo, vertel het hem.'

'De meester is hier geweest,' zeg ik.

Heel even kijkt hij mij aan, dan flitsen zijn ogen weer weg. De grond. Het plafond. De deur achter mij.

'Gianni zegt dingen die niet waar zijn.'

'Zoals?'

Hij zwijgt.

'Gianni liegt dus,' zeg ik.

Hij knikt.

'En daarom sla je hem een blauw oog.'

'En ook nog een bloedneus,' zegt Carlotta.

'Hij lacht mij uit.'

'Hij lacht je uit?'

'Mijn mamma komt niet meer terug, zegt hij.'

'En wat zegt hij nog allemaal?'

Hij kijkt ons aan.

'Wat is een hoer?'

Het wordt heel stil in de kamer.

'Waarom vraag je dat?' vraagt Carlotta.

Hij kijkt nog alleen naar haar. Zijn ogen schieten als kogels. Recht vooruit, op het doel.

'Gianni zegt dat jij dat bent,' zegt hij dan.

'Wat?' vraagt Carlotta.

'Een hoer,' zegt Vito.

'Een hoer,' herhaalt Carlotta.

Hij knikt.

'Dat wil niemand zijn,' zegt ze.

'Dus je bent het niet.'

'Nee, Vittorio. Dat ben ik niet.'

Hij knikt opnieuw.

'Heb je hem daarom een blauw oog geslagen?'

Hij knikt een derde keer.

'Dat heb je goed gedaan,' zegt ze.

De deur zwaait opnieuw open.

Tutto bene

Roberto staat in de keuken, in zijn armen draagt hij een stenen kruik.

'Willen jullie olijfolie?'

Carlotta neemt de kruik van hem aan. 'Ben je in Napels geweest?'

'Drie pakken heb ik er afgeleverd.' Hij knikt naar mij. 'Is de rommel opgeruimd?'

'Zoals je had gevraagd,' zeg ik.

Hij haalt een envelop uit zijn binnenzak, trekt er een stapel bankbiljetten uit en gooit ze op tafel. Hij telt het niet eens na.

'Het is te veel,' zeg ik.

'Ach, man.' Hij spreidt zijn armen en wijst naar de scheve deur, de luiken die de hele dag door rammelen. 'Voor ik het vergeet, dit nog: in Napels heb ik Luigi kunnen bellen. De dikke is dood, heb ik hem verteld.'

Carlotta slaat haar handen voor haar mond. 'Oh.'

'En?' vraag ik. 'Komen ze terug?'

'No.'

Vito draait zich om en rent de trap op.

Met een luide klap valt de slaapkamerdeur in het slot.

Carlotta draait zich om naar ons, haar mond een witte streep. 'Ik schrijf Gloria een brief.'

'Wat ga je haar vertellen? Dat ze moeten terugkomen?'

Roberto haalt zijn tabaksdoos uit zijn jaszak, rolt een sigaret, steekt ze aan en neemt een diepe trek. Hij blaast de rook de kamer in. 'Hij kan er sparen van zijn loon, Carlotta, het zou idioot zijn als ze nu al terugkwamen. En trouwens, ze stellen het ginder goed.'

'Zegt hij dat?'

'Met die woorden, Carlotta. Ze volgt zelfs kooklessen, en het doet haar blijkbaar deugd.'

'Ze kán al koken,' zegt ze. 'En goed.'

'Je moet hun laten weten dat Vito het moeilijk heeft,' zeg ik.

'Tutto bene, heb ik gezegd.'

'Tutto bene?! Hij vecht op school, de meester is er speciaal voor langsgekomen.'

'Zo.' Roberto schokt met zijn schouders. 'En zei hij verder nog iets?'

'Hij krijgt een beurs om te studeren.'

'Zelfs als hij vecht? Welnu. Dan zie ik geen probleem. Dit is Italië, figlio mio, hier zijn de kinderen niet van suiker, de mannen trouwens ook niet.' Hij grijnst nog altijd. 'Heb ik je kwaad gemaakt, goed zo. Spaar je krachten, je zult ze nodig hebben. Ik heb net vernomen dat de familie van Romeo al zijn gronden heeft verkocht aan een type uit Napels die er huizen op wil bouwen, de nieuwe burgemeester heeft zijn goedkeuring al gegeven. We hebben een weg nodig, meneer de burgemeester, heb ik hem gezegd, hij had het meteen begrepen.'

Triomfantelijk kijkt hij mij aan.

'Hij kan alle werkvolk goed gebruiken, heeft hij gezegd. Vanaf volgende week mag je beginnen.'

Hij grijnst breed.

'Tenzij je opeens toch van suiker bent.'

Van suiker.

Hij kent mij niet eens. En ik ken hem ook niet.

En haar begrijp ik ook al niet zo goed.

In bed draait ze uren rond voor ze in slaap kan vallen. Dat deed ze vroeger nooit, zegt ze, maar vroeger is weg.

Het gebeurt dat ik midden in de nacht wakker word omdat ze rechtop zit, het laken helemaal om zich heen gewikkeld, kijk, Fredo, kijk dan toch. Is er een mooier kind dan Vittorio?

Nee, zeg ik dan.

Iets anders wil ze niet horen midden in de nacht.

Vito lacht nooit, zeg ik op een keer. Dit is Italië, zegt ze. Lachen Engelse kinderen soms de hele tijd, Fredo?

Natuurlijk niet.

Welnu dan, zegt ze. Ik zorg voor het kind, jij voor brood op tafel, zo doen wij dat hier, Fredo, knoop het voor eens en altijd in je oren.

Ik wil niet enkel zorgen voor het brood, vertel ik haar.

Het was niet wat ze wilde horen, en een week lang sprak ze niet tegen mij. In bed lag ze zo ver ze kon. Dat was niet ver, daar is het veel te klein voor. De eerste uren van de nacht deed ik geen oog dicht. Maar elke ochtend van die week werd ik wakker met mijn armen om haar heen. Wat doe je nu, vroeg ze elke keer, gaf me een duw en ik vloog het bed uit. De achtste dag had het lang genoeg geduurd. Kom hier, zei ze.

Ik blijf het denken: Vito lacht te weinig. Maar ik zwijg. Want dit is Italië. Ik ben hier binnengekomen in een leven dat al bestond, een leven met andere manieren en met een geschiedenis die ik niet in de vingers voelen kan, omdat ze mij niet is overkomen. En zelfs al zouden ze mij alles vertellen over dat leven dat al was, het kan nooit het mijne worden. Nochtans zou het handig zijn. Geen gefrons meer, geen stiltes, geen hoofd dat schudt, en nooit nog een zin als: dat kun jij niet begrijpen.

Maar zo werkt het niet.

Er is een verschil tussen het luisteren naar een verhaal en er middenin zitten. Het is op momenten dat niemand weet wat de volgende stap zal zijn, als het einde niet in zicht is, dat de banden worden gesmeed, levens verweven kunnen worden.

Geen wonder dat we vrienden werden in de oorlog, Luigi en ik. De oorlog was onze geschiedenis samen. Maar hoe het nu gaat, lees ik in een brief. Het regent er de hele tijd, de tomaten zijn er oranje, de huizen hebben ook al geen kleur, maar: elke maand wordt de spaarpot voller. Tutto bene, Fredo. Ik geloof hem niet. Natuurlijk zijn niet alleen de kleuren van de huizen en de tomaten anders, is er meer dan het gemis van de zon. Wat hij ook beweert in zijn brieven.

Is hij net zo bang als ik om de verkeerde dingen te zeggen, te doen, te denken, zelfs?

Tutto bene.

En straks zijn we dood. Niemand die zal weten wie we waren. Zelfs wijzelf zullen het niet weten.

'Ik ben kapper,' zeg ik. 'Geen wegenbouwer.'

Roberto staat al bij de deur, hij draait zich om.

'Ah ja?' Meer niet. Niet eens een vraag. Hoe ik dat ga aanpakken, bijvoorbeeld.

Hij rukt aan de klink.

'Jullie hebben een nieuwe deur nodig,' zegt hij, 'deze valt niet meer te herstellen.'

Hij trekt zijn pet diep over zijn oren. Het lukt hem niet goed, zijn haar moet korter aan de oren, het krult er altijd te hard. Hij frommelt de pet terug in zijn jaszak, strijkt een paar lokken achter zijn oren. Meteen springen ze terug.

'Ik kom morgen langs,' zeg ik. 'Dan bespreken we het een en ander. En ik knip meteen je haar.'

'Ik heb al een kapper.'

Natuurlijk heeft hij er een. Maar die kan nog wel wat leren. Wat maakt het uit als ik hem dat vertel? Als Roberto zegt dat de zon schijnt, zelfs al regent het pijpenstelen en komt de hemel naar beneden, dan schijnt de zon.

Ik haal mijn schouders op.

Hij grijnst alweer zo breed. 'Tot morgen, amico.'

Wij blijven achter.

Het licht van de maan schijnt naar binnen. Haar schaduw, de mijne. De kaars is uitgegaan, maar op de kast staat de lamp gevuld met petroleum. We staan niet op. Zolang we blijven zitten, zien we genoeg. Struikelen we niet. Botsen we niet tegen elkaar.

'Ik trouw niet met je,' zegt ze.

Geschrokken kijk ik haar aan. Ik heb de vraag nog niet eens bedacht, laat staan dat ik ze heb gesteld.

'Ze noemen mij een hoer. Heb je het gehoord? Hoer is erg, Fredo.'

'Dus jij wil niet trouwen.'

'Nee, zei ik toch.'

'Ik ga elders wonen. Iedereen zal denken dat we uit elkaar zijn.'

'Niemand zou het geloven.'

'Dan zullen we moeten trouwen,' zeg ik. 'Tenminste, als je wil dat het geroddel stopt.'

Het klinkt alsof ik een grap vertel. Terwijl er werkelijk niets te lachen valt.

'Is dat wat jij wil,' zegt ze dan.

'Trouwen?' vraag ik.

Ze snuift. 'Wat anders, idioot.'

Niets begrijp ik van deze wereld.

Ik sta op.

'Wat ga je doen?'

Ik weet het niet, Carlotta.

Ik loop de trap op. Hij staat in het midden van de kamer, tussen de twee bedden. De kleine Vito met de snelle vuisten. Die straf krijgt omdat hij veruit de slimste is en dus beter zou moeten weten.

Hij kijkt mij aan zonder enige angst in zijn ogen, zijn vuisten gebald, kom op, Fredo.

Wat antwoord ik hem? Ik ben geen Monteleone. Mijn vader hing de held niet uit zoals andere vaders. Luigi sprong in de zee om thuis te raken, mijn vader, daarentegen, wilde niet eens leren zwemmen. Hij weigerde, hij was liever bang.

Ik leer je haren knippen, dat zei hij op een dag.

Eigenlijk deed hij niets bijzonders. Behalve wat hij goed kon.

'Laat die vuisten maar zakken,' zeg ik.

Hij schudt zijn hoofd: hij is de stoerste van ons twee, de sterkste en de snelste. En ook al weet hij dat dat niet klopt, het is wat een kind van tien toch zo graag wil zijn.

Ik zal hem tonen hoe hij het allemaal worden kan. Ik ben hem namelijk ook geweest.

Roberto vergist zich. Een mens is nooit van suiker. Van vlees en bloed, dat zijn we allemaal, met een hart dat klopt en niet te stillen valt. Daarom kruipen we in boten, steken we oceanen over, hopen we op warme bedden, stappen we in treinen om elders de mijn in te kruipen, slapen we in schuren en ruimen we de rommel van anderen op. En terwijl we dat doen, zien we achter ons de horizon een lijn trekken onder wat is geweest, en we hopen dat het wonder gebeurt, dat een mens opnieuw kan beginnen. Terwijl het niet kan. Alles wat ooit was, is er nog altijd. Een mens gaat verder met altijd meer. Hij laat helemaal niets achter.

En misschien is dat zijn groot geluk.

'We moeten eens praten,' zeg ik.

Straf

Fredo heeft mij gezien bij de klif. En nu is hij kwaad. Het is zijn taak om voor mij te zorgen. Dat zegt hij minstens één keer per week. Het is een moeilijke taak, dat heb ik allang gezien. Want hij lacht er nooit bij.

Ik vind Fredo allang niet meer grappig.

'Hoe vaak al, Vittorio?'

Alsof ik hem dat ga vertellen.

'En vecht je ook met andere kinderen?'

Oh. Hij bedoelt het blauwe oog! Niet de klif!

'Nee,' zeg ik snel, 'nee, Fredo. Alleen maar met Gianni. Alleen maar vandaag. En hij zei erge dingen. Ik wilde niet eens slaan, maar het ging vanzelf.'

'Zo gaat het meestal,' zegt hij. 'Maar dan gebeurt het toch.'

Ik haal mijn schouders op. 'Het moest.'

'De meester was vast kwaad,' zegt hij dan.

'Heel kwaad.'

'En toen niet meer. Klopt?'

'Klopt,' zeg ik. Hoe weet hij dat?

Hij gaat zitten op mijn bed. Voelt aan de matras. 'De veren steken eruit,' zegt hij. 'Slaap je goed?'

'Soms wel. En soms niet.'

'Dat ken ik.' Hij glimlacht. 'Kom eens voor mij staan, Vittorio. Rol je mouwen eens op.'

Hij knijpt in mijn armen.

'Daar zitten al veel spieren,' zegt hij. 'Geen wonder.'

'Ik ben sterk,' zeg ik.

Hij glimlacht nog altijd.

'Wil jij de sterkste worden? De aller-allersterkste?'

Ik?

'Natuurlijk!'

'Dan leer ik je boksen.'

Boksen?! Als Zia daarachter komt, ontploft ze.

'Is het een geheim?'

Hij schudt zijn hoofd. 'Waarom denk je dat?'

Geen geheim dus.

'Ik moet mij gedragen, zegt Zia.'

Hou je manieren, kleine, loop rechtop, grazie, Zia, prego, Zia, praat met twee woorden, Vittorio. Als ik vraag waarom, begint ze over het fatsoenlijk kind dat ik niet ben, maar dat ik worden zal. Ze zullen geen aap krijgen als ze straks terugkomen, zei ze op een keer. Er zijn geen apen in Italië, zei ik. Ik heb het over jou, kleine, riep ze toen in mijn oor, zo luid dat het er 's avonds nog van gloeide. Alsof ik niet doorhad dat ze mij bedoelde.

Fredo gaat voor me staan, steekt zijn armen in de lucht. Het volgende moment tilt hij mij op. Heel even hang ik ondersteboven, dan zwiert hij mij over zijn rug.

Ik zweef!

'Twee sterke armen en snelle benen,' zegt hij. 'Dat krijg je van het boksen. Maar we willen veel meer dan dat.' Hij trekt zijn hemd weer recht, gaat naast me op bed zitten. 'Boksen doe je niet met je vuisten, Vito, maar met je verstand. Een goede bokser vecht bijna nooit. Ik leg het Zia wel uit, wat een goed plan, zal ze zeggen.'

Hij kijkt mij aan. 'Wel?'

'Het is goed,' zeg ik.

Honger

'Beminde gelovigen,' zegt de pastoor op het einde van de hoogmis, 'deze week begint de vasten, ontzeg uzelf geen inspanningen, amici miei. Denk aan het paradijs dat wacht.'

'Amen,' klinkt het door de hele kerk.

Als we buiten komen buigt Fredo zich naar mijn oor. 'Vandaag beginnen we eraan.'

'Waaraan?' vraagt Zia.

'Boksen,' zegt hij.

Ze blijft staan. Mijn hand zit vast in de hare, dus ik stop ook.

'Zo,' zegt ze.

Als Zia alleen maar 'zo' zegt, is ze kwaad.

Ik trek mijn hand los.

'Wat ga jij doen?!'

'Carlotta, hou je rustig,' zegt Fredo.

'Het oog van de mensen? Laat ze kijken, Fredo, zo gebeurt er nog eens wat.'

Hij zwijgt. Zij ook. Ik dan ook maar. Ondertussen loopt iedereen ons voorbij. De pastoor is de laatste.

'Alles goed met jullie?'

'Opperbest,' zegt Zia.

En dan zijn we alleen.

Nog altijd sta ik half achter Fredo's rug. 'Wil jij een vechtersbaas worden, Vittorio?' vraagt Zia.

'Ik zorg ervoor dat dat niet gebeurt,' zegt Fredo. 'Vertrouw me nu maar, Carlotta.' Hij draait zich om naar mij, grijpt mijn hand. 'Heb jij ook zo een honger?' vraagt hij.

Even gluur ik achterom. Zia staat nog bij de trap voor de kerk.

'Ze komt wel,' zegt Fredo.
Hij heeft gelijk. Daar is ze al.
'Jullie hebben honger,' zegt ze.

Honderd

'Dus jullie gaan boksen,' zegt Zia als we aan tafel zitten.

Fredo knikt.

'Niet in mijn huis,' zegt ze.

'Buiten.'

'Ik kom niet kijken.'

'Dat is prima,' zegt hij.

Ze zwijgt even. 'Als hij een ongeluk krijgt, is het jouw schuld.'

Fredo lacht.

'Dat zal niet gebeuren. Trust me, Carlotta.'

'En praat normaal.'

Gewoonlijk vindt ze het grappig als hij Engels praat. Maar niet vandaag. Vandaag lacht ze niet.

Ze snijdt het brood, legt een stuk op ons bord. Opeens staat ze zomaar op, het mes nog in haar handen.

'Heb je al eens naar zijn tanden gekeken, Fredo? Zie je hoe recht ze staan? En zijn neus, die zie je toch ook staan?'

'Leg dat mes neer,' zegt Fredo.

'Een koningsneus!'

Hij knikt. 'Jazeker, Carlotta, recht als een mes. Leg het nu neer.'

Alsof ze Zia niet meer is, zo ziet ze er opeens uit. Alles is rood aan haar geworden, haar haren, haar gezicht, haar nek, zelfs haar handen staan in brand.

'Straks staat alles scheef bij dat kind,' zegt ze.

Even blijft het heel stil. Dan zucht ze diep. Ze schuift het mes naar het midden van de tafel. Ze gaat weer zitten, neemt haar stuk brood en ze begint te eten. Ik niet. Fredo ook niet.

'Carlotta toch,' zegt hij.

Hij glimlacht. Zij niet. Niet naar hem, zelfs niet naar mij. Dit keer heb ik niets gedaan, niets gezegd. Ik heb me stilgehouden als ben ik er niet.

'Ik wil niet dat alles scheef staat,' zeg ik dan maar.

'Dat zal ook niet gebeuren,' antwoordt Fredo, 'kijk naar mij.' Hij spreidt zijn mond wijd open en ik zie twee rijen rechte tanden. Rechter kan haast niet.

'Je neus is krom,' zegt Zia.

'Die van mijn vader was dat ook,' zegt Fredo.

Even zwijgen ze weer.

'Ik dacht dat je dat niet erg vond,' zegt Fredo dan.

En opeens gebeurt het toch. Haar mondhoeken gaan omhoog en ze blijven maar omhooggaan, ook al zit haar mond vol brood. Het ziet er zo gek uit dat ik erom moet lachen en zij ook, we verslikken ons en bijna stikken we.

Even later staan we op het gras, hij en ik.

'Kijk,' zegt hij en hij springt. In de lucht slaat hij zijn armen om zijn knieën, laat los. Springt opnieuw. Armen weer om de knieen. Dat doet hij een paar keer.

Hij stopt.

'En dat heel snel.'

'Nog sneller?' vraag ik.

Hij lacht luid.

'Lang geleden was ik de snelste van iedereen. Als ik oefen, komt het misschien terug. Eén keer geleerd is nooit meer vergeten.'

'Met zwemmen is het ook zo.'

'Kun jij zwemmen?'

Hij niet. Ook al heeft hij al twee keer een oceaan overgestoken.

Mijn ogen vallen bijna uit mijn hoofd als hij mij dat vertelt.

'Was je dan niet bang?'

'Heel bang,' zegt Fredo. 'Maar als het moet, kan een mens veel.'
'Ik niet,' zeg ik.
Hij kijkt naar mij. Hij zwijgt.
'Wat kun jij dan niet?'
'Veel,' zeg ik.

Hij geeft mij een touw. 'Springen, honderdmaal. Drie keer per dag. En dat volhouden. Kun jij dat?'
'Springen?'
'Volhouden.'
Ik haal mijn schouders op. 'Poepsimpel,' zeg ik.
'Toon het dan.'

Vijftig. Mijn hart klopt zeker vijfhonderd per uur.
'Als je moe bent mag je stoppen.'
'Ik ben niet moe!'
Bij honderd staat mijn voorhoofd vol zweetdruppels. Ze lopen door mijn wenkbrauwen recht in mijn ogen. Het prikt. Heel hard. Ik knijp mijn ogen dicht. Met mijn mouw veeg ik over mijn voorhoofd, veeg ik over mijn ogen. Ik duw mijn haar achter mijn oren.
Ik open mijn ogen weer.
Hij klopt me op de schouders. 'Dat ging goed, Vito. Heel goed, zelfs.'

Zia verschijnt in de deur. Haar handen zitten onder de bloem.
'Hoe zie je eruit, kleine, en wat sta je te hijgen! Alfredo! Straks valt dat kind nog dood neer!' Ze kijkt weer zo kwaad.
Alsof het gebeuren kan. Dat ik hier zomaar dood zou vallen.
'Ik ga niet dood,' zeg ik.
'Jij wordt honderd,' zegt ze.

Dak

Volgende week is het de verjaardag van mamma. Zia heeft mij een blad papier gegeven. 'Je maakt niet weer een tekening,' heeft ze erbij gezegd. 'Je mamma is jarig, dit keer zul je je best doen. Wens haar iets moois. Een lang en gelukkig leven, bijvoorbeeld. Een goede tijd in België.'

Kom snel terug. Dat is ook een mooie wens. Maar die schrijf ik niet op. Ik heb het één keer gedaan en toen zei Zia: daar wordt je mamma maar verdrietig van. Toen gaf ze mij een nieuw blad papier en ik schreef alles over. Behalve die ene zin.

Ik kijk even opzij naar Zia. Haar blad is al half volgeschreven.

'Wat schrijf je?'

'Geheimen,' zegt Zia. 'Wil je ze horen?'

Dat heeft ze mij nog nooit gevraagd. Ik knik snel, voor ze van gedachten verandert. Ze lacht. 'Jij wordt veel te groot. Dat schrijf ik naar je mamma. En dat je leert boksen. Straks kun jij me optillen, Vito mio.'

'Dat zijn geen geheimen,' zeg ik kwaad.

Ze zucht.

'Werk verder, Vittorio.'

Ze doopt de pen in de inktpot en ze buigt zich over haar brief. Haar haren zitten in een dot op haar hoofd. Zo kunnen ze geen vegen maken op het blad. Als ik mijn ogen naar rechts draai, kan ik alles lezen. Natuurlijk ziet ze mij gluren. Snel steekt ze het blad in de lucht en ze wappert ermee. Dan plooit ze de brief dicht en ze steekt hem in haar schortzak.

Ze knijpt in mijn armen, knijpt in mijn benen.

'Pap,' zegt ze dan.

Ze lacht me uit.
'Ik kan tot tweehonderd springen. En Fredo ook.'
'Een beetje op en neer springen,' zegt Zia, 'is dat boksen?'
'Je bouwt ook niet eerst het dak van een huis,' zegt Fredo.

Strepen op ons lijf

Wat is liefde, vroeg Penny ooit. Ze wachtte mijn antwoord niet af. Twee armen in de oorlog, Freddy boy, zei ze, en ze sloeg de hare om me heen. Én in vredestijd, voegde ik eraan toe, maar ze schudde haar hoofd. Het is altijd oorlog, zei ze, every day a struggle, darling, ze had geluk met mij en het hele dorp herhaalde het, hoe kan ik je helpen, had die man uit Liverpool gezegd, vertel me maar wat ik moet doen.

Wie weet of Edgar de oorlog overleeft, werd er af en toe gefluisterd door mijn klanten, net luid genoeg voor mij. Daarna werd het altijd stil. Iedereen wilde weten wat ik hoopte, nog meer wat ik voelde. We zien wel, zei ik dan. Het volstond, want iedereen knikte hevig, iemand begon vervolgens over de prijs van de aardappelen, en werd de maïs niet binnenkort geoogst? De mensen hadden honger en op onze boerderij was genoeg voor iedereen. Wat kon het hun schelen wie in Penny's bed sliep, she was so blessed.

Carlotta heeft geen boerderij waar ik mij onmisbaar kan maken. Zoals de meesten hier heeft zij zo goed als niks. En dan haalt zij die vreemde in huis. Gelukkig ben ik sinds een paar maanden weer kapper. Ze kunnen mij tenminste niet verwijten dat ik op haar kosten leven wil. In het huis van Roberto heb ik de voorste kamer gekregen. Er staan stoelen en er hangt een spiegel die hij in Napels heeft gevonden. Boven de deur hangt een bord met daarop IL BARBIERE INGLESE. Engeland heeft de oorlog gewonnen, heeft Roberto gezegd, dat moeten we flink uitbuiten.

Heeft hij zich vergist? Vier, soms vijf klanten op een dag. Het is veel te weinig om van te leven. Hij stuurt zijn klanten langs en zo heb ik af en toe toch drukke dagen. Maar ik zie de blik in hun ogen, ik hoor het gemompel wel terwijl ik me over hen heen buig, ze hebben al een kapper, waarom zouden ze dus mij? Omdat ik van Engeland kom? Ze hebben gevochten tegen de Engelsen, ben ik het al vergeten, misschien?

Mensen willen maar één ding, dat zei mijn vader altijd, en wij kunnen het hun geven, figlio mio.

Wat ze wensen, vraag ik hun zo beleefd als ik maar kan.

Doe maar gewoon, zeggen ze. En, Carlotta, è una donna focosa? Haar bed is vast te klein, lachen ze, grijnzen ze, hun duimen hoog in de lucht als ze mij in de spiegel bezig zien met hun haren, baard en snor, vrienden van Roberto zijn hun vrienden ook.

Zelfs al slaap ik opnieuw in de stal, zelfs al zwijg ik als ze lachen met mijn accent, en ken ik hun naam al na één keer. Ze komen niet terug.

Ze kennen je niet, geef ze wat tijd, amico, zegt Roberto. Hij zorgt ervoor dat er altijd wel een of ander nutteloze karwei dient opgeknapt in zijn huis. Zo hoef ik mijn hand niet uit te steken voor een aalmoes. Maar evengoed gebeurt het wel.

Het is maandag, de laatste man is net vertrokken. Ik veeg de haren bij elkaar, het zijn er veel te weinig.

Roberto staat in de deuropening.

'Als je wil kun je nog wat hout stapelen achter het huis,' zegt hij, grabbelt in zijn zak, haalt er een stapel lires uit.

Het is alweer te veel voor wat ik heb gedaan vandaag.

Carlotta is alleen thuis. Op tafel ligt een stapel handdoeken. Als ik binnenkom haalt ze net een volgende uit de mand, en ze plooit hem op alsof haar leven ervan afhangt. Driftig gooit ze hem op de stapel.

Er is iets.

'Carlotta?'

Nog altijd heeft ze haar rug naar mij gekeerd. Ze bukt zich opnieuw. Grabbelt in de mand, haalt er een zakdoek uit, snuit haar neus ermee, frommelt de zakdoek in haar schort.

Dan draait ze zich om. Haar ogen zijn rood.

Wat is er in godsnaam aan de hand?

'Tutto bene, Carlotta?'

'Tutto bene?! No! Non va tutto bene! En wil je weten waarom, Alfredo? Vandaag zijn ze aan de weg begonnen, dat heb je wel gemerkt. Er moesten oude stenen gestapeld worden, ze zochten jong volk om te helpen, en wat zegt die kleine: ik doe mee, goed voor mijn armspieren. Dio mio, zijn armspieren!'

Een glimlach ontsnapt me, ik kan het niet helpen. Ook al kijkt ze doodongelukkig.

'Zei hij dat?'

Ze kruist haar armen.

'Je maakt geen bokser van hem, Fredo Santoro.'

'Er is niet eens een club waar hij trainen kan, hij heeft alleen maar mij om tegen te oefenen.'

'Zweer dat je het niet stiekem wil.'

'Ach, Carlotta. Het enige dat ik wil is dat hij erachter komt hoe sterk hij is, en wat dan allemaal mogelijk wordt. En dan wordt hij maar wat hij worden wil.'

'Hij wordt dokter. Dat zegt zijn vader toch. Dokter is een mooi beroep, Alfredo.'

Ze zucht diep, bukt zich, pakt een laken uit de mand, gooit me het uiteinde toe, samen vouwen we het laken op.

Ik breng de stapel propere was naar boven. Als ik terugkom, zit ze aan tafel. Dat doet ze nooit op dit uur van de dag.

'Ga zitten.' Ze legt haar handen in haar schoot. 'Er wordt nog altijd over ons gepraat, Fredo.' Ze kijkt niet op, ook niet als ze de volgende zin zegt.

'Misschien moeten we toch maar trouwen.'

Alsof er een knoop moet genaaid aan een jas zodat hij niet meer openwaait, een plank gezet tegen een kier zodat de muizen buiten blijven.

Zo zegt ze dat.

'Doe niet of je uit de lucht valt, Fredo. We hebben het er al eerder over gehad.'

Eén keer. De dag dat de meester langskwam en Carlotta niet meer wist van welk hout pijlen te maken. Ook toen had het geklonken als een snelle oplossing voor een vervelend probleem. Maar als ik trouw zal dat niet zijn om ook maar iets op te lossen. Als ik trouw zal dat zijn omwille van twee armen in de oorlog én in vredestijd.

Ik kan opstaan, vertrekken. Het geroddel zal stoppen. De klanten zullen eindelijk mijn drempel over stappen. En ze zullen terugkomen.

En misschien.

Kom ik eindelijk iemand tegen die mij niet als een oplossing ziet.

Als ik nu opsta en vertrek.

'Zelfs de vrouwen bij het meer begonnen er vandaag over. Opeens ging het zomaar over jou, Fredo. Wat doe jij met die vreemde in huis, zei iemand, wat denk je, zegt iemand anders, lachen dat ze deden. Hij is Italiaan, zei ik, geen vreemde. Maar hij klinkt als het Noorden, Carlotta, hij zal je nooit begrijpen. Carlotta kan geen man houden, zullen de mensen zeggen straks, is dat wat je wil, Carlotta?

Ze gooiden het mij in het gezicht, Fredo, en bijna had ik me omgedraaid en was ik weer op weg naar huis, maar toen stond Giorgia op. Hij ziet haar graag, zei ze.'

Carlotta zwijgt.

'Sinds Gloria een medaille heeft, durft niemand nog tegen haar in te gaan. Je had erbij moeten zijn, Fredo, hoe stil het opeens werd.'

Ze kijkt me aan over tafel.

'Hij heeft drie jaar in haar huis gewoond, haar piloot. Drie jaar, Fredo. Zo lang heb ik nog nooit –'

Ze zwijgt.

Tussen ons in staat de lamp. Elk detail van haar gezicht wordt opgelicht. Geen enkele lijn kan ontsnappen.

'Dus jij ziet mij graag,' zegt ze. 'Waarom?' Haar ogen schitteren. 'Ik wil het weten, Fredo. En wie is Penny? Was ze je lief ginder?'

Penny? Hoe komt ze opeens bij Penny???

'Je praat in je slaap. In het Engels, wees gerust, ik begrijp er niets van. Maar Penny begrijp ik wel. Waarom hou je haar verborgen, Fredo? Wil je terug naar Engeland?'

Op de tafel staat de kan met water. Ik reik ernaar.

'Antwoord mij, Fredo.'

'Penny was een vergissing.'

'En ze was je lief. Lange tijd?'

'Tot de oorlog voorbij was.'

'Eén jaar, twee?'

'Bijna vijf.'

'Vijf!'

Haar handen beven. Ik wil ze vastnemen over de tafel heen, maar ze legt ze opnieuw in haar schoot.

'En toen ging ze dood?'

Ik schud mijn hoofd.

'Ging ze maar dood, dacht je dat misschien? En hier

ben je zo ver mogelijk van haar vandaan.'

'Ik moest weg.'

Het blijft even stil.

'Hoelang ben je nu al hier, een maand of tien? Je hebt je ouders verloren, je hebt werk gevonden op een boerderij en daar kwam je Luigi tegen. Oh ja, je bent naar school gegaan en je hebt iets gestudeerd waarvan ik nooit eerder had gehoord, ik ben de naam alweer vergeten, maar dat geeft niet, want je bent het niet geworden. Ook geen bokser, dat mocht niet van je vader. Je werd kapper, zoals alle mannen in je familie. En ook al moeten de mensen hier er nog achter komen, het is wat je goed kunt. Van de puinhoop die Gloria had aangericht, was niets meer te merken toen ze de trein op stapte. Je bent een mirakelman met je schaar. En je bent een mooie man, natuurlijk lopen er in Engeland vrouwen rond met wie je iets hebt gehad. Over één van hen droom je luidop. Wil je haar terug?'

Ze staat op, trekt haar rok recht. Ze duwt een lok uit haar gezicht.

'Vijf jaar is een eeuwigheid, Fredo. Wat betekenen dan tien maanden? Wie vertelt mij dat je straks niet weer vertrekt?'

'Waarom zou ik in godsnaam –'

Ze opent haar mond. Sluit hem weer. Haar handen grijpen haar haren vast. Zoals ze het opsteekt als ze naar het veld vertrekt, zo draait ze het in een dot. Fatsoenlijk. Zo ziet ze er nu uit. Het is wat de opzichters willen als de vrouwen zich over het werk buigen.

'Ik vertrek niet, Carlotta. Tenzij jij dat natuurlijk wil.'

'Doe niet zo idioot,' zegt ze.

Een glimlach verschijnt. Heel even, maar ik heb hem gezien. En dan komt er een diepe zucht.

'Nu weet ik het antwoord nog altijd niet, Fredo.'

In een paar minuten heeft ze mijn leven samengevat. Is mijn hoofd gestopt met razen. En weet ik ook wat ik de volgende tijd ga doen. We zijn geen kinderen meer, het leven heeft ons al een aantal strepen op ons lijf bezorgd. En er zullen er nog volgen. Maar gisteren is vandaag niet, geen enkele dag zal dat ooit zijn.

En wat ik eindelijk ook zie: ze geeft licht. Niet haar haren. Maar zij, Carlotta Pellegrino.

Ik sta op, loop recht naar haar. Eén centimeter tussen ons. Nog maar één.

Dus. Als ze mij vraagt waarom ik haar graag zie.

'Het gaat zo vanzelf. Zo ongelooflijk vanzelf, Carlotta.'

'Dan trouwen we,' zegt ze.

Alles mag vandaag

Zia en Fredo gaan trouwen.

'Mamma heeft haar zegen gegeven,' zegt Zia tegen mij.

Ik kom net van buiten, mijn ogen zitten vol zeep. Ik ben blind, wil ik zeggen maar dat doe ik niet, want het klopt niet.

'Vangen,' zegt ze. Daar is de handdoek al.

Ze zwaait met een brief voor mijn ogen.

'Hier staat het in,' zegt ze. 'Haar zegen. Nu jij nog, Vittorio.'

'Ik?'

Moet ik mijn zegen geven?

'Hoe doe ik dat?'

Ze glimlacht alleen maar, neemt de kam die op tafel ligt. Hij is van Fredo. En hij doet geen pijn. Elke ochtend trekt Zia hem door mijn krullen.

Vandaag blijft ze maar kammen. En kammen.

'Je moet zeggen dat je het goedvindt. Of niet. Dat mag, Vittorio. Alles mag vandaag. Je mag er best even over nadenken.'

'Het is goed,' zeg ik.

'We gaan nog niet meteen trouwen,' zegt ze, 'eerst gaan we ons verloven.'

'Waarom?'

'Trouwen is voor altijd. Je moet er dus goed over nadenken, of je het echt wil. Dat is wat de mensen doen als ze zich verloven.'

'Nadenken.'

Ze knikt.

'En sparen. Dat ook. Voor een feest.'

'En wat als je het dan toch niet wil?'

'Dat is simpel. Dan trouwen we niet.'

'Dus misschien –'

'Natuurlijk gaan we trouwen, Vittorio.' Ze zucht diep. 'Iedereen mag het al weten. De meester, de hele klas, vertel het hun maar.'

'Ook Gianni?'

'Iedereen.'

'Gianni is mijn vriend niet meer,' zeg ik.

'Geen vriend meer? Wat zijn jullie dan wel?'

'We zijn nu niets,' zeg ik.

Fredo komt de keuken binnen. Sinds hij kapper is, slaapt hij weer in de stal. Het is goed voor de klanten, zei Zia. Gaat hij dan beter hun haren knippen, vroeg ik. Dat vond zij zo een belachelijke vraag dat ze er niet eens op wilde antwoorden. Het is voor het oog van de mensen, zei ze toen, knoop het alvast in je oren voor later, Vito. Dat begreep ik al helemaal niet.

Fredo vindt de stal niet erg. Ook al stinkt het er. Dat komt door de geit, zegt Zia. Die was er lang geleden, voor mijn geboorte. De geit sliep in de stal tot ze doodging. Ze hebben haar dan maar opgegeten.

Geiten blijven stinken, zelfs al zijn ze allang dood. Maar die geur gaat ooit voorbij, zegt Zia, zoals alles voorbijgaat.

Nee, zegt Fredo, niet alles.

'Het was weer koud vannacht,' zegt Fredo.

Zia duwt hem een beker met orzo in de handen.

'Ik ruik de geit,' zegt Zia.

'Een beetje maar of hard?' vraagt hij.

'Hard,' zegt ze.

Hij steekt zijn hele hoofd in de emmer, dat doet hij elke morgen. Helemaal, zijn oren ook. Zijn nek én zijn buik. Eerst water, dan zeep. En dan wrijft hij en hij blijft wrijven tot Zia zegt: nu ruik je weer normaal, Fredo. Nu mag je vertrekken naar je werk.

Ik wil nooit kapper worden.

'Gloria heeft haar zegen gegeven,' zegt Zia. 'En Vittorio ook al.'

Hij kijkt mij ernstig aan. Zoals de meester kijkt als ik mijn vinger opsteek en zeg dat ik het antwoord weet. Heb je eerst nagedacht, Vittorio? Ja, meester. Als ik nee zeg, dan doet hij of mijn vinger niet in de lucht hangt.

'Dan hebben we geluk,' zegt Fredo.

De fijnste geur die er is

'Steek je hand op als je vader in België is,' zegt de meester.

We zijn met zeven in de lucht. Zeven van de eenentwintig.

'Allemaal landverraders,' roept Gianni.

'Wat vertel je nu,' zegt de meester.

'Mijn vader vindt het ook.'

'Is dat zo,' zegt de meester, 'vindt hij dat?'

Hij heeft zijn armen over elkaar geslagen en hij wacht. Alsof hij een moeilijke vraag heeft gesteld, zo kijkt hij naar ons. Snel denk ik na.

Daar gaat mijn vinger al de hoogte in.

'Zia en Fredo gaan trouwen!'

'Dat is goed nieuws,' zegt de meester. 'Bijzonder goed nieuws.'

Zia heeft brood gebakken. Als ik thuiskom, ruik ik het meteen. Het is de fijnste geur die er is, zegt Zia.

Er ligt een stuk brood op een bord voor mij. Zia wil nooit dat ik het zomaar pak. Ze wil dat ik het vraag. Zo word ik een beleefd kind. Een kind met manieren.

'Ik heb het aan iedereen verteld,' zeg ik.

'En wat zeiden ze?' vraagt Zia.

Ik haal mijn schouders op. 'Iedereen was blij. Behalve Gianni, natuurlijk.'

'Gianni?' Ze fronst haar voorhoofd. 'Waarom zou hij – '

Natuurlijk. Ze gelooft me weer niet.

'Landverraders! Dat riep hij door de klas!'

'Riep hij dat?' Met een rood hoofd kijkt ze me aan. 'Met Gianni speel je niet meer!'

Alsof dat een straf zou zijn voor mij.

'Niet erg,' zeg ik.

Haar hoofd is knalrood geworden. Ze steekt haar hand uit, wil ze mij slaan? Snel schop ik tegen haar been, gris het stuk brood van tafel. Met een gekletter valt het bord tegen de grond.

'Je loopt niet weg,' roept Zia me na.

Zonder dat ik het doorheb, ben ik onderweg naar het meer. Even later zit ik al boven. Op de klif. Zia's hart staat stil als ze het weet. En Roberto zal zo kwaad zijn.

Maar wie zal het hun vertellen? Hier is niemand.

Ik kijk naar de overkant. Bij goed weer zie ik Sicilië liggen. En als ik echt wil, kijk ik tot in Afrika. Maar de lucht is grijs en zit vol dikke wolken. Ze plakken aan elkaar.

Mijn vader zit nu onder de grond. Duizend meter diep, vertelde de meester. Dat is honderd keer dieper dan het meer is. Hij zit daar in een gang die hij zelf gegraven heeft. Samen met de andere vaders. In het pikkedonker. Het zweet druipt in hun ogen en er is geen zakdoek om het weg te vegen. Uren en uren. Elke dag opnieuw. Doe hen dat maar eens na, zei de meester nadat Gianni was gaan zitten, waarom kruipen de Belgen zelf niet onder de grond? Zijn het bangeriken?

Niemand wilde daarna nog met Gianni spelen. Echt niemand. Dat had ik Zia allemaal willen vertellen.

Hij buigt

Als ik thuiskom, staat Fredo in de deuropening.

'We hebben iets te bespreken, Vittorio. Volg mij.'

Hij loopt mij voorbij, het huis om, recht naar de stal. Hij kijkt niet eens achterom.

'Ga zitten op mijn bed.'

'Waarom?'

Hij antwoordt niet. Hij zegt helemaal niets. Hij kijkt alleen. Tot ik zit. Zelf blijft hij staan bij het raam. Er zijn zo veel strepen op dat je er niet eens door kunt kijken.

'Je wil niet vechten,' zegt hij dan. 'Maar het gebeurt toch.'

'Ik heb niet gevochten.'

'Je hebt Zia geschopt. Dat is ook vechten, jongeman. En dat bord knalde je zomaar tegen de grond.'

Geschrokken kijk ik hem aan. 'Dat was per ongeluk!'

'Een bokser doet niets per ongeluk. Hij gebruikt zijn verstand.'

En wat als het verstand niet werkt?

Er zijn zaken die we nooit zullen begrijpen, zegt de meester, die moeten we dan aanvaarden.

Of niet, zei ik op een keer.

Zoals, Vittorio?

De oorlog, meester.

Hij knikte er bijna zijn hoofd af en hij zei: dat heb je helemaal begrepen, Vittorio.

Zo moeilijk was dat niet. De meester zegt het nu al een jaar. Oorlog is hatelijk. Oorlog pakt de mensen hun leven af. Oorlog zegt: trek nu je plan maar met de rest.

'Soms zijn je vuisten sneller, en dan kom je in de problemen. Maar dat kun je vermijden, Vittorio, zal ik je leren hoe?'

Hij gaat naast me zitten. Alsof ik iets heel spannends ga zeggen, zo kijkt hij naar mij. Maar ik zou niet weten wat. Ik zou het echt niet weten.

'En?' vraagt hij dan.

'Ja,' zeg ik maar. Op goed geluk.

'Father Toni heeft het mij geleerd en nu leer ik het jou.' Hij glimlacht. 'Hij was onze pastoor, Vittorio. Hij gaf ons een huis toen we in Engeland aankwamen. En mij gaf hij boksles. Later werden we goede vrienden. Soms maakten we ruzie, maar altijd kwam het weer goed. Ruzie is als storm, zei Father Toni, als het echt stormt, moet je doen zoals het koren. Het buigt en het gaat liggen, zo kan de ergste vlaag overwaaien. Dus wat doet een bokser als een klap komt die hij vreest? Hij buigt zoals het koren. Zo zal de klap hem niet raken. En ondertussen denkt hij na. Dat gaan wij oefenen, Vito. Hoe je tijdens het buigen je verstand gebruikt. Father Toni zou zeggen: als je dat kunt, ben je vertrokken.'

Hij zucht even.

'En toen ging hij dood.'

'In de oorlog?'

Hij knikt. Zijn glimlach is weg. Hij is vast droevig. Als mijn goede vriend dood was, zou ik het zeker zijn.

Ik heb niet eens een vriend.

'Misschien kijkt Father Toni nu wel naar ons,' zeg ik. 'Alle goede mensen zitten in de hemel, zegt de meester. Ongeveer een miljoen. In de hel zitten er minstens twee miljoen. Filippo Romeo al zeker.'

'Zegt de meester dat ook?'

'Dat zegt Zia. Slechte mensen gaan naar de hel. Mijn vader zit onder de grond. Honderd keer dieper dan het meer. Zonder zakdoek. In het pikkedonker. Zo ziet de hel eruit.'

En ik vind het niet eens zo erg dat hij daar zit, mijn vader.

'Wat als ik naar de hel moet?'

'Jij?!' Zijn mond trekt scheef en zijn snor trilt. Oh wee, als hij mij uitlacht.

'Dat zal niet gebeuren,' zegt hij dan.

'Hoe weet jij dat?'

'Sommige dingen zijn gewoon duidelijk,' zegt hij ernstig.

'No kidding,' zeg ik.

Hij lacht luid. 'Welke Engelse woorden ken je nog, Vito boy?'

'Very much.'

Hij lacht opnieuw. Tikt tegen mijn voorhoofd.

'Zit daar niet te veel verstand?'

Het is donker geworden. De strepen op het raam zijn weg. En het is koud. Ik ril. Fredo trekt de deken van het bed, slaat hem om onze schouders. We kunnen er met zijn tweeën onder. Met gemak.

'De kou mis ik niet,' zegt hij. 'Wel de regen. En de radio. Zo hoorden we wat er in de wereld gebeurde. Erge dingen, vaak. Maar altijd kwam er daarna een lied. Eén waar de mensen gelukkig van werden.'

Hij zwijgt even.

'Jullie hebben nooit een radio gehad?'

'Oh jawel,' zeg ik, 'maar hij ging kapot en toen gooide Zia hem weg. Mamma was zo kwaad. Wie weet kon hij nog gemaakt worden. We kopen een nieuwe radio, zei ze. Dat doen we niet, zei Zia toen, wij sparen voor een huis dat niet scheef staat.'

Ik sla de deken over mijn benen.

'Ons huis staat nog altijd scheef.'

'Een huis kost veel geld,' zegt Fredo.

'Is het een Engels lied?'

Hij fronst zijn voorhoofd. Is hij al vergeten wat hij net heeft verteld?

'Waar de mensen gelukkig van werden,' zeg ik. 'Dat lied.'

Hij glimlacht. 'Ik ken er zoveel.'

'Kies het mooiste dan.'

'In godsnaam!'

Zia staat in de deuropening. 'Hier zijn jullie dus!'

'We waren aan het praten,' zegt Fredo.

'Over de radio,' zeg ik.

'Dat heb ik gehoord. Er komt geen radio.' Ze is nog altijd kwaad. 'Ik heb je overal gezocht, Vittorio. En hem daar ook al. Kom hier, kleine.' Ze trekt mij tegen haar borst. Alweer ruikt ze naar vlinders. Hoe kan dat? Er zijn niet eens vlinders.

En dan kijkt ze naar Fredo.

'Ik wil het ook horen,' zegt ze. 'Dat lied waar iedereen gelukkig van wordt.'

Gat

In het dak zit een gat. Er staat een emmer onder voor als het regent. Wat het bijna nooit doet. Behalve vannacht dus. De druppels kletteren zo luid dat ik geen oog dichtdoe. Zia ook niet.

Ze zit rechtop in bed.

'Als het dak maar niet wegvliegt,' zegt ze opeens.

Ik ga rechtop zitten. 'Kan dat?'

'Slaap jij ook niet?' Ze buigt zich naar mij toe, plooit het laken tot onder mijn kin.

'Ik waak wel, amore mio.'

Als ik wakker word, regent het nog altijd.

Vandaag werkt Zia niet op het veld, vandaag verstelt ze de kleren van de barones. Roberto heeft ze vanmorgen heel vroeg al gebracht. Zia moet alle gaten dichtnaaien, de kleren korter of langer, smaller of breder maken. De kleren hangen over alle stoelen. Ik mag er niet op gaan zitten. Denk aan de barones, zegt Zia.

De weg voor het huis is veranderd in modder.

Zia staat in de deur als ik naar school vertrek. Ik draag haar jas. Alle knopen zitten dicht, en de kap heeft ze vastgebonden onder mijn kin.

'Hij past bijna,' zegt ze. 'Nog even en we zijn even groot, Vittorio.' Ze schudt haar hoofd. 'Je moeder zou je moeten zien, Vito mio. Wat is die kleine aap veranderd, zou ze zeggen.'

'Ik ben geen a –'

'Ik weet het, Vittorio. Vertrek nu maar gauw.' Ze drukt een kus op mijn wang. 'Verlies je schoenen niet onderweg. En kom terug als je niet verder raakt.'

Daar is de school eindelijk. Drie keer ben ik onderweg uitgegleden.

Gelukkig is het gestopt met regenen.

Bij de schoolpoort staat Gianni. Zijn benen zitten ook vol modder, zijn jas is al even vies.

Waarom staat hij daar? De school is allang begonnen!

In zijn armen beweegt iets. Als ik hem voorbij wil lopen, kijk ik even opzij.

'Een konijn,' zegt hij.

'Dat weet ik wel.'

'Het zat vast in de modder.'

'Kijk hoe het rilt. Misschien is het ziek.'

'Denk je dat?' vraagt hij geschrokken.

'Je weet wat de meester heeft gezegd. Geen zieke dieren op school.'

Hij bijt op zijn lip, ze ziet er wit van. Maar ik kijk niet naar zijn lip. Het is zijn hand waar ik naar moet kijken. Heel langzaam streelt die de oren van het konijn. Zo langzaam dat ik het bijna niet kan zien. Maar dat doe ik dus wel.

Opeens knippert het konijn met zijn ogen. Dan vallen ze toe.

'Het slaapt,' zeg ik.

'Het is heel moe.'

Ik kijk naar zijn hand, die blijft maar strelen. 'Je mag ermee stoppen, Gianni. Het slaapt nu toch.'

Hij fronst zijn gezicht.

'Maar ik vind het fijn,' zegt hij dan.

Het konijn rilt bijna niet meer.

'Misschien is het niet ziek,' zeg ik. 'Is het gewoon bang. Denkt het: straks steekt Gianni mij terug in de modder.'

'Dat doe ik niet!'

'Natuurlijk niet,' zeg ik. 'Maar dat weet het konijn niet.'

Heel even stopt hij met strelen. Hij kijkt me aan, houdt zijn hoofd schuin. Dan zucht hij diep.

'Leeft het nog?' vraag ik.

Hij duwt zijn neus in de vacht.

'Het leeft nog.'

'Dan gooit de meester het niet weg,' zeg ik.

'Maar mijn eekhoorn –'

'Die was al dood toen je naar school vertrok.'

'Dus jij denkt –'

'Laat hem niet vallen,' zeg ik.

Ik duw de schoolpoort open. Hij volgt me, zijn armen om zijn konijn alsof het van puur goud is.

Zolang ik door mijn lippen adem

Die avond na school zit Roberto in de keuken.

Op de tafel liggen bokshandschoenen.

'Voor jou en voor Fredo,' zegt hij. 'Uit Napels.'

Roberto heeft veel vrienden. Ze wonen allemaal in Napels. Als wij iets nodig hebben, dan zegt hij altijd: ik ken iemand in Napels.

'Naar het schijnt kun je al goed boksen. Dat wil ik wel eens zien.'

'Niet in mijn huis,' zegt Zia.

Maar ze lacht. Ze vindt het niet meer zo erg. Ook niet dat we elke dag oefenen. Ik leer hem niet half boksen, zei Fredo. Dan slaan ze hem zo plat als een vijg.

Roberto brengt een stoel naar buiten. Hij zet hem tegen de muur, gaat erop zitten, haalt een sigaar tevoorschijn en steekt ze aan.

Hij blaast de rook voor zich uit de lucht in.

'En kleine, alles goed?'

Voor ik iets kan zeggen, neemt hij de sigaar uit zijn mond en hij buigt zich voorover naar mij. Hij glimlacht zo breed dat ik zijn voorste tanden kan ruiken. Sardines.

'Of zie je nog altijd dingen die er niet zijn?'

Mijn lippen blijven op elkaar. Ik hoef daar niet eens moeite voor te doen.

'Ik wil het horen, kleine.'

'Alles is goed, Roberto.'

Hij knikt. 'Fredo leert je boksen. Dat is een goede zaak, Vittorio.'

‘En hij leert mij Engels, Roberto.’

‘Zo,’ zegt hij. ‘De taal van de vijand.’

‘Ze hebben wel gewonnen.’

Hij glimlacht nog altijd. Zolang ik door mijn lippen adem, ruik ik niets.

Hij steekt zijn sigaar weer in zijn mond.

Zoals nonno’s knikken op hun stoel, hun ogen halfdicht, in een geur van sigaar en sardines.

Zo knikt Roberto naar mij.

Veralina

Engels is een wereldtaal.

Ondertussen kan ik al tot honderd tellen. Ik kan alle dagen van de week, de namen van de maanden en de seizoenen na elkaar opzeggen. Zonder adem te halen tussendoor, zo snel. Fredo zegt dat iedereen in Engeland mij zal verstaan. Hij heeft me ook een liedje geleerd.

Ik mag op de trede staan. De meester gaat op mijn plaats zitten.

'Hoe heet het lied?' vraagt hij.

'Ik ken alleen de tekst, meester. Het is van Veralina, dat weet ik wel. Ze heeft de mooiste stem van de hele wereld, zegt Fredo, kent u haar?'

Hij schudt zijn hoofd.

'In Engeland kent iedereen haar. In de oorlog zong iedereen haar liedjes, ook de soldaten, meester. Zingen helpt om de moed te vinden, zegt Fredo. En dan win je de oorlog.'

'En wat als je toch verliest? Heb je dan geen moed? Of te weinig?'

Waarom stelt hij van die rare vragen?

'Maar het is niet gebeurd, meester. De Engelsen hebben gewonnen.'

Hij knikt. 'Zing het maar eens voor ons, Vittorio.'

En ik zing.

'Wel wel,' zegt de meester.

Hij neemt een grote zakdoek uit zijn broekzak en hij veegt ermee over zijn ogen. Hij snuit zijn neus, en steekt de zakdoek weer weg. 'Wel wel,' herhaalt hij. 'Daar krijgt een mens inderdaad moed van.' Hij wrijft opnieuw over zijn ogen.

'Een vlieg,' zegt hij.

'In uw oog, meester?'

'Let er maar niet op. Wat ik je vragen wou, Vittorio. Wil je ons dat liedje leren?'

Cadillac

Fredo rijdt speciaal naar Napels voor een ring. Met de spiksplinternieuwe auto van Roberto. 's Morgens vroeg al staat hij klaar voor de deur. Hij blinkt in de zon. En hij is lichtblauw.

'Een vrouwenauto,' lacht Zia.

Roberto fronst zijn wenkbrauwen. 'Het is een Cadillac.'

'Hij is prachtig,' zegt Fredo.

Zia snuift. 'Ik vond die bruine goed genoeg.'

'Ik niet,' zegt Roberto.

Hij kijkt naar mij. Hij zwijgt. Hij wacht. Ik moet ook iets vinden.

'Ik ook niet,' zeg ik dus maar. Dat is niet wat hij horen wil, want hij fronst zijn wenkbrauwen opnieuw.

'Blauw is mijn lievelingskleur,' zeg ik snel.

De Cadillac vertrekt met veel lawaai.

Zia steekt haar hand op naar Fredo. Hij zwaait niet terug, hij is al te ver weg.

'Dus blauw vind jij het mooiste,' zegt ze dan. 'Ik ook.'

Het klopt niet. Ik heb niet eens een lievelingskleur, en al zeker niet blauw. Maar ze zwaait haar arm al om me heen, trekt mij tegen zich aan. 'Wat lijken we toch op elkaar,' zegt ze, en ze klinkt zo blij dat ik vanzelf zwijg.

Blijven oefenen

Het is donker als Fredo weer terug is.

En dan geeft hij de ring aan Zia. Hij zit zo vast om haar vinger dat hij er niet meer af kan. Dat hoort zo, zegt Roberto die avond als hij de auto komt halen. En dat ze vanaf nu verloofd zijn. Alles wordt nu anders, zegt hij. De mensen zullen anders praten, geroddeld zal er niet meer worden.

Hij kijkt naar mij.

'Roddelen is hetzelfde als liegen,' zegt hij.

'Ik lieg niet.'

'Dat weet ik, jongen.'

Die avond mag ik opblijven zolang ik wil. Als ik eindelijk in bed kruip, kan ik de zon zien door de gordijnen.

De volgende dag hoef ik niet naar school en dat vind ik jammer. Ik had het Gianni graag verteld. Hoe groot de zon is als ze 's morgens verschijnt.

Rennen naar school doe ik niet meer. Of Gianni kan niet volgen. Elke dag is er wel iets wat hij wil weten. Ik ken ook altijd het antwoord.

'Kan je goed boksen?' vraagt hij op een keer.

Ik vraag het Fredo.

'Voor een kind van elf kan je al veel,' zegt hij.

'Word ik kampioen?'

'Kinderen van elf worden geen kampioen.'

'Maar ooit wel?'

'De meeste mensen worden geen kampioen.'

'Oh,' zeg ik.

Fredo liegt nooit. 'Blijven oefenen,' zegt hij. 'Als je het zo per se wil worden.'

Als Gianni mij dus vraagt of ik goed kan boksen zeg ik: goed genoeg. En dat is geen leugen.

Fredo werkt nu van 's morgens tot 's avonds. Aan één stuk door.

Eindelijk komen de klanten, zegt hij.

Hij slaapt nog altijd in de stal. Er ligt nieuw stro. De muren heeft hij wit geschilderd, vanbinnen en vanbuiten. Van ver zie je de stal. Hij blinkt, zegt Gianni, zijn moeder zegt het ook.

Fredo stinkt allang niet meer naar geit.

Soms geeft Zia hem een kus, midden in de keuken. Nu ze verloofd zijn mag het wel, zegt Fredo.

Draai je om, Vittorio. Dat zegt Zia.

Iedereen

Na de zondagsmis zet Zia een mand op tafel. Ze steekt er een heel brood in, een stuk salami, een paar tomaten, olijven, een fles wijn en een mes. Uit de kast haalt ze een laken, ze legt het erbovenop. Daarna hangt ze haar schort aan de haak.

'Klaar,' zegt ze.

Fredo heeft de luiken gesloten, dat doet hij elke ochtend. Het is donker in huis geworden. Maar niet te donker. Net licht genoeg om de hele kamer te zien.

En de mand.

'Wat is het plan?' vraagt Fredo.

'We gaan naar het meer,' zegt Zia. 'We zijn nu een gezin. Of toch bijna.' Ze steekt haar ring in de lucht.

Ze lachen.

'Jij draagt de mand,' zegt ze tegen Fredo. 'En jij kamt je haren,' zegt ze tegen mij.

'Ik heb ze vanmorgen al –'

'Dan doe je het opnieuw, Vittorio.'

Ik kan de weg met mijn ogen dicht lopen. Hij gaat gewoon de hele tijd naar beneden. Toen ik nog klein was liep ik hem vaak met mamma en Zia. Samen met de andere vrouwen deden ze bij het meer de was, terwijl ik speelde met Gianni. Het water was er niet diep, we konden er gemakkelijk zitten. Dan zakten onze benen zo ver weg in het zand dat we altijd even dachten: wat als wij helemaal verdwenen? Waar gingen we dan naartoe? Ik blijf bij jou, zei Gianni dan, en hij greep mijn hand en hij liet ze niet meer los.

Bij het meer staan nu alleen maar mannen. Ze kijken naar de bergen aan de overkant, naar de kinderen bij het water. Ik wil naar hen toe rennen, maar Zia grijpt mijn hand. Ze wijst naar de olijfbomen verderop. 'Daar zit iedereen.'

'Maar –'

'Iedereen, Vittorio. Jij ook.'

Onder een van de olijfbomen is nog een plek vrij. Fredo spreidt het laken over de grond, precies waar de schaduw van de boom valt. Zia zet de mand in het midden.

'We zijn nu iedereen,' zegt Fredo.

Zia lacht.

Ik drink water en ondertussen kijk ik rond. Gianni en zijn moeder zitten ook onder een boom. Op een hele grote rode deken.

Zia zwaait naar hen. Daar komen ze al.

'Zijn jullie alleen gekomen?' vraagt Zia. 'Wil je ook wijn?'

Giorgia knikt. Ze geeft Gianni een duwtje in zijn rug. 'Gaan jullie naar onze deken. Pak maar wat brood. Er is ook kaas. Blijf er tot ik terug ben. En ga niet in het meer.'

'Dat telt ook voor jou, Vittorio,' zegt Zia.

'Hij kan zwemmen,' zegt Fredo.

'Heeft hij je dat verteld?!'

'Mamma heeft het mij geleerd!'

Met een rood hoofd kijkt ze me aan. 'Stop met die onzin, Vittorio. In laag water kan iedereen zwemmen, zelfs ik. Je weet toch hoe diep het meer is?'

Ze grijpt mijn arm, ik ruk hem los.

'Drie huizen op elkaar,' zeg ik. 'Zo diep.'

En dan rennen we naar de rode deken.

De kaas smaakt. Er is ook aardappelsalade. Ik eet de helft op, Gianni wil niets.

'Mijn maag zit dicht,' zegt hij.

'Waar is je vader?'

'In de bergen. Houthakken. Op zondag betalen ze dubbel zoveel. We kunnen het geld gebruiken, zegt mamma. En hij is kwaad. Hij gaf mij een draai tegen mijn oren. Ik vloog ervan tegen de muur, zo hard mepte hij.'

Gianni zucht diep.

'Ik heb het hok van mijn konijn opengezet.'

Heel even kijkt hij op. En zo zie ik het. Er zitten strepen op zijn wangen. Heeft hij gehuild?

'Ze gingen hem slachten.' Hij snuit zijn neus. Met zijn hand wrijft hij door zijn ogen. Er komen alleen maar meer strepen op zijn gezicht.

Hij wijst naar de velden.

'Daar is hij nu. Eugenio. Mijn konijn. Hij was heel dik. We zouden er bijna een week van kunnen eten, zei papà.'

Er biggelt een traan over zijn wang.

'Kom hier.' Ik neem mijn zakdoek, doe er wat speeksel in. Een voor een veeg ik alle strepen en tranen weg.

'Wat als papà straks nog altijd kwaad is?'

Daar drupt alweer een traan naar beneden. Terwijl hij alleen maar zijn konijn heeft laten ontsnappen.

Dat hij dat zomaar heeft gedurfd.

'Dan ga je één stap achteruit,' zeg ik. 'En daarna sla je met één stoot. Zo.' Ik bal mijn vuist, schiet hem de lucht in.

Opeens staat Fredo voor ons. Zonder schoenen. Zonder hemd. Hij heeft zijn broekspijpen opgerold tot boven zijn knieën.

'Wat deed je daar, Vittorio? Ging je Gianni slaan?'

'Natuurlijk niet!'

Hij kijkt mij ernstig aan. Knikt dan. 'Ik geloof je, Vittorio. Welnu. Gaan jullie mee het water in? Als ik erbij ben mag het. Tenzij jullie liever blijven zitten, natuurlijk.' Hij glimlacht. 'Alle geheimen zijn vast nog niet verteld.'

We kijken hem na terwijl hij naar het water loopt.

'Ik wilde dat Fredo mijn vader was,' zegt Gianni dan. Hij gaat rechtop zitten. Steekt zijn vinger in de aardappelsalade. Proeft. 'Hmm.'

Dan draait hij zijn hoofd naar mij, zijn ogen blinken.

'Wat deed je ook weer met je vuist?'

Tanti auguri

De dag dat de zomer begint, word ik elf. Er is geen brief van mamma, ook gisteren was er geen.

'Hij komt morgen,' zegt Zia.

Of niet.

Het kan. Ze hebben hun handen vol met Marcello, met het werk van papà en met België. Dat schreef mamma in de laatste brief. Ze had er een foto bijgestoken van mijn broer. Marcello is nu een half jaar, en hij heeft al twee tanden. Hij lijkt meer op een voetbal dan op een mens. Dat mag ik niet zeggen van Fredo. Maar het klopt wel.

Fredo heeft mijn haar geknipt. Zia stond erop te kijken. Het groeit veel te snel, zei ze, doe het maar heel kort. Maar Fredo wilde niet. Twee centimeter gaan eraf, niet meer. Even later duwde hij mij een spiegel in de handen.

Wat ik ervan vond?

Ik zie het verschil niet eens, zei Zia.

Ik wel, zei ik toen.

Dat vonden ze allebei grappig. Terwijl ik het gewoon zag in de spiegel. Het haar voor mijn ogen was helemaal weg. Ze kusten elkaar, dat zag ik ook. Hun monden op elkaar. Zo een kus dus.

Bah, zei ik.

Dat vonden ze ook al grappig.

Ik veeg alle haren naar buiten. Meteen waaien ze weg, het veld in. En vandaar de lucht in.

'Als je goed kijkt zie je Engeland liggen,' zeg ik.

Zia lacht.

'In Engeland zal iedereen mij verstaan.'

'Zo.' Ze lacht niet meer.

'Dat zegt Fredo,' zeg ik snel.

Ze kijkt naar het veld. Dan weer naar mij. 'Voor alle duidelijkheid, Vittorio, jij gaat niet naar Engeland. Zelfs al zouden de koeien je daar verstaan.'

'Koeien?'

'Naar het schijnt zijn er veel koeien,' zegt ze.

Ik lach.

'Het is niet grappig,' zegt ze.

Meteen kijk ik weer ernstig. Ik kan dat op één seconde.

'Morgen hang ik gordijnen,' zegt ze.

Voor mijn verjaardag heb ik een eigen bed gekregen.

Het werd hoog tijd, zei Zia.

Ik ben bijna zo groot als zij nu. En al bijna even slim. In oktober ga ik naar de school in de stad. Daar ga ik nog slimmer worden. Dat zegt iedereen. Ik krijg een beurs. Eerst wilde Zia het niet. Het is een geschenk, zei Fredo. En toen wilde ze het wel.

Gianni gaat mee met mij. Het is studeren of op het veld werken, had zijn moeder gezegd. Ik wil wat Vito doet, had hij geantwoord. Zijn vader betaalt alles. Daarom kapt hij nu al dat hout op zondag. Wie op zondag werkt, krijgt een dubbel loon.

Gianni's vader is allang niet meer kwaad op Gianni. En anders toon ik hem mijn vuisten, zegt Gianni. Hij weet nu hoe het moet, ik heb het hem allemaal verteld bij het meer. Op de rode deken. En daarna heb ik het getoond, terwijl Fredo naar zijn voeten in het water stond te staren, niet één keer keek hij om. Kijk, Gianni, zei ik hem, kijk goed. Je buigt je rug, je balt je vuisten, met de rechtse ga je naar voren en met de linker naar achter. Met je voeten doe je het omgekeerd. Op hetzelfde moment. Het lijkt wel dansen, zei Gianni. Hij deed mij na, en het lukte meteen. Misschien word jij wel bokser, zei ik.

Het bed is nieuw. In de matras zitten veren, maar ik kan ze nog niet voelen. Het bed komt uit het huis van Roberto. Het was bedoeld voor zijn kind. Het kind dat Roberto wilde. Daarvoor moest hij wel eerst trouwen, en dat is nooit gebeurd. Zia zegt: hij had zijn handen vol met ons.

Al die tijd heeft het bed staan wachten.

Vanmorgen vroeg heeft Roberto het gebracht. Het is de kleine gegund, zei hij tegen Zia.

Hij is al elf, zei ze. Kun je het geloven, Roberto.

Op tafel ligt een envelop. Het is een telegram, ze zijn me toch niet vergeten. Tanti auguri, lang leve Vitorio. Met één t.

'Ze hebben aan je gedacht,' zegt Fredo.

'Een telegram is duur,' zegt Zia. 'Wees er blij mee, Vittorio.'

'Ik ben blij met mijn bed,' zeg ik.

De laatste dag

Gianni staat voor de deur. Hij draagt een kooi, daarin zit een merel. Zijn vader kwam er op een dag mee thuis. Merels eten we niet op, zei hij, het beest mag gerust honderd jaar worden, en hij toonde de kooi die hij had getimmerd. Een paleis, zei zijn moeder. Je moet hem wel temmen, dat zei ze ook. Want stel dat je het deurtje per ongeluk openzet, dan vliegt hij zeker weg.

Begin met wormen zoeken, zei zijn vader.

Gianni huilt. Achter hem staat zijn moeder. Ze huilt ook al. En ik zie waarom. Zijn haren zijn weg, toch de helft.

Ze zullen hem allemaal uitlachen op school.

In de kooi zit de merel op zijn stok. Hij beweegt helemaal niet.

'Is hij dood?' vraag ik.

'Welnee,' snikt Gianni.

Fredo en Zia komen erbij staan.

'Hij zat gewoon op een stoel in de keuken, ik stond klaar met de schaar en opeens was daar die vogel.'

'Niet opeens,' zegt Gianni. 'Hij vloog al een hele tijd rond in de keuken. Je kunt geen vogel temmen die altijd in een kooi zit, zegt papà.'

Giorgia snuit haar neus. 'Ik begin dus te knippen. En opeens vliegt die vogel tegen mijn arm. En mijn hand schiet uit. De schaar ook.' Ze zucht. 'Zo kan hij niet naar school. En hij wil zo graag.' Ze pakt Gianni's arm vast. 'Stop met dat gejank.'

'Ik los het wel op,' zegt Fredo. 'Volg me maar, Gianni, en neem je vogel mee.'

'Het is een merel,' zeg ik.

Fredo kijkt mij aan. 'En jij volgt ook.'
We lopen naar de stal.
Door het raam kan ik Zia horen.
'Heb je al gegeten?' vraagt ze aan Giorgia.
En dan gaat het raam dicht.

Gianni gaat op het bed zitten, de kooi houdt hij op zijn schoot.
'Hij is nog nooit zo stil geweest,' zegt Gianni trots.
'Dan is hij getemd,' zeg ik. 'Het is je gelukt, Gianni!'
Fredo staat achter Gianni. Hij begint te knippen.
'Ik neem de merel mee naar school,' zegt Gianni.
Fredo lacht. 'Dat had ik al geraden.'
'Vandaag mag het,' zegt Gianni. 'Vandaag mag iedereen tonen wat hij goed kan.'
Fredo knikt. 'Het is jullie laatste schooldag.'
'De allerallerlaatste,' zegt Gianni.
'Vandaag zal iedereen het weten,' zegt Fredo. 'Hoe goed jij vogels kunt temmen.'

'De leeuw,' zeg ik. 'Dat is mijn lievelingsdier.'
'Een leeuw past niet in een doos,' zegt Gianni. 'Of in een kooi.'
'Houd je hoofd stil,' zegt Fredo tegen hem, 'of ik knip in je oor.'
Gianni krijgt een kleur. Geen millimeter verroert hij nog.
'Leeuwen kun je niet temmen,' zeg ik. 'Zelfs al zitten ze in een kooi.'
'Vito kan boksen,' zegt Gianni opeens.
Even blijft de schaar in de lucht hangen. Fredo draait zijn hoofd naar mij. 'Is dat wat jij vandaag gaat tonen?'
'Ik ga zingen.'
Gianni knikt. 'Veralina.'
'En niemand zal het weer begrijpen,' zeg ik.
'Behalve de meester,' zegt Gianni.
'Zo,' knikt Fredo.
Hij knipt weer verder.
'Vito wordt later meester,' zegt Gianni.

Toen ik klein was, wilde ik voetballer worden. Daarna voetballer én bokser. Maar als ik op de trede naast de meester mag staan, wil ik nog maar één ding worden. Meester. Dan mag ik alle boeken van de wereld lezen. Sommige hebben meer dan duizend bladzijden. Ze staan in de kast in onze klas en ze zijn in vijf talen geschreven: Italiaans, Latijn, Grieks, Frans en Engels.

Alles staat erin, zegt de meester.

Als ik klaar ben, mag ik een boek nemen. Nu weet je vast meer dan daarnet, zegt de meester elke keer als ik het terugsteek. En elke keer klopt het.

'Ik word meester van alles,' zeg ik.

Fredo kijkt mij aan in de spiegel.

'Dat vind ik het beste nieuws van de dag.'

'Ik ook,' zegt Gianni.

Gianni is een papegaai. En hij is mijn beste vriend. Ik glimlach naar hem in de spiegel. En dan zie ik dat de andere helft van zijn haar ook weg is, of toch bijna. Iedereen zal denken dat hij een vlooienkop heeft.

Geschrokken draai ik mij om naar Fredo.

Hij glimlacht.

'Je bent de eerste in het dorp,' zegt hij tegen Gianni. 'De eerste met een Engels kapsel. Wat een eer.'

'Ik wil hetzelfde,' zeg ik.

Fredo brengt ons naar school met de Cadillac. Of we zijn nog meer te laat. Alle kinderen kijken naar buiten. Daar zijn ze al. De meester loopt voorop, recht naar ons.

'Waar bleven jullie?'

'Mi scusi, meester. Mijn schuld.' Fredo steekt zijn hand uit, de meester schudt ze.

Hij kijkt naar ons.

Alleen nog maar naar ons.

'Het is een Engels kapsel,' zegt Gianni.

'Wij zijn de eersten van het dorp, meester. Gianni en ik. Wij twee, meester.'

De meester knikt.

'U mag de derde zijn,' zegt Fredo.

'Oh.' Hij fronst even zijn wenkbrauwen. 'Een Engels kapsel. Daar moet ik even over nadenken.'

Terwijl we samen de klas in lopen, draai ik me naar de meester. 'Maakt u zich maar geen zorgen. De Engelsen hebben de oorlog gewonnen.'

'Hoe zou ik dat kunnen vergeten, Vittorio.'

De rest van ons leven

'Blijf nog even,' zegt de meester tegen ons, terwijl hij zwaait naar de rest.

Gianni en ik knikken naar elkaar.

Ruzie maken we allang niet meer. Dat is voor kinderen, heeft de meester vandaag nog gezegd, en kinderen zijn wij niet meer vanaf nu. En bovendien zijn we beste vrienden.

Gestraft zullen we dus niet worden.

De hele dag heeft de kooi op de kast gestaan. Nu staat hij op Gianni's schoot. De merel zit op zijn stok. Zonder te bewegen. Al zeker vijf minuten lang.

'Hij is vast heel moe,' zegt Gianni.

Meester Miniaci draait zich naar mij. 'Leg je handen op je oren,' zegt hij tegen mij. Wat ik doe.

Ik hoor toch alles erdoor.

'Jij zorgt ervoor dat hij niet vecht,' fluistert de meester in Gianni's oor, 'beloof je me dat?'

'Ik zal het proberen,' fluistert Gianni terug.

'Het is het enige wat ik van je vraag,' zegt de meester. Heel even kijkt hij naar mij, maar ik kijk zo snel de andere kant op dat ik het onmogelijk gehoord kan hebben.

'Het is aan jou, Vittorio.' Hij geeft Gianni een duwtje zodat die een paar meter verderop gaat staan. 'Nu leg jij je handen over je oren,' zegt de meester tegen hem.

Dan buigt hij zich naar mij.

'En jij helpt hem,' fluistert hij.

'Waarmee, meester?'

'Met alles.'

'Alles?'

'Je hebt mij gehoord, Vittorio. Zeg mij na.'

'Ik help hem met alles, meester.'

'En dat gaat jou lukken.'

'Una cosa da niente,' zeg ik.

'Zo zou ik het niet noemen, Vittorio. Maar als jij het zegt –' Hij glimlacht. Heel even wrijft hij door mijn haren. Dan wenkt hij Gianni.

Hij legt zijn armen om ons heen.

'Vergeet het niet, jongens, we hebben de oorlog meegemaakt, we hebben de vrede zien komen, jullie kunnen de wereld aan.'

'Ik word dokter,' zegt Gianni.

'Dat wordt hard studeren, jongen.'

'Mamma zegt dat ik alle mensen ga genezen.'

De meester knikt. 'Dat is een mooi plan, caro Gianni. En jij, Vittorio?'

'Hij wordt meester van alles,' zegt Gianni.

Ik draai mij om naar meester Miniaci.

Ik recht mijn rug.

'Klopt het wat hij zegt, Vittorio?'

'Helemaal, meester.'

Meester Miniaci knippert met zijn ogen. En nog eens.

En dan begint de vakantie.

Blauw

Gianni gaat op reis. Met zijn ouders en zijn grote broer. Hij heeft een tante die aan zee woont. Ze zullen er drie dagen logeren.

'Ik wil ook op reis,' zeg ik tegen Zia.

'Heb jij een tante aan zee?' zegt ze. 'Welnu, ik ook niet. En trouwens. Er is niets te zien aan zee. En er valt niets te beleven.'

'We kunnen er schelpen rapen. We maken er een ketting van, zegt Gianni. En 's nachts gaan we vissen.'

'En dan verdrinken,' zegt Zia. 'Ik zie het al zo gebeuren.'

'Ik kan zwemmen!'

Ze schudt haar hoofd.

'Nu hou je erover op. Of straks heb ik geen eten voor jullie.'

Op de grond staat een doos vol aardappelen. Ze telt er zes uit en ze legt ze op tafel. Twee voor Fredo, twee voor haar en twee voor mij.

Ze begint te schillen.

'Waarom gaan wij niet op reis?'

Ze kijkt niet op. Ze schilt gewoon verder.

'Wij sparen, Vittorio,' zegt ze dan.

Ik zucht. 'Voor een huis dat niet scheef staat. En een radio.'

'Een radio?'

'Roberto heeft een radio, en Gianni ook.'

'Wij redden ons wel zonder, Vittorio.' Ze stopt met schillen. Kijkt mij aan. 'Waarom ga je niet buitenspelen?'

'Daar is niemand.'

'Weet jij alles, Vittorio?'

Ik haal mijn schouders op. Draai me om en loop de deur uit, recht tegen Fredo aan. In zijn armen draagt hij een mand.

'Waarom roept ze zo?'
'Gianni is op reis,' zeg ik.
'Reizen kost geld, Vito.'
'Zijn wij arm?'
Hij zwijgt even.
'Rijk zijn we niet.'
'Is Gianni ook arm?'
'Ik denk het wel, Vittorio.'
'Maar wij zijn dus armer.'

Hij zet de mand neer. Er zitten handdoeken in en ze zijn allemaal nieuw. Roberto heeft ze voor hem gemaakt. Hij had nog een grote lap stof liggen.

Fredo neemt er een blauwe uit, hij vouwt hem open. 'Deze is voor jou, de rest is voor de klanten.'

'Blauw is mijn lievelingskleur,' zeg ik.

Hij glimlacht.

'Wil jij echt naar zee?' vraagt hij dan.

Ik haal mijn schouders op.

'Hier is ook water,' zegt hij. 'En veel.'

Verbaasd kijk ik hem aan. Bedoelt hij het meer?

Drie huizen diep.

Voor ze mij terugroept.

Ik ren.

De klif

De weg splitst. Rechts gaat het naar beneden.

Links is naar boven.

Het is goed weer. Ik zal Sicilië zien liggen. En als ik echt wil, kijk ik tot in Afrika.

Ik hoor stemmen. Snel duik ik achter een struik. En dan zie ik ze. Ze zijn met drie. De dikste ligt op de grond. De andere twee zitten elk met één knie op hem. Terwijl de ene een touw rond de armen van de dikste bindt, houdt de andere zijn hoofd vast. Alle twee kijken ze scheel.

'We hebben hem.'

'Eindelijk.'

Ze lachen.

'En we laten hem niet meer gaan.'

Ze gaan hem vermoorden.

Het zijn de mannen uit Napels. Iedereen die in de weg loopt, schieten ze dood. Gianni's vader heeft het Gianni verteld.

Hoe weet je of iemand uit Napels komt, vroeg ik Gianni. Je ziet het aan de ogen, zei hij, Napolitanen kijken altijd scheel. Dat komt omdat ze zo veel schieten.

En zo weet ik het.

De mannen komen uit Napels en als ze mij zien, dan schieten ze mij zeker dood.

Er zit een vlieg op mijn wang. Daar is de tweede ook al. Ik mag niet krabben, dan zien ze mij bewegen. Ademen. Dat nog wel.

Adem dan, Vittorio.

Ik hoor een tak breken.

Maar er is geen boom. Alleen drie mensen.

'Dat was gemakkelijk.'

'Nu komt het lastigste.'

'We moeten hem rollen tot aan de rand.'

'Daar gaat hij.'

Ik blijf liggen. Beweeg niet. Adem alleen maar.

Opeens hoor ik een plons. Het zou die van een mens kunnen zijn.

De volgende seconde start een auto.

Waarom is Gianni nu niet hier? Wat doen we nu, zou hij vragen. Ik zou het antwoord wel weten. Altijd als ik bij hem ben. Niets, Gianni. Helemaal niets.

Misschien kunnen we hem nog redden?

Hij is verdronken, Gianni.

Misschien kan hij zwemmen tot aan de kant, zou Gianni zeggen, dan halen we hem er wel uit. En dan krijgen we een medaille.

Dat is wat hij wil. Al zo vaak heeft hij het mij verteld. Medailles zijn voor meisjes, zeg ik elke keer, kijk maar naar je moeder. Alsof ik niet weet hoeveel soldaten een medaille kregen na de oorlog. Maar altijd trapt hij erin.

Als Gianni dokter wordt, zal hij elke dag wel een mens redden. Hij zal zo veel medailles krijgen dat ze niet allemaal aan de muur kunnen.

Als hij van vakantie terug is, vertel ik het hem.

Ik ren naar de rand van de klif, kijk naar het meer. Zelfs geen rimpel.

Niets zie ik.

Heb ik het weer allemaal gedroomd? Waarom zijn mijn ogen dan open, waarom voel ik mijn adem op- en neergaan in mijn lijf?

Zweer het

En dan zie ik hem in de verte. De lichtblauwe auto van Roberto. Ik ren naar beneden. Zwaai met mijn armen. Roep zijn naam zo luid ik kan.

Roberto stapt uit. Hij trilt op zijn benen. Zo kwaad is hij.

'Wat hebben we afgesproken, Vittorio? Jij zou hier nooit meer komen!'

'Er ligt iemand in het meer.'

'Het is zomer, Vittorio. Dan zwemmen er mensen in.'

'Ze hebben hem eerst doodgemaakt. En toen gooiden ze hem erin.'

'Je liegt.'

'Ik heb het met mijn eigen ogen gezien, Roberto. En ik heb de plons gehoord.'

'Stap in de auto.'

Er ligt een dode mens in het meer en het kan hem niets schelen.

'Ga je niet kijken?'

'Stap in, heb ik gezegd.'

Voorbij de bocht zet hij de auto aan de kant. Uit zijn binnenzak haalt hij een doos en hij rolt een sigaret. 'Hebben ze je gezien?'

'Ze hebben me niet eens horen ademen.'

'Kun je ze beschrijven?'

'Ik denk het wel.'

Hij zucht.

'Hier, pak aan.'

Ik kijk naar de sigaret in mijn handen. Hij strijkt een lucifer aan.

'Je zuigt de rook in en je blaast de rook uit. Het is niet moeilijker dan ademen. Een paar keer oefenen en je bent vertrokken.'

Ik doe wat hij zegt. Het lukt zo goed dat hij lacht. 'En dat voor een eerste keer.' Opeens is de lach weg. 'Nu ga je goed luisteren,' zegt hij. 'We moeten het vergeten, jij en ik. Wat je mij net hebt verteld. Het is niet gebeurd, hoor je mij, Vittorio.'

'Zoals de vorige keer.'

Hij zwijgt. Knikt dan.

'Maar het is wél gebeurd,' zeg ik. 'Deze keer weet ik het zeker.'

Hij steekt een sigaret op, zuigt diep. 'Je zult geen twaalf worden als je dit aan iemand vertelt.'

Een rilling loopt over mijn lichaam. En nog een.

'Zullen de mannen van Napels mij doodschieten?'

Hij fronst zijn voorhoofd. 'Hoe kom je erbij dat ze van Napels zijn?'

'Dat zegt Gianni.'

'En wat vertelt hij nog allemaal?'

'Niets,' zeg ik.

'Waar is hij nu?'

'Naar zee.'

'Luister goed, Vittorio. Je vertelt er niets over tegen Gianni. En ook niet tegen Fredo en Zia.' Hij klopt met zijn vuist op zijn borst. 'Hier zit onze schatkist. Hier bewaart elke mens zijn geheimen. Wees trots op je geheim, Vittorio. Het vertelt je over je dapperheid en je groot verstand. En er volgen er nog. De dag komt dat je meer geheimen hebt dan herinneringen.' Hij grijnst. 'Het goede nieuws is dat het went.'

Hij geeft mij een sigaret, de tweede al.

Ik duw zijn hand weg. 'Nee.'

Hij zucht. 'Zweer dat je zult zwijgen, Vittorio. Denk aan Zia. Denk aan Fredo. Of we gaan allemaal dood van verdriet.'

Geschrokken kijk ik hem aan. 'Als ik sterf?'

'Allemaal.'

'Ook mamma?'

'Natuurlijk. We mogen mamma niet vergeten.' Hij knikt. 'En je papà. En de meester. Het hele dorp. Kinderbegrafenissen zijn de triestigste dingen die er zijn.'

'We zijn geen kinderen meer,' zeg ik.

'Elke mens onder de twaalf is een kind.'

'De meester zegt iets anders.'

Hij zwijgt. Grijpt mijn gezicht vast met één hand. 'Deze mannen komen recht van de duivel. Ik wil hemel en aarde voor je verzetten, Vittorio, maar tegen de duivel kan ik je niet beschermen.' Hij zucht diep. 'Ik wist dat ze iets van plan waren, dus ik reed wat rond. Ik wilde zeker zijn dat niemand van mijn mensen toevallig in de buurt zou zijn. Een kogel is zo snel geschoten.'

Nog altijd heeft hij mijn gezicht vast in zijn greep.

'Hoe ik wist dat er iets zou gebeuren?' Hij lacht kort. 'Ach, Vittorio, je hebt geen idee welke verhalen de mensen vertellen als ze in hun hemd voor hun kleermaker staan.'

Hij heeft een zwarte tand vooraan. En hij stinkt naar sigaretten, salami, look en sardines.

'Je rilt. Verman je, Vittorio. En zweer dat je zult zwijgen als een graf.'

'Ik zweer het,' zeg ik.

Hij start de auto. Eindelijk.

'Zou je een fiets willen?'

'Ik?'

Hij kijkt mij ernstig aan. 'Jij krijgt van mij een echte fiets.'

'Waarom?'

'Niet alles heeft een reden, Vittorio.'

De volgende dag staat de spiksplinternieuwe fiets al voor de deur.

'Roberto ziet je graag,' zeggen Zia en Fredo.

Pruik

Midden in de nacht word ik wakker. Mijn haren plakken tegen mijn hoofd. Ik veeg ze uit mijn gezicht, kijk naar Zia in het andere bed. Haar ogen zijn dicht.

Niets heb ik haar verteld.

Heb je een prettige dag gehad, vroeg ze, ik knikte alleen maar. Waarom kijk je dan zo bang, Vittorio? Mijn benen begonnen zomaar te rillen. Wat gebeurt er nu, zei ze, ben je in de groei? Ze duwde me op een stoel en ze stopte me een stuk brood toe, eet, amore mio. En ook al had ik geen honger, ik deed wat ze zei, want ze keek naar mij alsof ik een erge ziekte had en ze bleef voor mij staan tot de laatste kruimel op was. Toen glimlachte ze en ze zei: je wordt groot, tesoro mio. Even streek ze met haar hand door mijn haren, draaide zich toen om en ze roerde verder in de pot.

De maan schijnt door het gat in het dak. Recht op haar haren. Ze zijn van goud, zegt Fredo. Dat vindt de barones ook. Op zondag en alle feestdagen draagt ze een pruik. Ze heeft er meer dan één, en ze worden in Napels gemaakt. Van vrouwenhaar. De gouden pruik zou de mooiste worden. Maar Zia wil haar haren niet verkopen. Ze wil niet dat iemand met haar hoofd rondloopt.

Je zou er een nieuwe deur van kunnen kopen, zegt Roberto soms, een die niet scheef hangt. Het hele huis staat scheef, zegt Zia dan. En ze lacht. Zoals ik met Gianni lach als hij naast de bal stampt.

Schelp

'Voor jou,' zegt Gianni.

Hij geeft mij een ketting. Er hangt één grote witte schelp aan.

'Heb ik gemaakt,' zegt hij trots. Hij hangt de ketting om mijn hals.

'Nu hebben we er allebei een,' zegt hij.

'Zal ik je leren fietsen?'

Al vijf dagen heb ik kunnen oefenen, zo lang is Gianni aan zee gebleven. Twee dagen langer dan bedoeld. Er zat ook zo veel vis in de zee.

Tegen de middag kan hij het ook.

'Nu rijd ik weer,' zeg ik, 'jij gaat achterop.'

We slingeren over de weg, en af en toe vallen we. Pijn doet het niet.

Daarna wisselen we, ik ga achterop. Hij rijdt naar het pleintje voor de kerk en weer terug. Ik kom bijna met mijn voeten aan de grond. Niet één keer vallen we nog.

Hij stopt voor ons huis, we stappen allebei af.

'Wat doen we nu?' vraag ik.

Hij schokt met zijn schouders. Zijn schelp schokt mee. Ze is grijs en er zitten twee gaatjes in. Het eerste was te klein, hij heeft een nieuw gemaakt en toen ging het touw er wel doorheen.

Ik zet de fiets tegen het huis. Gianni is op een grote steen gaan zitten.

'Schuif eens op,' zeg ik.

Daar zitten we dan met zijn tweeën.
'Ik heb honger,' zegt Gianni.
'Ik niet.'

Al vijf dagen krijg ik niets door mijn keel. Ik slaap ook niet meer. Vannacht hoorde ik de plons alweer. En opeens dacht ik aan mijn vader. Dat was zo lang geleden dat ik ervan rechtop ging zitten. Toen dacht ik aan het mes. Mijn vader ging ervan rechtop lopen, duizend man sterk werd hij dan.

Alle treden kraakten toen ik de trap af sloop, natuurlijk hoorde Zia het. Wat ben je van plan, Vittorio, riep ze vanuit haar bed, ik kan niet slapen, zei ik, heb je het te warm, vroeg ze, drink wat water, amore mio.

De emmer stond buiten. Het gaf dus niet dat de deur kraakte, het was ook niet erg dat ik even wegbleef.

Het gat zat nog altijd op dezelfde plek achter de stal. En het mes zat er nog altijd in. Ik kon er al mijn vingers omheen sluiten.

Zia sliep toen ik weer bovenkwam, dat dacht ik toch. Ik wilde het mes onder mijn matras stoppen toen ik haar hoorde zeggen: slaap maar lekker, Vittorio. Daar schrok ik zo van dat het bijna uit mijn handen viel. Snel sprong ik in bed, zo snel dat ik er aan de andere kant bijna weer uit donderde.

De hele nacht heb ik het mes vastgehouden.

Vanmorgen viel ik bijna in slaap boven mijn bord pap. Het is de groei, zei Zia tegen Fredo, zit rechtop, zei ze tegen mij en ze tikte met haar hand één keer op mijn rug. Ik schoot overeind en bijna was ik opgestaan, maar Zia zei: grote jongens lopen niet weg, en wat ze ook niet doen is kromgroeien. Je zult de hoogte in gaan, Vittorio, daar zal ik voor zorgen, zei ze. En dan slaap je vanzelf wel beter.

Al die tijd zat het mes in mijn broekzak. En al die tijd dacht ik, zie je wel, ik groei krom. Mijn vader heeft alweer gelogen.

Als het donker is, stop ik het terug in de grond.

'Ik heb een mes,' zeg ik tegen Gianni.

'Toon het,' zegt hij.

Ik knip het open. 'Als ik wil, snijd ik al je vingers over.'

Geschrokken kijkt hij mij aan. 'Allemaal?'

'Tien tegelijk. Dat zegt mijn vader.'

'Tien zijn er wel veel.'

'Heel erg veel,' zeg ik.

Hij knikt ernstig.

'Ik heb een pistool,' zegt hij dan.

Pistool

Het ligt in een lade onder het bed van zijn ouders. Op een dag had Gianni het gevonden. Dat was niet de bedoeling, had zijn vader gezegd, zwijg erover, Gianni.

'Hoelang is dat geleden?' vraag ik hem.

'Lang,' zegt hij.

Het pistool is grijs en er zitten dikke krassen op. Hij duwt het mij in handen. Het is helemaal niet zwaar.

'Leg het terug,' zegt Gianni. 'Nu, Vito.'

Ik doe wat hij zegt. Daarna ga ik voor hem staan.

'Zeg mij na: ik kan een geheim bewaren.'

Verwonderd kijkt hij mij aan.

'Doe het, Gianni. En zweer het.'

'Op het hoofd van mijn moeder.'

Ik haal mijn mes tevoorschijn, snijd in de top van mijn vinger. Er verschijnt een druppel bloed.

'Nu jij.'

'Het doet niet eens pijn,' zegt Gianni.

Ik druk zijn vinger tegen de mijne.

'En nu?'

'We zijn nu bloedbroeders,' zeg ik.

Even blijft het stil. Hij wacht. Op mijn geheim.

'Er is iemand vermoord,' zeg ik dan. 'Op de klif. Ze hebben mij niet gezien. Maar ik hen wel. Ze zullen mij doodschieten als ze erachter komen.'

Gianni's mond valt open. Straks ligt zijn kin op de grond.

'Niemand heeft jou gezien,' zegt hij dan.

'Dus als we zwijgen – ' zeg ik.
'Zijn we veilig.'

Ik steek het mes terug in mijn zak. En de schelp onder mijn hemd. Tien uur slaap ik die nacht. Aan één stuk.

Niets te willen

Ik lig nog in bed als er op de voordeur wordt geklopt. Ik hoor de postbode praten. Hij heeft een brief uit België voor ons.

'Er staat DRINGEND op,' zegt hij.

Zia sluit de deur.

Even blijft het stil.

En dan hoor ik haar zeggen: ginder gaat hij dood.

Hij.

Dat moet mijn vader zijn.

Is hij ziek? Heeft hij een ongeluk gehad? Een hand eraf, een arm, of misschien een been? Het kan. In de mijn kan alles. Ook doodbloeden. Dat vertellen de klanten tegen Fredo, en hij vertelt het ons.

Ik ren de trap af naar beneden. Halverwege blijf ik staan. Want Zia huilt.

Misschien is hij al dood.

Dan komen ze terug zonder hem. Zij en de vetzak, mijn broer.

Zia slaat haar handen voor haar gezicht als ze mij ziet.

Hij is niet gewoon dood. Hij is morsdood. En terwijl ik denk: ik heb geen vader meer, hoor ik Fredo zeggen: ik zal hem brengen.

Zia huilt harder. Ik zie de tranen lopen, door haar vingers, langs haar rok, tot op de grond.

'Is hij dood?'

'Is dat wat je denkt, Vittorio?' vraagt Fredo.

Hij schudt zijn hoofd.

'Ze blijven in België,' zegt hij dan. 'En jij gaat naar ginder.'

Ik.

Ik?!

'Komen ze niet meer terug?'

Hij schudt zijn hoofd opnieuw.

'Nooit meer? Blijven ze daar voorgoed?'

'Vito blijft hier,' zegt Zia.

Ik draai me om naar haar. Ze huilt niet meer. Maar haar gezicht is wit geworden.

Eén keer heb ik een dode mens gezien. In het huis van Gianni. Zijn nonno was doodgevallen, op een dag zomaar midden in de week. Het was een donderdag, want zijn moeder had taralli gebakken. Kom maar binnen, zei Gianni, als Vito ertegen kan, zei zijn moeder.

Zo wit als Gianni's nonno. Zo wit is nu het gezicht van Zia.

En dan

Nog altijd staat Vito op de trap. Hij kijkt naar haar. Alleen maar naar haar.

Opeens loopt ze naar de deur. Pakt de klink vast.

'Ga Roberto halen. Vertel het hem, Vittorio.'

'Waarom,' zegt Vito.

'Vittorio!' Ze stampt met haar voet op de grond. 'Wat sta je daar nog!'

Met een zwaai trekt ze de deur open. Te hard. Verschrikt kijkt ze naar de klink in haar hand.

Hij niet, hij rent.

We kijken hem na. Zien hoe hoog het stof van de weg opwaait. Zien hoe snel hij verdwijnt.

'Hij wordt groot,' zeg ik.

Met geweld duwt ze de klink terug in de opening, het lukt haar niet. Het ding klettert tegen de grond. Ik raap de klink op, leg hem op tafel. Straks sla ik er een nagel in, dan blijft hij weer een tijdlang zitten.

'Rustig maar, Carlotta.'

'Rustig?!'

De brief ligt op tafel. Ze vouwt hem open. 'Het kind zal hier goed groeien. Dat staat er letterlijk, Fredo.'

'Kom hier, Carlotta.'

'Ik ga dood als de kleine vertrekt. Je kunt me nog honderd keer troosten, het zal toch gebeuren.'

'Wie zegt dat ik je wil troosten? Je ziet hem graag. Welnu, ik ook.' Ik neem haar handen vast en trek haar naar mij toe. 'Zo snel sterft een mens niet,' zeg ik.

'Ik wel,' zegt ze.

Het is de groei

De deur staat op een kier, ik kan zo naar binnen lopen.

Roberto staat gebogen over de tafel. Er ligt een stuk grijze stof over, die reikt tot aan de grond. In zijn ene hand houdt hij een meetlat, in de andere een schaar. Hij knipt de stof doormidden. Een deel valt op de grond, hij raapt het niet op.

Bij Roberto kun je eten van de grond, zegt Zia.

Hij heeft mij nog niet opgemerkt.

Ik ga naast hem staan, mijn schouders raken de zijne. Nog even en ik kijk over hem heen.

'Roberto,' wil ik zeggen, het lukt me niet. Ik kuch.

Hij draait zich om.

'Vittorio! Je laat me schrikken!'

'Scusa,' probeer ik. Maar het enige wat ik uit mijn mond krijg, is een hoog gepiep.

Hij grijnst.

'Zo,' zegt hij, 'de kleine wordt groot. Kom je dat vertellen?'

Ik schud mijn hoofd. Schraap mijn keel opnieuw.

'Kijk niet zo angstig,' zegt Roberto. 'Het is de groei, meer is het niet. Je krijgt een mannenstem. En dan komt de snor. Lang duurt het niet meer of die staat onder je neus.'

Hij neemt de kan die op de kast staat, schenkt mij een glas in. 'Trek eens een vrolijk gezicht, Vittorio.' Hij strijkt met zijn hand over de grijze doek. 'Zia zal zó blij zijn. Dit heb ik niet verwacht, zal ze zeggen.' Hij kijkt me aan. 'Wat denk je dat het wordt?'

Zia. Heeft gezegd dat hij moet komen. Nu.

Ik open mijn mond. Opnieuw krijg ik geen woord gezegd.

'Dan vertel ik het je wel. Het wordt een lange broek, Vito. Van de beste stof die ik kon vinden.'

Een lange broek?!

'Denk je dat ik je zo naar de grote school laat gaan? In dat korte geval?' Hij schudt zijn hoofd. 'Dank je wel, Roberto. Dat zegt een kind dat manieren heeft.'

Ik wil niet eens een lange broek.

En ik moet naar België.

En dan zeg ik het ook.

Zijn hoofd schiet omhoog. 'Lieg je weer, kleine?'

'Het staat in een brief,' zeg ik snel. 'En nu huilt Zia de hele tijd. Ze stopt niet meer.'

Hij kijkt me aan.

'Je stem is terug.' Hij grijnst. 'Dus jij moet naar België.'

'Voor altijd,' zeg ik.

'Hm. Dat is lang.'

Heel even vertrekt zijn gezicht. In duizend rimpels. Of meer. Nu lijkt hij echt oud.

'Wat staan we hier nog,' zegt hij.

Zijn mond hangt er helemaal open van, zo snel stapt hij. Hij hijgt. En ik zie zijn snor trillen. Er hangen druppels aan. Ze glinsteren.

Op de hoek van onze weg blijft hij staan. 'Nu moet je even goed luisteren, bambino. België is tweeduizend kilometer van hier, heb je enig idee hoe ver dat is? Met gemak word je er oud. Misschien wel honderd.' Hij legt zijn hand op mijn schouder, knijpt er even hard in. 'Je zult er veilig zijn, Vittorio. Dat wil ik zeggen.'

'Maar niemand heeft mij gezien,' zeg ik.

'Wat weet jij van veilig zijn, kleine.'

Alweer knijpt hij in mijn schouder.

'Au, Roberto.'

Gelukkig is daar ons huis. En gelukkig is daar ook Gianni. Hij zit op de grote steen voor het huis. Hij draagt zijn schelp. Boven op mijn hemd. Net als ik.

Ik ruk me los, loop naar hem toe.

'Dus je vindt het niet stom,' fluistert hij als hij mijn ketting ziet.

'Ik doe ze nooit meer uit.'

'Jullie zijn weer vrienden?' vraagt Roberto.

'Wij zijn bloedbroeders,' zegt Gianni.

'Zo.' Roberto fronst zijn wenkbrauwen. 'Als je maar weet dat je je mond moet houden, Vittorio.'

Bijna gaat zijn hand omhoog, bijna. Als ik hem een tik geef, valt hij om. Maar ik gebruik mijn verstand.

Het was de dag dat de meester de eekhoorn van Gianni in de vuilnisbak had gegooid. De dag dat Gianni zei dat Zia een hoer was. De dag dat Fredo mij vertelde dat ik zou leren boksen.

We slaan niemand zomaar, zei Fredo. Behalve bij groot gevaar. En dan nog.

Wat moet ik dan wel doen, vroeg ik.

We veranderen van onderwerp, Vittorio.

Zomaar?

Zomaar, zei Fredo.

'Ik ga naar België,' zeg ik tegen Gianni.

Zia staat in de deur. Haar gezicht ziet niet meer wit. Het ziet nu knalrood.

'Kom hier, kind,' zegt Roberto. Hij slaat zijn armen om haar heen en hij duwt haar gezicht tegen zijn borst. Over haar schouder kijkt hij naar mij. 'Ga spelen, kleine.'

De deur valt dicht. Recht in mijn gezicht.

'Ga jij naar België?' vraagt Gianni achter mij.

'Ik moet,' zeg ik. Het klinkt alweer als gepiep.

'Je praat zo raar.'

'Ik krijg een mannenstem,' zeg ik.

De piep is weg.

'Jij?'
'En een snor.'
'Ik wil geen snor,' zegt hij. 'Jij?'
Ik schud mijn hoofd. 'Maar een mannenstem wil ik wel. Volg me, Gianni.'

Bij de splitsing blijft hij staan. 'En nu?'
'Nu gaan we naar boven,' zeg ik.
'Daar is de klif!'
'Juist,' zeg ik.
'Mijn mamma zegt –'
De rest hoor ik niet meer. Ik ben al bijna boven.
'Wacht op mij, Vito.' Hij zucht diep. 'Ga jij echt naar België? En als je kon kiezen? Zou je dan gaan?'
'In België word ik honderd jaar.'
'Echt?'
'Met gemak.'
We zuchten allebei.

Tomaten

Carlotta duwt hem de brief in handen. Hij leest de zinnen die ik ondertussen vanbuiten ken. 'We hebben al veel gespaard. Nog niet genoeg om een huis te kopen, dat is een kwestie van tijd. Maar we blijven in België, dus we verwachten de komst van Vito. Regel het maar, Fredo.'

Roberto vouwt de brief dicht. Schuift hem naar het midden van de tafel. Ik sta achter hem. Zijn kruin is bloot. Hij wordt kaal.

'Je wist dat het kon gebeuren, Carlotta, dus stop met dat gebrul. Hoeveel zijn er al teruggekeerd, drie, vier misschien? En waarom komen ze terug? Ze hebben schrik in de mijn, of de vrouw kan er niet aarden. Je kunt veel over Luigi zeggen, maar niet dat hij bang is. En je leest hun brieven toch? Al maanden schrijven ze ons hoe goed ze het stellen. Waarom zouden ze terugkomen als alles daar beter is?'

Ze staat op.

'Waar zijn de tomaten, Roberto?'

'Tomaten?'

'Je zou tomaten brengen. Voor de soep.'

'Waarom begin je nu in godsnaam over to –'

Ze staat op. Rommelt in de groentebak naast het vuur. Haalt er een kool uit. Een paar aardappelen, een grote ui.

'Dan maak ik koolsoep,' zegt ze.

'Ga zitten, Carlotta.'

Ze pakt een mes. Begint de ui te snijden.

'Carlotta –' Roberto loopt naar haar. Pakt het mes uit

haar handen. Legt het op tafel. Neemt haar bij de schouders. Duwt haar op een stoel.

Ze heft haar hoofd op naar hem.

'Waarom kan het niet gewoon blijven zoals het nu is?'

'Omdat hij ginder hoort,' zeg ik.

Ze begint opnieuw te huilen.

Roberto kijkt op. Hij knikt ernstig.

'Ga zitten, amico.'

Ik kijk naar hem. Naar haar.

Er komt nog iets.

En dan komt het.

Als het stormt

We zitten op de rand.

'Het waait,' zegt Gianni.

'Het waait hier altijd,' zeg ik.

'Ook toen je de moord zag?'

'Ik denk het wel.'

'Als iemand doodging, moest mijn vader overgeven.'

'Ik niet,' zeg ik.

'Oh.' Zijn ogen blinken.

De wind staat sterk.

'We mogen niet wegwaaien,' zeg ik. 'Of we vliegen het meer in. En dan zinken we recht naar beneden.'

'Honderd meter diep!'

'Zo diep ook weer niet,' zeg ik.

Hij lacht. 'Drie huizen.'

Zijn haren staan recht omhoog, straks gaat hij de lucht in.

'Ga liggen,' zeg ik. 'Dan waait de storm over ons heen.'

We laten ons tegelijk achterovervallen.

'Wat als het blijft waaien?' vraagt Gianni.

'De wind gaat altijd weer liggen,' zeg ik. 'Het kan wel dat het morgen gebeurt, natuurlijk.'

'Morgen pas?'

'Dan slapen we hier vannacht.'

'Hier?!'

Hij gaat rechtop zitten. Zijn lip trilt.

'We kiezen de grootste struik om onder te schuilen, Gianni. Niemand die ons zal zien. Niemand die ons kan vermoorden.'

'Ik wil niet onder een struik slapen.'

'Het zal niet nodig zijn,' zeg ik, 'kijk maar.' Ik ga rechtop staan. Steek mijn armen in de lucht. Mijn haren waaien bijna van mijn hoofd.

'Ga liggen, Vito!'

'Eerst zeggen dat je mij gelooft.'

'Altijd toch,' zegt hij dan.

We liggen weer naast elkaar. De zon is nog altijd weg. En het waait nog altijd hard.

'Ik wilde dat ik jou was,' zegt hij opeens.

'Mij?! Waarom?'

'Ben jij nooit bang?'

'Jawel,' zeg ik. 'Maar nu niet.'

'Ik ook niet,' zegt Gianni.

Hij zwijgt.

'Wanneer vertrek je naar België?' vraagt hij dan.

'Weet ik niet.'

'Ga je daar naar school?'

Ik ga rechtop zitten. Hij ook.

'Weet ik ook al niet,' zeg ik.

'Misschien zijn er geen scholen. Moet je de mijn in.'

'De mijn?!'

'Iedereen moet de mijn in, zegt mijn vader. Alle mannen die van Italië komen. De jongens ook.'

'Ik wil niet de mijn in.'

Hij knikt ernstig. 'Mensen gaan er dood.'

'Of ze verliezen een been,' zeg ik. 'Of een arm.'

Opeens glimlacht Gianni. Alsof hij iets heel fijns gaat zeggen, zo kijkt hij naar mij.

'Je gaat er vast de hele dag spelen.'

'Ik? Met wie?!'

'Je hebt toch een broer?'

'Hij is een hatelijk kind. En hij is nog lang geen jaar oud.'

'Dat was ik alweer vergeten.' Hij zucht diep. 'Ooit vergeet ik mijn hoofd nog eens, zegt mamma.'

We zitten nog altijd rechtop. Straks waaien we echt weg.

Ik leg mijn armen om Gianni.

'Hoe ga ik alles onthouden als jij in België bent? Kun je niet gewoon blijven, Vito?'

Jij zorgt voor hem, zei de meester en ik zei: una cosa da niente. Dat heb ik werkelijk gezegd.

'Ik wil niet de hele dag spelen, Gianni, en ik wil ook niet in de mijn. En Zia huilt.'

De tranen lopen uit mijn ogen.

'Ik wil naar huis, Gianni.'

'Dan gaan we naar huis,' zegt hij.

Een huis met rechte muren

Hij kwam van over de bergen en hij sleep messen en scharen, in ruil voor een brood, aardappelen, maïs, tomaten, een gestroopt konijn. En als er niets van dat alles was om te ruilen, waren kastanjes ook goed.

Het was een dag als vandaag. De wind stond stevig, zijn kar raakte maar moeilijk vooruit. Had ze wat te drinken voor hem? Kom maar even binnen, zei ze. Hij kende geen Italiaans, maar net genoeg om te begrijpen dat hij welkom was. Hij ging aan tafel zitten, en ze schonk hem een kop orzo. Op het vuur stond de soep te pruttelen. Het was oogsttijd, Luigi en Gloria waren al vertrokken, zij zou ervoor zorgen dat er vanmiddag eten was.

Ze legde alle messen die in huis waren op tafel. Ze had aardappelen om te ruilen, een extra brood kon hij ook krijgen.

Ze liet de deur openstaan, het was wat je deed als je vreemd volk in huis had.

En toen waaide de deur dicht.

Het was de wind, zei ze na een week of zes. Zelfs haar zus zou niet begrijpen dat ze op dat moment niets anders had gewenst dan die vreemde man in haar huis. Haar zus was een fatsoenlijke vrouw. Zij trouwde voor ze kuste. Dat zei ze toch.

Ze zag hem nooit meer terug en ze wist niet eens of ze dat wel wenste. Er waren andere zaken waarover ze diende na te denken. Kinderen werden pas gemaakt na de zegen van de pastoor, het leven van deze kleine zou bijgevolg vervloekt zijn. En het hare ook, zei Roberto. Hij had haar ooit in huis genomen, hij had haar grootgebracht. Hij zou haar niet zomaar haar gang laten gaan. Kon ze niet een klein beetje meer zijn zoals haar zus? Haar trouwfeest was net achter de rug. En nu wilde ze aan kinderen beginnen. Gloria nam de stappen tenminste in de juiste volgorde.

We gaan dit samen bespreken, zei Roberto.

'Dit' was haar buik, die groeide.

Carlotta had ook gewoon nee kunnen zeggen. Maar ze zei ja. Ze wou geen kind op de wereld zetten dat een schandvlek werd. Het kind zou nooit gespaard worden, zijn familie evenmin. En dan had ze het niet over zichzelf, zij zou overal tegen kunnen. Maar niet haar zus, dat fatsoenlijk kind. Noch zij, noch Roberto verdiende het om voor eeuwig achterna te worden gewezen. Nochtans zou dat gebeuren als ze nee zei. Schandvlekken dijen uit. Ze kunnen niet anders, het is waarom ze er zijn.

Ze verstopte haar buik onder wijde kleren, en toen dat niet meer lukte, bleef ze in huis. Een hardnekkige griep die weken en weken duurde: in dit land kon alles. Behalve een kind krijgen zonder vader. Ondertussen propte Gloria kussens onder haar rokken. Met een stevige sjaal en een riem van Roberto hield ze ze op de juiste plaats.

Het was bijna een wonder hoe gemakkelijk Vito ter wereld kwam. Gloria ving hem op, Roberto knipte de navelstreng over, Luigi draaide hem in een doek en gaf hem terug aan haar, zodat ze hem kon voeden.

Het was op dat moment dat ze wist dat dit kind er voor altijd zou zijn. Dat ze haar armen en haar benen zou geven als hij daar beter van werd. De beslissing die ze genomen hadden, was de enige juiste geweest. Ze zou de tante worden. De enige en meteen de allerliefste. En verder had ze maar één wens. Dat ze hem elke dag kon zien. Alleen maar zien zou meer dan genoeg zijn.

De allerliefste werd ze echter niet. Het kind groeide veel te snel de hoogte in, het had een stevige hand nodig en zij zou die geven. Het was niet iets dat ze had bedacht, het gebeurde vanzelf. Misschien kwam dat omdat zij de oudste was, Gloria de jongste, hun ouders op een dag niet meer waren teruggekomen. Wie zal het zeggen waarom een mens geworden is wie hij is.

Gloria werd de allerliefste. Het is wat moeders zijn, dus zo was het goed.

En nu moet het kind naar België. En zijn echte moeder vergaat van verdriet. Los het op, had Roberto tegen mij gezegd, en hij trok de deur achter zich dicht.

Alsof ik maar met mijn vingers te knippen heb.

De wind giert om het huis. De luiken klepperen alsof ze elk moment kunnen wegvliegen. Ik neem een handdoek, wind hem rond de klink die de luiken samen moet houden. Meteen wordt het geluid minder.

Ze leunt nog altijd met haar rug tegen de muur. Ik steek mijn hand uit. Streel haar gezicht. Streel de haren uit haar ogen.

Ze kijkt me aan.

Als je niet weet wat gezegd, dan luister je, zei mijn vader.

Ik zwijg omdat ik niet anders kan.

'Ze zouden twee jaar wegblijven en dan terugkomen,' zegt Carlotta. 'Dat was de afspraak. Ze kunnen die zomaar niet veranderen. De straten mogen er nog met goud geplaveid zijn, hier liggen mijn ouders begraven, hier heb ik mijn kind gekregen en hier zal ik hem groot krijgen.'

Ze kijkt mij aan.

'Wie denk je dat Gloria overtuigde om Vittorio hier te laten? Niet Roberto,' zegt ze. 'En ook niet Luigi. Haar grote zus, voor wie niets te veel was zolang het goed was voor het kind. Die zus dus.'

Ze schudt haar hoofd.

'Begrijp het, Fredo. Zelfs al zou hij ginder kunnen aarden, ik zou letterlijk uiteenvallen als hij vertrok. En toen zei jij dat je niet naar België wilde. Je begon over de weg die je zou helpen bouwen voor de kleine, alsof Vito je iets kon schelen, dacht ik, je wilde niet in de mijn, je wilde in mijn bed, zo veel wist ik al wel.' Ze zwijgt. 'Het duurde een tijd voor ik het durfde te geloven. Iemand gaf echt om mijn kind, iemand die niet eens familie was. Er zijn nog mannen geweest in mijn leven, Fredo, of wat had je gedacht. Maar voor het eerst in zijn leven zat Vito niet in de weg. Je hebt er geen idee van wat dat deed met mij. De eerste maanden liep hij verloren, ik zag het wel. En het vrat aan mij, want dat was mijn schuld. Natuurlijk heb ik overwogen om hen met Vito achterna te gaan. Ze zouden ons meteen terugsturen. Ze hebben mannen nodig, Fredo, mannen die hun mijnen willen in kruipen, vrouwen lopen maar in de weg. Als je bedenkt hoe Luigi hemel en aarde heeft moeten bewegen opdat Gloria mocht blijven, per l'amor di Dio, ze is zijn vrouw!'

Luigi.

My friend Luigi, die de kleine Vito een leven wilde geven. Die dat nog altijd wil. Die zich ondertussen heeft ontfermd over Marcello. Dat veel te vroeg geboren kind, ook al niet het zijne. Want stel. Stel toch eens dat hij het begrepen heeft. Hij zal het met niemand delen. Want delen is verliezen. Zo zijn de wetten in de wereld waarin hij leeft.

Wat een leven moet het zijn om zo veel te verzwijgen.

En dat leven is nu ook het mijne geworden.

Haar ogen blinken.

'Maar het gaat beter, Fredo. Vito vecht niet meer, hij lacht weer, hij slaapt goed. In oktober gaat hij naar de grote school en daarna wordt hij meester.'

Ze zucht diep.

'Hij spreekt niet eens Belgisch. Hoe zal hij daar kunnen studeren?'

De luiken klepperen opnieuw.

'Als hij niet naar ginder gaat,' zeg ik, 'zul je hem moeten vertellen waarom.'

'En dat kan dus niet.' Ze veegt over haar ogen. 'Als hij oud genoeg is om te begrijpen, vertellen we hem de waarheid. Dat was het plan. Maar ondertussen weet ik het niet meer. Wanneer is een mens ooit oud genoeg?' Ze zwijgt. 'Misschien vertel ik het hem wel nooit. Ik wil gerust mijn leven lang Zia blijven.'

'En toch,' zeg ik.

'Hij zal moeten vertrekken,' zegt ze.

We zwijgen.

Opeens kijkt ze mij aan.

'Hij zal zo blij zijn als hij haar eindelijk weer ziet, ik mag hem dat niet ontnemen. We zullen allemaal de vijand worden als ik hem hier houd. En dan heeft hij niemand meer. Dan pas zal hij echt verloren lopen.'

De glans is weg.

'En ik wil niet dat hij verloren loopt, Fredo.'

Ze huilt.

We lopen allemaal verloren, Carlotta. Het is wat mensen overkomt als ze van wereld veranderen. Misschien kan het zelfs niet anders. Want hij loert om elke hoek, die nieuwe wereld. Een oorlog die begint, een schip dat zinkt, een lief dat verdwijnt – de oude wegen die we ooit liepen, ze liggen achter ons. We kennen de bochten van de nieuwe niet, we weten niet waar de putten liggen, of er wel een bron is onderweg. En welke richting is de goede? Niemand die het ons vertellen kan. Niemand die ons kan waarschuwen. Maar misschien.

Misschien zijn we het niet vergeten. Dat wegen enkel geslepen worden als we ze lopen. Dat een lied in het hoofd ons daarbij moed kan geven. Dat wij op zijn minst dat lied kunnen kiezen.

Ik heb geen kind. Naar je zoon kijken en voor zijn leven vrezen, ik weet niet hoe dat is. Maar ik heb een vader gehad. En dit was wat hij deed voor mij: ervoor zorgen dat ik een leven kreeg. Het is wat zij voor Vito heeft gedaan. En wat ze voor hem doet. En zal blijven doen. Ze kan niet anders. En daarom zal ze juist beslissen.

Terwijl de luiken klepperen alsof ze bedoeld zijn om weg te vliegen, haal ik mijn zakdoek uit mijn broekzak, ik veeg haar tranen weg en ik wil vertellen over verloren lopen en keuzes maken, maar ze legt haar wijsvinger op mijn lippen – stel, zegt ze, dat wij ook naar België gaan.

Wij? Ook?!

'En we kopen een huis. Een met rechte muren en een vloer waarover je niet struikelt, met stromend water en licht dat aangaat als je op een knop drukt. En daar gaan wij dan wonen. Wij allemaal. Zo groot zal ons huis zijn.'

Ze gloeit. Terwijl ze wéét hoe het in werkelijkheid zal zijn, ze leest de brieven toch? Vergeet het huis, Carlotta, ze leven op een kamer. Een kamer voor één man. In een mannenhuis. Wie zegt dat wíj er welkom zullen zijn? En waar slaapt Vito dan? Bij zijn ouders? Haar hart zal scheuren. Of niet. Wie zal vertellen waar deze vrouw toe in staat is.

'Het zal niet simpel worden, Carlotta.'

Ze kijkt me aan.

'Dat was het nooit,' zegt ze. 'En dat is het nog altijd niet. Maar ooit zei iemand tegen mijn kind: alles kan altijd nog.'

Alles kan niet altijd nog. Dat weet ze, ze heeft al lang genoeg geleefd. Ik ook. Maar als ik haar zie, dan twijfel ik.

En alleen al die twijfel.

'Een huis met rechte muren,' zeg ik.

'En stromend water.'

Een windvlaag trekt door het huis. Met groot kabaal vliegt de deur uit haar hengsels. Weg.

In het gat waar net nog een deur zat, staat Vito.

Altijd

Daar is Fredo al. Hij kijkt naar de deur, ze ligt nu langs de kant van de weg. 'Straks zet ik er een bijl in,' zegt hij, 'hout voor het vuur.' Hij legt zijn arm om ons.

Binnen ruikt het naar ui.

'Dag Carlotta,' zegt Gianni.

Zijn huis heeft geen deur die wegwaait. Op de vloer ligt nooit zand. En het ruikt er altijd alleen maar naar taralli.

'Ik wil niet de mijn in,' zeg ik tegen Zia.

'De mijn in?' Haar gezicht is één grote rimpel geworden. 'Per l'amor di Dio, waarom zou je in godsnaam –'

'Iedereen moet toch de mijn in,' zeg ik.

'Dan wordt hij zeker niet ho... ho...'

Gianni zwijgt. Zijn hoofd wordt rood. Hij stottert weer.

Ik buig me naar zijn oor. Je kunt het best, wil ik zeggen. Hij is me voor.

'Dan wordt hij zeker niet honderd jaar.'

In één keer komt het eruit.

Ik kijk naar Zia.

Haar ogen staan scheef. Ik weet al wat het betekent. Ze heeft verdriet.

'Ik heb de meester iets beloofd,' zegt Gianni.

'Wat dan?' vraagt Zia.

Hij schudt zijn hoofd.

'Is het een geheim?' vraagt ze.

Hij knikt. Knalrood is zijn hoofd nu.

'Ik heb de meester ook iets beloofd,' zeg ik.

'En dat mag ik vast ook niet weten.'

'Geheimen zijn er om te bewaren,' zeg ik.

Ze zwijgt.

Ze kruist haar armen.

'Denk maar niet dat ik je alleen laat gaan, Vittorio. Je bent nog altijd maar elf jaar. Fredo en ik gaan met je mee. En we blijven er.'

Oh!

Mijn hart springt uit mijn keel. Het springt écht uit mijn keel.

Ik sla mijn armen om haar middel.

'Oh, Zia!'

Daar is Roberto opeens. Altijd als ik het niet wil. En hij zal weer zeggen wat ik niet horen wil.

Behalve deze keer.

'Ik heb de deur zien liggen,' zegt hij.

Zijn ogen staan ook al scheef.

'Het is tijd om te vertrekken, famiglia mia.'

Het paradijs

'Hopelijk worden we er gelukkig,' zegt ze.

'We zijn het al.'

Ze legt haar hoofd in mijn schoot en ze sluit haar ogen.

Morgen knip ik haar haren. Het is wat vrouwen doen als ze vertrekken. Ze zal haar haren missen, maar het is wat ze wil. En de barones zal tevreden zijn. We zullen geld hebben voor weken. En daarna zien we wel weer. Dat zegt ze allemaal.

Het is zomer, dan groeien haren snel.

Binnenkort trouwen we.

Alles zal beter zijn in België. Ze blijft het de hele avond herhalen.

Het zal er bijna elke dag regenen. De luchten zullen vooral grijs zijn. En gewoonlijk is het er koud. Ze kent de taal niet. Niemand van ons. Ze zal nachten wakker liggen en zichzelf duizend vragen stellen. Maar overdag zal ze tegen haar kind zeggen: dit is onze wereld nu. En vervolgens kan ze alleen maar hopen. Dat het kind recht groeit.

Je moet ook een beetje geluk hebben, zei mijn vader altijd. Hij had er veel van. Dat zei hij ook.

Misschien is doorgaan minder ingewikkeld dan we geneigd zijn te denken. Op een gegeven moment went het zo, dat we er niet meer bij stilstaan dat het leven haast niets anders is. En is dat gelukkig zijn. Niet meer beseffen dat we alweer doorgaan.

Is gelukkig zijn veel minder spectaculair dan we denken.

Some sunny day

Roberto brengt ons naar het station met de Cadillac. Hij gaat niet mee naar België. Een oude boom verplant je niet meer, zei Zia. We gaan hem veel brieven schrijven.

Misschien, zei ik toen.

Zia zei niet dat ik dat niet mocht zeggen, haar hand ging ook niet de lucht in. Ze schudde haar hoofd. Ze glimlachte.

We zitten met zijn drieën op de achterbank van de auto. Zia, Gianni en ik. Tussen ons in staat de kooi met de merel.

De merel is voor mij.

Laat die rommel maar hier, had Roberto gezegd. Meteen begon Gianni's lip te trillen.

Het is geen rommel, zei ik kwaad. Het is zijn lievelingsdier!

De lip van Gianni bleef maar trillen, Roberto zag het niet, natuurlijk. Hij ziet nooit iets. Maar Zia wel. Ze streek met haar hand over zijn haren, weet je het zeker, Gianni?

Heel zeker, zei Gianni.

Dan is het goed, zei ze.

Gisteren hebben we de fiets naar Gianni gebracht, Zia en ik. Is hij voor mij, vroeg hij zo verwonderd dat hij er bijna van omviel. De fiets kan niet mee op de trein, zei Zia, hij is nu helemaal van jou, Gianni.

Wil je hem nooit meer terug, vroeg hij toen aan mij.

We blijven daar, zei Zia in mijn plaats.

Of niet, zei ik. Toen begon ik te huilen.

Of niet, zei Zia toen ook maar.

Ze wil niet dat ik huil. Maar zelf doet ze niets anders.

Ik gaf hem ook het mes. Steek het terug in de grond, zei ik.

'Alle vingers van de wereld,' fluister ik. 'Tegelijk.'

Hij knikt ernstig.

'Jij bent mijn enige vriend.'

'En jij de mijne,' zeg ik terug.

'En nu?' vraagt hij.

'Ik weet het niet.'

We zwijgen.

De auto vertrekt.

'Straks krijg je een snor,' zegt hij. 'Dat zou ik wel eens willen zien.'

'En ik die van jou.'

We lachen.

En dan niet meer.

Daar is Zia's arm opeens. Hij glijdt over mijn schouder, glijdt over de kooi heen naar Gianni. Er komt geen einde aan, zo rekt ze hem uit.

Alleen Zia heeft zo een arm.

'Hoe ging dat lied ook weer?' vraagt ze. 'Ken jij het, Gianni?'

Hij schudt zijn hoofd. Fronst zijn wenkbrauwen.

'We'll meet again,' fluister ik.

'Dát lied,' zegt hij. En daar zingt hij het al. In één adem. Zonder te haperen.

Alsof er een lamp achter zijn ogen zit, zo veel licht geeft hij opeens.

Twee uur later staan we op het perron, Fredo en ik en Zia, Roberto en Gianni. En de merel, natuurlijk. Als de trein een half uur vertraging heeft en iedereen om koffie gaat, blijven wij daar staan.

'Daar is hij dan,' zegt Fredo.

Niemand die zegt: eindelijk.

Een man blaast op een fluitje en hij roept: instappen, dus dat doen we, alleen lukt het niet zo goed. Er zit een mist voor mijn ogen, waar is Gianni, hoe kan ik nu zwaaien, maar opeens hoor ik hem roepen, Vitoooooooooooo! Tot ziens, roep ik, en terwijl ik mijn arm de lucht in zwaai, zegt iemand: volg me maar. Ik ken die stem, ze is van Zia, ze houdt mijn hand vast en ze knijpt erin tot het pijn doet, en dan trekt ze mij tegen haar rokken, bijna stik ik, maar ik doe het niet want ik ruik haar, ik kan haar perfect ruiken. Ze ruikt perfect naar Zia.

In Milaan stappen we in de trein naar Brussel. Die nacht doen we geen oog dicht. Het is licht als we België binnenrijden. Ik wrijf mijn ogen uit en ik kijk door het raam. Geen wolken. Geen zon. Er is simpelweg niets te zien.

'Het wordt beter dan dit,' zegt Fredo.

In Brussel staan bussen klaar. De bus naar Genk is de onze.

In de trein werd er nog gezongen en niemand die zei: zwijgen. Maar nu zijn we in een ander land. Met andere manieren. We gedragen ons, heeft de man gezegd die onze papieren bekijkt.

Iemand lacht.

'Dat kunnen wij niet.'

Ik ben het enige kind. Om me heen zijn enkel mannen. En twee vrouwen. Zia, natuurlijk, en de vrouw die voor ons zit. Haar hoofd ligt tegen de schouder van haar man.

Ik kijk door het raam. De lucht is grijs.

'Straks scheurt mijn hart,' zegt de vrouw voor ons.

Het blijft even stil.

'We kunnen teruggaan,' zegt ze dan.

'Maar dat doen we niet,' zegt hij.

'Wat als het echt scheurt?'

Het wordt opnieuw weer veel te stil.

Fredo buigt zich naar mij.

'Vera Lynn,' fluistert hij.

Veralina.

'Of course, my friend,' zeg ik.

En terwijl het hart van de vrouw voor ons scheurt, zingen hij en ik. En we zingen zo zacht als we kunnen, want dit is een ander land.

'Give me the song, Vito boy.'

And I give him the song.

Woord van dank

Mijn grote dank gaat uit naar Chris Abé, Terasina Care, Noel Clycq, Viviane Dirckx, An Hermans, Mariangela Iuliano, Natale Iuliano, Bahattin Koçak, Daniel Kolacny, Fernando Marzo, Stefania Marzo, Stefano Paolini, Robert Rossi, Pros Vandebroek, Abdel Wahhabi, voor hun onmisbare hulp bij het schetsen van de historische context.

In het bijzonder dank ik Natale Iuliano, wiens levensverhaal de aanzet was om dit boek te schrijven.